# *The endless love*

# *Rune*

*Miamo Zesi*

miamo@miamo-zesi.de
miamo-zesi.de

# *Copyright*


www.miamo-zesi.de
E-Mail: miamo@miamo-zesi.de



Cover:
Urheberrecht/Copyright
Die Copyright-Angabe lautet:
alessandro guerriero / Shutterstock.com

Covergestaltung: TomJay – www.tomjay.de
Lektorat:
Eva-Maria Schürmann-Lanwer
ISBN:
978-3-947255-40-5

Miamo Zesi
2019

# *Widmung*

Meinen Patenkindern Tim und Nico

# Inhaltsverzeichnis

**Autorin**

„Miamo Zesi“ ist das Pseudonym einer Autorin aus dem schwäbischen Biberach. Dort lebt sie mit ihrem Mann, zwei erwachsenen Kindern und dem Hund Mex. Sie liebt lange Spaziergänge im Wald. Dabei fallen ihr die Geschichten zu ihren Büchern ein. Mit der Reihe „The endless love“ hat sie ihren Jungs Leben eingehaucht. Wird sie gefragt, wie sie darauf kommt, schwule Liebesromane zu schreiben, antwortet sie: „Keine Ahnung – weil es Spaß macht.“

Sie wünscht viel Freude mit den Geschichten!

Hinweis:

Dieser Roman enthält ausgedachte, fiktive Sexszenen. Sie sind nicht für Minderjährige geeignet und keine Handlungsanleitung. Einen Rat allerdings sollte jeder beherzigen:

Sei safe, mach es mit Kondomen!

Dieser Roman ist genau das. Eine Geschichte. Bitte nehmt nicht alles, was ich geschrieben habe, ernst. Vieles davon wird in der heutigen vernetzten und digitalen Zeit nicht funktionieren. Bücher laden zum Träumen ein und nicht alles, was geschrieben ist, kann oder wird jemals so geschehen. Lasst euch in meine Welt der Fantasie mitnehmen und begeistern!

**Roland Müller**

Die Sterne standen für mich, Roland Müller, geboren in einem kleinen Weiler in der Nähe des Bodensees, von Anfang an nicht besonders gut. Es war einer dieser trüben Tage im November. Die Touristensaison war zu Ende und vom See her aufziehende Nebelschwaden überzogen die Obstplantagen und somit auch das kleine Hause am Rande des kleinen Weilers. Die Schmerzensschreie meiner Mutter hörten nur die herbeigerufene Hebamme und mein Vater, der mit einer Flasche Bier in der Wohnstube saß und sich die aktuelle Sportschau zu Gemüte führte. Das wiederum habe ich mir ausgedacht, stimmt vermutlich jedoch exakt. Das Martinshorn hörte man von Weitem, nur kam der mitfahrende Notarzt definitiv zu spät, denn ich, Roland Müller, schrie bei meiner Ankunft kräftig und nuckelte nur Minuten danach an einem Schnuller, den mir die Hebamme mitgebracht hatte. Meine Mutter schloss mich nicht, wie viele vermuten würden, liebevoll in die Arme, nein, sie stand auf – zwar etwas wackelig, doch für ihr Vorhaben reichte es allemal –, zog sich ihren Bademantel an, schenkte mir keinen einzigen Blick, setzte sich neben meinen Vater, griff zu der auf dem Tisch stehenden Flasche Wein und nahm einen kräftigen Schluck. Die Hebamme zuckte mit den Schultern, denn sie kannte meine Mutter. Der

Notarzt wiederum war geschockt. Er hob mich in seine Arme und untersuchte mich. Viele Jahre später sagte er zu mir, dass er sich in diesem Moment in mich verliebt habe.

»Trinkt sie schon lange?«

»Ja, keiner kennt sie anders.«

»Auch während der Schwangerschaft?«

»Auch das, sie hat nie aufgehört. Es grenzt an ein Wunder, dass der Kleine gesund ist.«

»Ist er, zumindest, was das Körperliche angeht. Wir werden ihn mitnehmen. Er wird Entzugserscheinungen haben. Armer kleiner Junge. So ein harter Start in ein doch eigentlich wundervolles Leben.«

»Das gilt nicht für alle, Doktor.«

»Ist das ihr erstes?«

»Kind? Nein. Sie hat drei ältere Töchter, alle in Pflegschaft, und vor zwei Jahren habe ich einem weiteren Sohn auf die Welt geholfen. Er ist behindert. Trisomie 21. Er lebt nicht bei ihr, wurde sofort in Obhut gegeben. Es wundert mich, dass das Jugendamt noch nicht da ist. Ich habe gemeldet, dass sie Wehen hat.«

»Lass uns gehen, kleiner Mann, damit du dich von den Strapazen erholen kannst.« Zärtlich streichelte mich dieser nette Mann an der Wange. Natürlich weiß ich das alles nur aus Erzählungen.

# Vierzehn Jahre später

Die Hölle kann nur schöner sein. Denn das hier ist die Hölle auf Erden. Ich habe keine Ahnung, weshalb meine Eltern nach zehn Jahren beschlossen haben, mich zurückzuwollen. Doch, natürlich weiß ich es: Sie benötigten einen Dummen, einen Diener, einen Lakai und da erinnerten sie sich daran, dass sie einen Sohn haben. Nicht den Dummen, wie sie meinen Bruder Markus nennen, nein, den gesunden, starken, der für sie die Drecksarbeit erledigen kann, den Alkohol beschaffen, die leeren Flaschen wegräumen, das Haus sauber machen und dafür sorgen kann, dass genügend Holz da ist, um den Ofen zu heizen. Seit vier Jahren bin ich hier. Das Jugendamt hat entschieden, dass ich nicht bei meinen Pflegeeltern bleiben darf. Meinen Rettern. Nein, sie haben mich aus meiner Familie gerissen, von meinen Vätern getrennt, ja, Vätern. Sie haben mich von Hamburg zurück an den Bodensee gebracht. Meine Väter Arne und Sven haben alles versucht, um mich behalten zu können. Gerichtlich sind sie jeden Weg gegangen, bis das Jugendamt entschieden hat, dass sie sich mir nicht mehr nähern dürfen. Ich habe keine Ahnung, warum das so ist, weshalb ich Hamburg verlassen musste, aus einer gut situierten Familie gerissen wurde, in ein Haus ziehen musste, das noch nicht einmal ein dichtes Dach, geschweige denn eine funktionierende

Heizung hat. Noch habe ich keine Ahnung, wie es sein kann, dass man mich lieber zu Alkoholikern schickt, als mich bei fürsorglichen Vätern zu lassen, die mich mit all ihrer Liebe aufgezogen haben. Ich werde es nie verstehen. Die Hölle aber, die habe ich schnell als diese erkannt. Mein Handy, über das ich ein wenig Kontakt mit ihnen hatte, wurde mir weggenommen, verhökert für ein paar Euro, um billigen Fusel zu kaufen. Nach zehn Jahren war ich auf mich gestellt und beschloss jeden Tag aufs Neue, abzuhauen. Dazu aber musste ich Geld haben, was ich nicht hatte. Ich konnte auch nicht Arne oder Sven darum bitten, denn sie würden Probleme bekommen. Mir war mit zehn, elf klar, dass ich das niemals wollte. Sie lieben mich und ich liebe sie. Deshalb werde ich sie zwar immer wieder anrufen, aber nie um Geld bitten, ihnen niemals sagen, wie schlecht es mir geht, wie schlimm es hier ist. Ich werde abhauen, und das, sobald ich eine Möglichkeit dazu finde. Die erschließt sich mir in der Schule. Ich bin gut. Der Alkohol, den meine Eltern sich während der Zeugung einverleibt haben und den Mutter sogar während der Schwangerschaft zu sich genommen hat, scheint meine Gehirnzellen verschont zu haben. Ich bin clever. Nicht nur sportlich ein Ass, auch in der Schule. Ich bin belesen und liebe die Bücherei. Dort habe ich die

Flyer liegen sehen, die junge Menschen dazu aufrufen, sich für ein Sport-Stipendium zu bewerben. Das aber bedeutet in erster Linie, ich muss in die USA und dort irgendwie an eine Highschool, um eines dieser Stipendien zu ergattern und aufs College gehen zu können. Mein Plan nimmt Formen an. Nur an der Umsetzung hapert es. Wie komme ich an Geld? Eines ist nach der letzten Prügelattacke meines Erzeugers, die mich erneut in die Arztpraxis unseres Hausarztes gebracht hat, sicher: Ich muss weg. Vaters Erklärung, wie ich zu den Verletzungen gekommen sei, ist wie jedes Mal lächerlich und ebenso lächerlich ist, dass jeder ihm glaubt, keiner mir hilft, keiner mich zu Arne und Sven zurückbringt, zu meiner Familie.

»Der Trottel ist mal wieder über seine eigenen Füße gefallen.« Ich denke nur: *Klar. Und woher habe ich das blaue Auge?* Der Arzt sieht mich an, leuchtet mir ins Auge und murmelt: »Ja, Jungs in dem Alter sind einfach schusselig.« *Aha. Ich muss hier weg. Bald sind Ferien und diese Chance werde ich nutzen. Wo nur bekomme ich genügend Geld her? Schwarz fahren oder trampen ist eine Möglichkeit oder ...* Ich tue das, was ich nie in tun wollte. Ich stehe am Bahnhof und steige in ein Auto. Für meine vierzehn Jahre bin ich groß, sehr groß, und kräftig gebaut. Werde von vielen als viel älter wahrgenommen. Vielleicht bin ich attraktiver für manche Kerle? Mein erstes Mal habe ich mir anders vorgestellt. Ganz anders, aber ich brauche Geld und wenn ich mich nicht total bescheuert anstelle, mich von keinem Zuhälter erwischen lasse, könnte ich mir zumindest die Fahrkarte bis Hamburg damit verdienen. Mit Sex, mit Erniedrigung. Arne und Sven werden, wenn sie das erfahren, um mich weinen. Doch es gibt keine andere Chance. Oder? Mein Aussehen wird mir helfen. Auf blonde Locken und blaue Augen stehen viele Frauen und auch Kerle. Aber kann ich das tun? Schaffe ich es wirklich? *Kann es noch schlimmer werden, als hierzubleiben? Nein.* Diese Schläge waren die letzten, die mir mein Erzeuger verabreicht hat. Die allerletzten. Am Abend des ersten Ferientages packe ich heimlich einen Rucksack mit Klamotten, meinem zum Glück noch zwei Jahre gültigen Reisepass und meinen Personalausweis. Da ich weiß, wo meine Eltern ihren Krempel liegen haben, klaue ich ihnen, als sie vom Alkohol benebelt auf der Couch liegen, ihre Pässe. Die werde ich sicherlich gebrauchen können bei dem, was ich vorhabe. Ob es klappen wird? Keine Ahnung. Ich bin jung und voller Zuversicht, vor allem aber habe ich Hoffnung, hier wegzukommen.

# Bahnhof

Klar bin ich aufgeregt, ängstlich und … unerfahren? Ich hatte noch nie Sex. Was ich darüber weiß, habe ich aus Büchern. Na ja, ich weiß zumindest aus Erfahrung, was sich verdammt gut anfühlt. Meine Hand an meinem Steifen ist geil. Das Auf und Ab – es tut gut und vertreibt für wenige Minuten das Elend, in dem ich mich befinde. Die Vorstellung, mich von einem Kerl ficken zu lassen oder ihm einen Blowjob zu verpassen, widert mich zwar an und es umzusetzen, kostet mich Überwindung, ist aber nichts, was ich mir mit einem Mann, den ich gerne habe, nicht vorstellen könnte, im Gegenteil. Lieber würde ich die Liebe, den Sex mit jemandem teilen, den ich gerne habe, und Erfahrungen sammeln. Doch ich brauche dieses verfluchte Geld, und wenn ich arbeite, kriegen das meine sogenannten Eltern mit und knöpfen es mir ab oder kommen auf den Gedanken, dass ich immer arbeiten gehen könnte – für sie. Den Teufel werde ich tun, dann lieber das hier. Kaum stehe ich an besagter und bekannter Ecke, werde ich angesprochen. Die Jungs wollen mich verscheuchen, sehen in mir eine Konkurrenz, was ich heute ja auch bin. Zu meinem Glück hält ein Auto an, bevor es Ärger gibt. Wenn ich Glück habe, reicht dieses eine Mal. Wenn. Als ich sitze und den älteren Mann neben mir ansehe, wird mir so richtig bewusst, was ich da zu tun im

Begriff bin. Meine Gedanken wandern zu Arne und Sven. Ob ich sie nicht doch um Geld bitten soll? Aber meine Entscheidung ist gefallen. Ich will nicht, dass den beiden in irgendeiner Form etwas geschieht, und wenn ich eines weiß, dann, dass mein Vater, auch wenn er nichts auf die Reihe bekommt, irgendwie diese Macht besitzt, ihnen Probleme zu bereiten, den Schwuchteln, wie er sie nennt, nicht wissend, dass sein Sohn genau dies ist: eine Schwuchtel. Das aber wird er, wenn alles nach Plan läuft, nie erfahren.

»Wie viel?«, werde ich auf den Boden der Tatsachen zurückgeholt. Abgeklärter, als ich bin, sage ich: »Kommt drauf an, was du willst.«

»Einen Blowjob und deinen Arsch. Das volle Programm.«

»Beides gibt's nur mit Kondom. Hier im Auto?«

»Bist du etwa krank? Dann verzieh dich.«

»Bin ich nicht, aber will ich wissen, wo dein Schwanz schon überall drinsteckte?«

»Ziemlich frech für einen wie dich.«

»Was für einer bin ich denn deiner Meinung nach?«

»Du gefällst mir. Bist nicht so unterwürfig. Verträgst du auch was oder hast du nur eine große Klappe?«

»Wo?«

»Wir fahren zu einer Hütte hier in der Nähe. Also?«

»300 Euro.« Er beginnt zu lachen. Ich nicht. Will die Tür öffnen, um wieder auszusteigen.

»Ziemlich überzogen, meinst du nicht? Wo willst du hin?«

»Du hast gelacht. Mein Preis steht, ist nicht verhandelbar. Wenn du also nicht willst, such ich mir einen anderen, der das nötige Kleingeld hat.« Er sieht mich an.

»Du kleiner Wichser hast es drauf. Du reizt mich. Einverstanden, 300, aber das heißt, ich erwarte, dafür etwas geboten zu bekommen.« Ich halte meine Hand auf.

»Was?«

»Glaubst du, ich lasse mich darauf ein, ohne Kohle? Ich bin nicht von gestern. Erst Geld, dann Sex. Genau in dieser Reihenfolge.« Ein kurzes Zögern und er zückt sein Portemonnaie, reicht mir drei Hunderter. Ich bin reich, mein Weg in die Freiheit. Jetzt muss ich nur noch den Preis dafür zahlen. Der Kerl, er heißt Karl-Heinz, fährt mit mir in eine nahe gelegene Waldhütte. Er muss dort öfter sein, denn eine nach Sex stinkende Matratze liegt auf dem Boden. Zudem steht ein altes Sofa in dem ansonsten spärlich eingerichteten Raum.

»Zieh dich aus. Ich will sehen, was ich gekauft habe.« Die Worte sind hart, entsprechen aber der Wahrheit. Ich kleide mich aus, mit Blick auf ihn. Er hat es sich auf dem Sofa bequem gemacht, die Hose geöffnet und hält seinen nicht unbedingt großen Penis in der Hand. Das bekomme ich hin. Augen zu und durch, Roland.

»Berühr dich. Ich will sehen, wie gut dir das hier gefällt. Ich will, dass du steif bist.« Es dauert, ich muss mich konzentrieren, denke an all die hübschen Kerle aus den Magazinen, die ich in der Bibliothek immer heimlich betrachte, um es mir am Abend im Bett zu besorgen. Zum Glück klappt es, und dem Stöhnen von Karl-Heinz nach zu urteilen, gefällt ihm, was er erblickt.

»Geil!« Er leckt sich über seine Lippen. »Komm näher. Stell dich vor mich.« Jetzt passiert etwas, das mich verwundert, denn Karl-Heinz streift mir ein Kondom über und beginnt schnaufend und keuchend meinen Schwanz zuerst mit der Hand, dann mit seinen Lippen zu bearbeiten. Wenn ich nicht so überrascht davon wäre, könnte ich es vermutlich genießen, so aber weiß ich nicht so richtig, wie ich es einordnen soll, und dieser Teil wird ein kurzes Gastspiel.

»Knie dich hin und streng dich an.« Er hält mir ein Kondom hin und als ich es ihm ziemlich unbeholfen, gebe ich zu, übergestülpt habe, drückt er meinen Mund auf seinen nun doch zu beeindruckender Größe angewachsenen Schwanz. Augen zu und durch. Karl-Heinz weiß, was er will, und holt es sich, er ist nicht grob, aber auch nicht nett. Er hält meinen Kopf mit beiden Händen und spielt mit ihm, dringt in meinen Rachen tief ein, erteilt einen Befehl nach dem anderen.

»Tiefer, streng dich an, nun saug schon, gut, mehr, fester.« Mich würgt es nicht nur einmal. Das wiederum geilt ihn auf, er drückt sein Glied bis zum Schaft in meinen Mund, bis mir Tränen über die Wangen laufen. Es ist ihm egal und erstaunlicherweise, und das macht mich extrem stutzig, bleibe ich bei dieser Behandlung hart. Er wird gefühlt noch größer und instinktiv weiß ich, dass er gleich abspritzen wird, nur scheint auch er das zu wissen und zieht sich Sekunden vorher zurück.

»Knie dich auf die Matratze. Beeil dich.« Der Teil macht mir nun etwas Angst, aber ich habe keine Wahl. Karl-Heinz drückt einen Finger in mich.

»Lecker, du bist eng, das mag ich.« Er spuckt auf meine Öffnung und verteilt Speichel, positioniert sich hinter mir, und dann ist da dieses Brennen. Ich stöhne nicht vor Lust, es ist Schmerz. Karl-Heinz interessiert es nicht, im Gegenteil. Erst, als er tief in mir ist, beginnt er unverzüglich, in mich zu stoßen. Haut klatscht auf Haut. Diese Behandlung ist gefühllos und schmerzhaft und zeigt mir, was ich bin: ein Fickstück. Er fickt mich, treibt sich immer tiefer in mich, um sich zum Glück, für mich, nicht lange danach in mir zu verströmen. Ich hoffe, dass das Kondom gehalten hat. Langsam zieht er sich aus mir zurück.

»Bleib genau so.«

»Was?« Vor mir liegen plötzlich drei weitere Hunderter.

»Was soll das?«

»Ich zahle für eine weitere Stunde. Ich will dich schreien hören. Dein Arsch soll rot sein und wenn du nicht mehr kannst, werde ich dich nochmals durchficken. Du bleibst genau so liegen. Wehr dich nicht.«

»Was?« Kaum ausgesprochen, spüre ich den Gürtel, den er auf meinen Arsch knallen lässt.

»Spinnst du?« Ich will mich wegdrehen.

»Bleib liegen! Denk an das Geld. Ich werde dich nicht verletzen, nur in den Himmel vögeln. Vertrau mir.« Ein weiterer Schlag. Ich versuche hochzukommen, doch Karl-Heinz drückt mich mit erstaunlicher Kraft nach unten.

»Ich sagte, bleib liegen, atme in den Schmerz. Noch nie was von Sadomaso gehört? Kleiner, ich werde das jetzt durchziehen, du kostest mich 600 Mäuse. Ich will dafür was geboten kriegen. Falsch, ich will dir den Arsch versohlen und dich noch mal ficken, bis es dir kommt.« Ein weiter Schlag trifft meine Kehrseite. Das Zauberwort ist 600, ich halte still. Lasse auch das über mich ergehen, wobei ich bald spüre, dass etwas mit mir passiert. Wie zuvor beim groben Fick wandert ein Gefühl mein Rückgrat hinauf. Es ist – noch kann ich es nicht benennen –, aber es ist nicht schlecht. Ich weine vor Schmerz, doch Karl-Heinz hört nicht auf, umfasst immer wieder meinen Schaft, der steif ist. Ein Detail, das nicht in meinen Kopf will. Irgendwann hört er auf. Mein Hinterteil brennt. Er drängt sich in mich. Es ist hart und der zweite Ritt tut nicht weniger weh, da die Haut auf meiner Kehrseite mehr als empfindlich ist. Unser Stöhnen erfüllt die Hütte. Karl-Heinz stöhnt vor Genuss, ich vor Schmerz. Oder ist es dasselbe? Mit der Hand umfasst er meinen Penis und durch diese Bewegung werde ich hart, richtig hart, mein Schaft pulsiert, und fast zeitgleich mit ihm spritze ich auf die Matratze vor mir ab. Die Kontraktionen an meinem Muskel bewirken, dass er mir nur wenig später folgt. Er schnauft wie ein brünstiger Bulle. Es hört sich nicht angenehm an. Das war es auch nicht, oder?

Die Gefühle in mir kann ich nicht einordnen, das geht nicht.

»Du warst verdammt gut, Kleiner. Zieh dich an, wir gehen.« Wie in Trance kleide ich mich an. Die grünen Scheine halte ich fest in meiner Faust. Als ob er meine Bedenken, dass er sie mir wieder abnehmen könnte, erahnt, sagt er: »Du hast sie dir verdient. Gerne wieder. Du bist gut. So schmerzgeil. Es ist noch nicht oft vorgekommen, dass hier einer abspritzt, wenn ich ihn derart behandle.« Als ich mich ins Auto setze, stöhne ich auf. Meinem Hinterteil gefällt die Berührung mit dem Sitz nicht besonders. Der Schotterweg, der zur Straße führt, tut sein Übriges. Ich beiße die Zähne zusammen und bin hart. Karl-Heinz scheint auch daraus Genuss zu ziehen. Er legt seine Hand auf meine Körpermitte und fragt mich: »Wo soll ich dich rauslassen?«

»Wo fährst du denn hin?«

»Richtung Lindau.«

»Wenn's dir nichts ausmacht und du mich bis Lindau mitnehmen könntest, wäre das prima.«

»Lindau?«

»Ja.«

»Geil.« Die komplette Fahrt über lässt er seine Hand an meinem steifen Schaft und irgendwie, ja, irgendwie genieße ich das. *Bin ich etwa krank im Kopf? Sind das die Schäden, von denen Arne gesprochen hat, die ich durch den Alkoholmissbrauch meiner Eltern zurückbehalten habe?*

»Denk nicht so viel darüber nach.«

»Worüber?«

»Über das, was passiert ist. Du bist masochistisch veranlagt. Denn, wenn nicht, hättest du es dir das kein zweites Mal gefallen lassen, von mir geschlagen zu werden. Du hast mehr Kraft als ich, bist jung, stehst im Saft. Selbst für das viele Geld hättest du es nicht getan, wenn du nicht scharf davon geworden wärst. Du warst auch beim Fick hart und ich war grob. Nur deshalb habe ich weitergemacht, ich wollte wissen, ob ich mit meiner Vermutung richtig liege. Das ist der Fall. Sei vorsichtig, Kleiner. In deiner Welt gibt es viele, die dich ausnutzen werden. Mein Rat an dich: Pass auf dich auf.«

»Warum fickst du Jungs vom Bahnhof?« Er antwortet mir nicht, hält etwa fünf Kilometer vor Lindau an einem Parkplatz.

»Mach's gut.« Ich öffne die Tür und steige aus. Er fährt los, noch bevor die Fahrzeugtür komplett geschlossen ist. Langsam gehe ich Richtung Bahnhof. Mir tut alles weh. Aber das Gefühl ist nicht unbedingt schlecht. *Wie krank ich bin!*

In Lindau ziehe ich mich mitten in der Nacht aus und hüpfe in den See, um den Schweiß und den

Geruch von dem loszuwerden, was Stunden zuvor passiert ist. Das mit dem Sex, beschließe ich, wird für lange Zeit weit weggeschoben und steht nicht mehr unbedingt auf meiner To-do-Liste. Als ich den Fahrplan studiert habe, warte ich, bis der Schalter öffnet und mache es mir solange auf einer Parkbank gemütlich. Der Automat nimmt keine grünen Scheine, ansonsten hätte ich mir längst eine Karte in Richtung Norden gekauft. Erst, als ich im Zug sitze, dieser sich vom Bahnhof fortbewegt, werde ich ruhiger. Es wird nicht viel Zeit vergehen, bis meine Eltern Alarm schlagen und auch nicht lange, bis sie mich suchen, bei Arne und Sven auftauchen werden. Da ich sie nicht kontaktiert habe, kann ihnen nichts passieren. Ich werde nicht am Hamburger Hauptbahnhof aussteigen, sondern einige Haltestellen davor und mit dem Bus zum Hafen fahren. Dort wird mein Abenteuer erst richtig beginnen. Ob dieser Teil funktionieren wird oder ich übermorgen bereits wieder zu Hause sein werde, wird sich zeigen. Es muss klappen. Irgendwie.

# Hamburg

Hamburgs Containerhafen. Wer schon mal als Tourist dort zu Besuch war, weiß, wovon ich spreche: Container, Container und nochmals Container. Tausende davon. Und viele Schiffe, die Richtung USA schippern. Meist heuern sie Helfer von den Philippinen an. Das alles weiß ich von Arne und Sven und aus Büchern. Wir waren oft hier am Hafen, da Arne sich an den Wochenenden häufig kostenlos um die Problemchen der Besatzungsmitglieder gekümmert hat. Deshalb weiß ich in etwa, wie und wo ich mein Vorhaben umsetzen kann, auch wenn seit meinem letzten Aufenthalt hier vier Jahre vergangen sind. Interessanterweise hat sich überhaupt nichts geändert. Arne und Sven haben mein Interesse an den Schiffen immer wieder neu entfacht und mir alles erzählt, was sie wussten. Deshalb ist mir bekannt, welche Schiffe, wo, wann und wie lange unterwegs sind. Das hat sich nach vier Jahren nicht unbedingt verändert. Weshalb auch? In der Dunkelheit der Nacht, wobei es am Hafen immer umtriebig zugeht und es keinen Stillstand gibt, bewege ich mich im Schatten voran. Mein Ziel ist es, auf einen dieser Pötte zu kommen – nicht auf einen, auf einen bestimmten –, um mir eine kostenlose Überfahrt in die USA zu ermöglichen. Als blinder Passagier. Nicht durchdacht, total blöd und dumm, aber machbar. Das haben bereits andere geschafft. Weshalb nicht auch ich? Natürlich schaffe ich es nicht. Ich werde von Hunden aufgespürt und von dem Hafengelände gebracht. Zu meinem Glück kennen die beiden Arbeiter Arne und sehen von einer Anzeige wegen Hausfriedensbruchs ab, kaufen mir meine dusslige Ausrede ab, dass ich mich nur habe umschauen wollen. Was ich aber nun machen soll, ist fraglich. Zu allem Übel beginnt es zu regnen. Ich beschließe in meiner Not und, das gebe ich ehrlich zu, Verzweiflung, meine Väter aufzusuchen. Mit Sicherheit ist das nicht die klügste Idee, doch vermutlich in meiner Situation die Beste. Ich will weder zurück zu meinen Eltern noch auf der Straße landen und gewiss nicht noch mal zu einem Kerl ins Auto steigen. Mit zitternden Fingern klingle ich an der Tür, hinter der mein wirkliches Zuhause liegt. Als Sven mir öffnet, beginne ich zu heulen. Einfach so. Alles fällt von mir ab. Ich bin zu Hause, dort, wo ich hingehöre.

»Roland? Oh, mein Schatz, Großer, komm rein. Bist du alleine? Um Himmels willen! Was machst du denn für Sachen? Wo kommst du denn her?« Fragen über Fragen, alle mit dieser Besorgnis, mit Liebe in der Stimme gestellt, was mich fertigmacht.

»Du siehst müde aus.« Er zieht mich in seine Arme und ich heule. Ich heule wie ein kleiner Junge, der ich ja bin.

»Bitte schick mich nicht zurück. Bitte verrate nicht, dass ich hier bin. Ich … bitte … ich kann nicht mehr zurück. Er schlägt mich und sie trinken … ich muss … bitte schick mich nicht mehr weg.« Keine Ahnung, was ich alles von mir gebe. Ich weiß nur, dass mein Daddy mich festhält, mich tröstet und mir den Schutz bietet, den ich im Moment benötige. Als es mir besser geht, löst er sich von mir.

»Ab unter die Dusche, Liebling. Groß bist du geworden. Meine Güte, du bist fast erwachsen. Ich bringe dir etwas von Arne zum Anziehen, das müsste dir passen.«

»Du … du schickst mich nicht zurück?« Sein Blick wird hart, so hat er in meiner Anwesenheit noch nie geschaut. Ich bekomme es beinahe mit der Angst zu tun. So kenne ich Sven nicht. Seine nächsten Worte schüren Hoffnung in mir und die Zuversicht, dass alles gut wird, der Albtraum der letzten Jahre ein Ende findet, es die richtige Entscheidung war, zu meinen richtigen Eltern zu fahren.

»Niemals werde ich zulassen, dass du dorthin zurückgehst, und wenn es mich ein Vermögen kostet. Vielleicht musst du übergangsweise in ein

Heim, aber nie, niemals lasse ich es zu, dass du dahin zurückmusst, Roland. Du hättest viel früher kommen oder uns anrufen sollen. Wir wussten, dass es dir nicht gut geht, aber wir hatten keine Ahnung, dass es so schlimm ist. Das Jugendamt hat uns auf unsere Nachfragen immer mitgeteilt, dass es dir gut gehe, du dich eingelebt habest. Keine Angst, Roland, ich werde Arne anrufen, danach fahren wir gemeinsam zum Anwalt und, wenn es sein muss, zum Jugendamt. Aber ich werde nicht zulassen, dass du zurückmusst.«

»Ich wollte in die USA.«

»Wohin?«

»Ich war am Hafen und wollte als blinder Passagier auf ein Schiff.«

»Ach, Liebling, das funktioniert doch nicht. Selbst wenn, wie hätte es denn dort weitergehen sollen? Was wolltest du in den USA?«

»Mich für ein Stipendium bewerben. Ich wollte dorthin, um mich für ein Sportstipendium fit zu machen. Ich will das immer noch, Sven. Ich liebe Sport, aber ich durfte nicht mehr spielen. Und Fußball gefällt mir nicht, das hätte mein Erzeuger ja eventuell noch zugelassen.«

»Was dann?«

»Football. Ich will der beste Quarterback werden, den es in der Liga gibt.« Sven lacht, aber er lacht mich nicht aus. Er zerzaust meine Haare und murmelt liebevoll: »Mein Kämpfer ist wieder da. Was hab ich deine Energie, deine Anwesenheit vermisst! Die USA, Roland, sind also dein Ziel. Das trifft sich gut, denn Arne möchte sich dort an einer Klinik bewerben, um noch besser zu werden, als er bereits ist. Der Kerl ist ein Genie.« Er grinst mich stolz und verschwörerisch an, spricht jedoch in einem ernsten Tonfall weiter.

»Wir haben das aufgeschoben, wollten erst gehen, wenn du achtzehn bist. Dich, wenn du uns immer noch gerne, uns nicht vergessen hast und uns nicht böse bist, mitnehmen, und dort aufs College schicken.«

»Echt?«

»Ja, sicher. Du glaubst doch nicht etwa, dass wir nicht um dich gekämpft haben, um dich immer noch kämpfen, Liebling, oder? Dein Vater mag ein Trinker sein, aber er hat irgendein heißes Eisen gegen den Sachbearbeiter des Jugendamts im Feuer. Wir hatten nie eine Chance, dich zu bekommen, alles wurde abgeschmettert. Die Berichte, die geschrieben wurden, lobten deine Eltern in höchsten Tönen. Von den Alkoholexzessen, deinen abgegebenen Schwestern und deinem Bruder war nie mehr die Rede. Deine Eltern haben sich laut dem Amt einer Therapie unterzogen und haben ihr Leben im Griff. Ihre Töchter wollten jedoch bei ihren Familien bleiben. Warum das genehmigt wurde und in deinem Fall nicht, entzieht sich unserem Verständnis. Dagegen klagen wir, seit du weg bist. Jetzt geh duschen. Ich rufe Arne an, der wird vielleicht Augen machen.«

»Und die Polizei?«

»Die wird dich nicht rausschleifen. Wenn es so weit kommen sollte, wirst du, wie gesagt, erst einmal in einem Jugendhaus untergebracht, aber noch ist es nicht so weit. Du bist so groß geworden, der Wahnsinn, Roland.« Wenig später, als ich aus der Dusche trete, um in die Küche zu gehen, höre ich Sven mit jemandem telefonieren.

»Er ist hier bei uns, hat geweint, man erkennt deutlich, dass er ein Veilchen hat. Jonas, er hat mir Dinge erzählt, von denen er vermutlich nicht mal weiß, dass er sie laut ausgesprochen hat. Ich lasse nicht zu, dass er dorthin zurück muss. Du musst etwas tun, und das schnell. Er war am Bahnhof, hat sich prostituiert, nur, um an das Geld für die Fahrkarte nach Hamburg zu kommen. Mir wird schlecht, wenn ich mir überlege, was er noch alles getan hat.« Ich stehe erstarrt da und lausche. *Habe ich ihm das wirklich erzählt? War ich so am Ende?* Sven sieht zu mir und deutet mir an, näher zu treten.

»Ich muss auflegen, wir treffen uns wie besprochen. Bis gleich. Geht's dir besser, Schatz?«

»Hm. Mit wem sprichst du?«

»Unserem, nein, deinem Anwalt. Er wird in etwa einer Stunde im Krankenhaus sein.«

»Krankenhaus?«

»Ja. Dort wirst du untersucht, durchgecheckt und du wirst den Ärzten, nicht Arne, anderen unabhängigen Ärzten alles erzählen. Roland, du musst da durch, wenn du bei uns bleiben willst. Wir brauchen wirklich jede Information, die wir kriegen können, und das zügig, damit Jonas Argumente hat, die man nicht so ohne Weiteres übergehen kann.«

»Sie werden mir nicht glauben.«

»Das kann passieren, wird es aber nicht. Komm, lass uns gehen.« Wenig später bin ich in einem weiteren kleinen Albtraum, nur sind Sven und Arne an meiner Seite. Die Ärztin, die mich mitnimmt, ist sehr nett. Sie spürt genau, dass hinter der coolen Fassade, die ich aufgesetzt habe, ein zutiefst unsicherer Kerl steckt, dem alles über den Kopf wächst. Sie nimmt sich Zeit, viel Zeit, und das schafft Vertrauen. Sie hört mir zu, so wie Arne und Sven das immer tun. Doktor Böllinger ist um die sechzig, könnte meine Großmutter sein. Als ich einmal angefangen habe, zu reden, läuft es wie von selbst. Ich erzähle ihr alles, wirklich alles. Auch, dass mein Vater dem Hausarzt immer gesagt hat, ich sei über meine eigenen Füße gestolpert, habe meinen Arm beim Radfahren gebrochen, mir die Platzwunde bei einem Sturz vom Baum eingefangen, sei zu blöd, geradeaus zu laufen und die Treppe runtergefallen. Ich lasse nichts aus. Instinktiv weiß ich, dass sie mir Glauben schenkt und nicht wie der Hausarzt zu Hause ist. Sie nimmt mir Blut ab, versorgt mein Auge nochmals. Ich muss einen Sehtest und einen Hörtest hinter mich bringen. Mein Arm, der zweimal gebrochen war, wird geröntgt und sie fragt mich vorsichtig nach der Nacht mit Karl-Heinz. Er wird Probleme bekommen, das ist mir in diesem Moment allerdings nicht bewusst. Ich denke, dass sie in Erfahrung bringen will, ob ich Kondome benutzt habe, und vor allem, ob dies eine einmalige Angelegenheit war. Keine Ahnung, wie lange das alles gedauert hat, aber ich werde müde. Unheimlich müde. Sich einmal alles von der Seele zu reden, tut gut. Vor allem, wenn man spürt, dass der Mensch, der zuhört, dies auch wirklich tut. Sie bringt mich, als ich nichts mehr sagen kann, zurück zu Sven und Arne, sagt erst mal nichts, sondern bittet Jonas zu sich ins Zimmer. Nicht, ohne mich vorher aufgeklärt und mein Einverständnis eingeholt zu haben, ihm und auch Sven und Arne gegenüber offen über alles sprechen zu dürfen. Arne, der jetzt ebenfalls da ist, nimmt mich in den Arm.

»Meine Güte, bist du groß geworden! Roland, warum nur hast du nicht angerufen?«

»Er hat immer gesagt, dass ihr Probleme bekommen würdet, er dafür sorgen werde, dass die Schwuchteln, also ihr, in den Knast wandern. Ich … darf ich nach Hause?« Der unsichere junge Roland, der einfach noch ein Kind oder zumindest Teenager sein möchte, tritt hervor. »Ich bin so müde und mein Kopf tut weh.«

»Natürlich. Warte einen Moment.« Er klopft nochmals an die Tür und spricht kurz mit Jonas und der Ärztin. Danach fahren wir heim und ich falle todmüde in mein Bett. Ja, mein Bett. Mein Zimmer ist noch eingerichtet wie an dem Tag, als mich das Jugendamt von dort abgeholt hat. Die beiden haben die Wahrheit erzählt, als sie mir gesagt haben, sie hätten mich nie aufgegeben.

Friedlich schlafe ich ein.

Die folgenden Wochen erlebe ich wie im Traum. Ich bin zu Hause und darf dort auch bleiben – bis zur endgültigen Entscheidung, was mit mir passieren wird. Da Ferien sind, muss ich auch nicht zur Schule. Sven fährt mit mir zu den Hamburg Pioneers und meldet mich dort im Verein an. Ich darf nun täglich trainieren und zusehen, wenn die

Mannschaft spielt. Ein Traum. Es macht unendlich Spaß. Als ich zum ersten Mal die Kleidung anhabe und auf dem Platz stehe, fühle ich mich angekommen. Ich trainiere in diesen Ferien hart, mehr als das, meine Sorge, womöglich zurückzumüssen, powere ich aus. Ich bin oft der Erste und Einzige, der trainiert und meistens der Letzte, der geht. Sven und Arne lassen mich in dieser Zeit in Ruhe. Ich denke, sie spüren, dass ich genau diesen Ausgleich zu den letzten Monaten und Jahren brauche.

Eine Woche vor Ferienende ist die Verhandlung vor dem Vormundschaftsgericht. Wir müssen in den Süden, vor Ort fahren, und mir wird angst und bange. Ich schlafe schlecht in diesen Tagen. Mit jedem Kilometer, den wir uns dem Ort nähern, werde ich ruhiger und mir wird übel. Arne muss zweimal anhalten und ich übergebe mich. Er ist sehr besorgt, will mir aber keine Medikamente geben, nicht, dass das Gericht dies als Beeinflussung ansieht. Das Aufeinandertreffen mit meinen Eltern ist schlimm. Vater ist nüchtern und aggressiv. Ich denke, weil er auf Entzug ist. Sein Anwalt tritt siegessicher auf. Er ist derjenige, der mich schon einmal zu ihm zurückgeschickt hat. Mir ist wieder schlecht und ich muss mich erneut übergeben, was Arne mit großer Sorge zur Kenntnis nimmt. Die nette Ärztin jedoch, die ebenfalls mitgefahren ist, nimmt sich meiner an. Sie sitzt mit mir neben meinem Anwalt. Überraschenderweise geht es schnell. Ich werde gefragt, wo ich denn gerne leben möchte, und sage laut und deutlich: »Bei Arne und Sven.« Die Richterin fragt mich einige für mich triviale Dinge. Ob ich die Ferien genossen hätte, was ich getan habe. Ich erzähle ihr vom Sport und davon, dass wir einige Tage an der Nordsee verbracht haben, dass wir mein Kinderzimmer umgestaltet und ihm einen neuen Anstrich verpasst haben. Danach muss ich mit einer Mitarbeiterin des Jugendamtes den Saal verlassen. Es dauert. Zwei Stunden später aber treten Arne und Sven durch die Tür. Sie lachen und ich renne zu ihnen.

»Ich darf bleiben?«

»Ja, und noch besser, du darfst mit uns in die USA, dort zur Schule gehen und aufs College.«

»Und er kann mich nicht mehr holen?«

»Nein. Die Entscheidung ist gefallen, du darfst bis zu deiner Volljährigkeit bei uns bleiben. Das ist amtlich.«

# USA

Amtlich und schwarz auf weiß. Das Blatt Papier hängt gerahmt in meinem Zimmer in Hamburg, aber nicht besonders lange. Arne wird nach einem Anruf und einem kurzen Gespräch keine zwei Wochen später an die University of Florida in Gainesville berufen – nicht, wie er sich das eigentlich vorgestellt hat, als Schüler (Arne hat sein Licht schon immer unter den Scheffel gestellt, das sind Svens Worte), nein, als Professor oder Lehrer oder wie das auch immer in den USA heißt. Sie wollen ihn unbedingt haben.

Er fliegt voraus und sucht für uns dort eine geeignete Wohnung, in deren Nähe sich eine Highschool befindet, an der Football unterrichtet wird. Da in Deutschland bereits die Schule begonnen hat, reisen Sven und ich erst in den Herbstferien nach. Ab jetzt beginnt ein Abenteuer, das bis heute anhält. Die folgenden Jahre gehe ich in die Highschool, werde aber, und das ist ziemlich erstaunlich, nach einem Probetraining an der Universität zum Training zugelassen (ist so nicht möglich). Es ist, als hätten sie auf diese Weise Arne ködern wollen, was sie überhaupt nicht hätten tun müssen. Für mich aber war dies der erste Baustein oder Glücksfall für meine Karriere, denn dort werde ich nur ein Jahr später von Sportscouts entdeckt. Eine Ehre schlechthin. Mit gerade einmal siebzehn erhalte ich einen Profivertrag. Natürlich sitze ich auf der Bank und bin wirklich nur Nachwuchsspieler, werde aber in das Training der Profis einbezogen und dadurch immer besser. Die Highschool beende ich mit Bestnoten und die Universitäten buhlen um mich, den jungen Auswanderer und Nachwuchsstar. Denn so werde ich in den Medien betitelt. Ach ja, ein kleines Detail habe ich noch vergessen. Roland Müller, den gibt es nicht mehr. Als der erste Profivertrag ins Haus flatterte, haben Arne, Sven und ich gemeinsam entschieden, dass mein Name geändert wird. Ich bin nun Rune Miller. Das war der zweite Baustein meines Glücks. Der dritte, dass ich es geschafft habe, mein schwules Ich zu unterdrücken. Ich war nie mehr mit einem Kerl zusammen, geschweige denn, mit einer Frau. Und Sex … der musste sozusagen geopfert werden für die Karriere, denn ein schwuler Footballspieler, noch dazu ein Ausländer würde es nie bis nach oben schaffen. Und genau dort will ich hin. Baustein fünf ist mein Manager. Arne und Sven haben ihn mit deutscher Gründlichkeit auf Herz und Nieren geprüft. Ich vermute, dass er noch nie so durch die Mangel genommen wurde wie von ihnen. Aber auch das hat sich gelohnt und ich war immer ehrlich zu ihm. Fast, dieses klitzekleine Detail, dass ich auf Männer stehe, habe ich ihm verschwiegen. Er hat mir dazu geraten, auf das Columbia College zu gehen, zu den New York Bulls. Der Vertrag beinhaltete ein Vollstipendium, eine Wohnung und ein ordentliches Taschengeld. Die Tür zum Erfolg nannte er es damals, und er hatte recht, klar gehörte Glück dazu. Riesiges Glück. Denn ich war zwar Quarterback, aber der dritte oder vierte im Team. Glück hatte ich, weil bei einem der wichtigsten Spiele der Saison der als Nummer 1 gehandelte Quarterback dank einer Lebensmittelvergiftung kotzend über der Schüssel im Stadion kniete und Nummer zwei ihm kurze Zeit später folgte. Das Sushi war wohl nicht besonders gut gewesen. Mein Trainer war verzweifelt, denn Nummer drei lag mit einer Knieverletzung zu Hause auf dem Sofa. Das war meine Chance, eine größere würde ich nicht noch einmal in naher Zukunft bekommen. Dass ich es kann, war mir zu jeder Zeit bewusst, und irgendwie auch der Mannschaft. Ich war immer ein Teamplayer, auf mich kann man sich verlassen. Wie nennt mein Trainer das?

»Eine wirklich beeindruckende Eigenschaft, die der german Boy da hat.« Ich muss bei diesem Mischmasch an Sprache immer lachen. Aber wenn er es so sagt, wird es wohl stimmen. Fakt ist, wir gewinnen das Spiel, und zwar nicht wegen mir alleine, aber gewiss, weil ich herausragend gespielt habe. Die Sympathien der Fans fliegen mir nur so zu. Und sie haben Macht, wollen mich immer wieder spielen sehen und so kommt es, dass mein Manager mich schon bald als die Nummer eins in einem anderen Team unterbringt, mit einem Gehalt, bei dem Arne und Sven die Luft wegbleibt. Ich werde umziehen müssen, alleine, denn die beiden werden, so hart mir der Abschied auch fällt, nach Hamburg zurückkehren, und das ist gut so. Ihnen habe ich es zu verdanken, dass ich hier stehe. Erwachsen, selbstbewusst und nicht mehr so verletzlich wie an diesem Tag vor Jahren, als ich an ihrer Haustür geklingelt habe, nach der, wenn ich zurückblicke, schlimmsten Nacht meines Lebens. Erst jetzt, Jahre später, wird mir klar, was ich damals getan habe, wie verzweifelt ich gewesen bin, wie einsam und alleine. Das ist heute anders. Ich habe Freunde, Familie und jetzt schon ein Vermögen verdient. Darum werden sich meine Väter kümmern, denen ich, was das anbelangt, blind vertraue und, ja, Väter, denn sie haben mich im Alter von achtzehn Jahren, als ich es selber entscheiden durfte, adoptiert. Ich bin nicht länger mit meinen Erzeugern verbunden. In meinem Pass stehen zwei Namen: Roland Merkling und Rune Miller.

Was sich mit der Zeit als Problem herausstellt, ist der Sex. Meine Bedürfnisse werden größer, viel größer, was, will ich meinen, völlig normal ist. Auswahl habe ich genug. Meine weiblichen Groupies wollen sich mit mir zeigen, flirten ungeniert mit mir und würden sofort, ohne zu zögern, mit mir ins Bett gehen. Nur haben sie Brüste und keinen Schwanz und auch keinen harten männlichen Körper. Anders sieht es aus, wenn ich die Jungs in der Dusche ansehe. Das ist es, was ich will. Natürlich sind sie tabu, auch jegliche Reaktion auf einen von ihnen ist ein No-Go. Selbst, wenn ich herausfinden würde, dass einer von ihnen wie ich ist, dürfte ich mich im Leben nicht outen. Jetzt, da meine Karriere läuft, schon gar nicht. Was ich tun muss, ist, mich mit Models an meiner Seite sehen zu lassen, mit ihnen auf Partys zu gehen. Ich, der Star, bin ihr Tor zu den Schönen und Reichen dieser Welt. Zum Glanz, wie sie glauben. Dass dies alles nur Schein ist und mit dem wahren Leben nichts zu tun hat, verstehen sie nicht. Wie auch? Die meisten kennen nur dieses Leben. Ich aber weiß um den Unterschied sehr wohl. Deshalb werde ich dem falschen Glanz nie erliegen. Ich werde mitmachen, aber immer wissen, dass die reale Welt eine andere ist. Dass dort andere Werte gelten. Das hat mich mein bisheriges Leben gelehrt. Und mitmachen ist auch das Stichwort. Mein erster Kuss mit einer Frau liegt weit zurück. Es kostete mich Überwindung. Aber es geht, man kann vieles im Leben durchstehen. Die Vorstellung, einen Mann vor mir zu haben, hilft. Manchmal. Die erste Nacht mit einer Frau war das Schwerste, was ich je getan habe. Dass ich überhaupt einen Steifen bekommen habe, war eine Leistung. Sie hat wohl gedacht, dass sie mich beglücken und belohnen muss und nicht ich sie. Denn sie tat wirklich alles, um mir einen Blowjob der Extraklasse zu verpassen. Meine Augen waren fest verschlossen und ich versuchte, den penetranten Geruch des Parfüms, der ihr anhaftete, zu ignorieren. Als sie sich auf mich setzte und mich ritt, war sie zufrieden. Dass ich nicht abgespritzt habe, hat sie nicht bemerkt. Nach dieser Nacht wurde es schlimmer. Ich musste einen Weg finden, Sex zu haben. Sex, der mich befriedigt, der mir Genuss schenkt. Also Sex mit einem Kerl. Die Sehnsüchte, die nicht aus meinem Kopf zu kriegen sind, die, die ich mir über gewisse Seiten im Internet immer wieder als Film reinziehe, um danach mit der Faust um meinen Penis laut, einsam und alleine in meinem Bett abzuspritzen. Immer bleibt ein hohles Gefühl übrig. Eine unausgefüllte Leere. Und sie wird mit jedem Mal größer.

Mein Manager Cole überrascht mich an einem Morgen mit der Ankündigung, dass ich erneut umziehen müsse.

»Was meinst du?«

»Dein Lieblingsverein hat angerufen.«

»New York?« Als er nickt, werde ich etwas, nur etwas, aufgeregt, aber Cole kennt mich und lächelt. Er weiß genau, dass New York mein zweites Zuhause nach Hamburg ist. Ich liebe diese Stadt, die Menschen und einfach alles dort. Die Welt pulsiert, es gibt unzählige Möglichkeiten, die man in dieser weltoffenen Metropole hat, und doch ist sie wieder klein und man bekommt irgendwie alles mit. Einem Wechsel zurück dorthin werde ich, ohne mit der Wimper zu zucken, zustimmen. Auch, wenn er nicht zu einhundert Prozent perfekt sein sollte.

»Sie wollen mich, haben ein Angebot gemacht?«

»Ja.«

»Wenn du sagst, dass ich umziehen muss, ist es gut?«

»Auch das.«

»Jetzt spuck es aus.«

»Du bist die Nummer eins. Der Vertrag läuft drei Jahre und du erhältst …« Die Summe, die er nennt, bedeutet, dass ich ausgesorgt habe. Wenn ich mich die kommenden drei Jahre nicht blöd anstelle, mich nicht verletze und nicht schwul bin, habe ich ausgesorgt. Das bedeutet, mein schwules Ich muss sich weiter hintanstellen.

»Du siehst nicht unbedingt glücklich aus.«

»Bin ich, das täuscht.«

»Was ist los mit dir, Rune? Du gefällst mir seit Wochen nicht. Hast du Heimweh? Flieg rüber zu Arne und Sven, mach dir ein paar schöne Tage in Hamburg. Ich suche dir solange eine Wohnung und organisiere den Umzug.« Keine Ahnung, wieso ich es heute sage. Es bricht aus mir heraus.

»Ich bin schwul.« Cole mal sprachlos und geschockt zu erleben, wäre geradezu lustig, wenn ich nicht Angst bekommen würde, dass er erstickt bei dem verzweifelten Versuch, Luft in seine Lungen zu pumpen. Mir wird bewusst, dass womöglich mit diesen Worten mein Traum geplatzt ist.

»Krieg dich ein.«

»Du … du …« Er japst geradezu. »Schwul?«

»Ja.« Urplötzlich wird er ernst, steht mit einem Gesichtsausdruck vor mir, der mir fast Angst einjagt.

»Wer weiß davon?«

»Niemand.«

»Arne, Sven?«

»Vielleicht, wir haben nie offen darüber gesprochen, aber ja, ich denke, sie wissen es.«

»Hattest du mit irgendjemandem hier Sex, oder hast du einen Freund? Wenn ja, hoffe ich für dich, dass du ihre Namen kennst. Kein Freund?«

»Nein.« Er atmet, fast meine ich erleichtert, aus.

»Junge, Junge. Du … du willst mir sagen, dass dies wirklich keiner weiß?«

»Richtig. Ich weiß, dass ein Footballspieler nicht schwul ist. Entweder Karriere oder das andere. Aber Cole, ich schaffe es nicht mehr, meine Bedürfnisse zu unterdrücken. Ich muss … ich … das mit den Frauen wird immer schwieriger. Um das durchzustehen, brauche ich Sex, ich werde sonst verrückt.«

»Du wirst dich bis nach der Vertragsunterzeichnung zusammenreißen.« Erstaunt sehe ich zu ihm. »Ich überlege mir was. Hier in den USA, Rune, wirst du nicht aktiv werden. Du versprichst mir jetzt und hier, dass du mit keinem Mann mehr was anfängst. Auch nicht bei einer der Sexpartys, auf die die Jungs immer mal wieder gehen. Dass es dort ungezügelt zugeht, weiß ich und auch, dass Kerle da sind, die euch wiederum das geben, was ihr wollt. Schau nicht so beschämt, klar weiß ich davon. Ich organisiere zum Teil solche Partys, wenn es gewünscht wird. Warst du jemals dabei?«

»Ja, einmal und das war hart. Ich war kurz davor. Bin mit Blick in die Augen von einem der Kerle gekommen. Aber mehr war nicht.«

»Das wird auch so bleiben. Wie gesagt, Rune, du reißt dich zusammen und ich überlege mir was.« Hoffnungsvoll sehe ich zu ihm.

»Du bist mir nicht böse?«

»Doch, aber das ändert nichts an der Tatsache, dass du im Moment mein bestes Pferd im Stall bist. Ich verdiene gut an dir und ich will, dass du dort, wo du stehst, bleibst. Du bist nicht der erste Schwule, den ich manage, aber der erste, der es geschafft hat, mich … wie lange kennen wir uns jetzt … vier Jahre?, an der Nase herumzuführen. Du wirst ab jetzt ehrlich zu mir sein. Das hätte nach hinten losgehen können, Rune Miller. Hast du eigentlich eine Ahnung, was hätte passieren können? Und das bei deinem Talent! Eine Katastrophe wäre das gewesen, ein Desaster. Wir leben in einer liberalen, offenen Welt, das stimmt. Aber ein Footballspieler, ein Quarterback ist nicht schwul. Kapiert?« Er wird mit jedem Wort lauter, das Rumpelstilzchen tritt mal wieder hervor. Ich lasse seine Tirade über mich ergehen und bereite mir ein Müsli vor. Als er mit rotem Kopf vor mir steht, lächle ich.

»Willst du auch?«

»Du … du … muss ich sonst noch was wissen?«

»Ich bin devot und wenn ich mir vorstelle, dass mich ein Kerl dominiert, mir den Arsch versohlt und lauter dreckige, üble Dinge mit mir anstellt, kommt es mir beinahe.«

»Du … du … ich …« Er geht zur Bar, holt eine Flasche Whiskey hervor, öffnet diese und nimmt einen Schluck. Ich esse genüsslich mein Müsli, denn mir geht es gut, richtig gut. Er weiß es jetzt, es ist raus. Cole wird eine Idee haben und ich Sex, der Tag könnte nicht besser beginnen. Diese Erleichterung, es endlich ausgesprochen zu haben, hält an und spiegelt sich in meinen Leistungen wider. Noch hatte ich keinen Sex, halte mich an die Abmachung mit Cole, doch weiß ich mit Gewissheit, dass er an einer Lösung arbeitet und nur einige Wochen danach präsentiert er mir diese.

»Hi Cole. Zu so später Stunde? Hab ich einen Termin verpasst?«

»Nein, würdest du nie tun. Deine deutsche Pünktlichkeit ist legendär. Das ist es nicht. Setz dich, wir müssen reden.« Und das tun wir. Cole redet Klartext mit mir. In aller Deutlichkeit und mir wird klar, dass er zwar nun weiß, wo meine sexuelle Orientierung liegt, dies jedoch nicht bedeutet, dass ich sie einfach so ausleben kann und nicht mehr mit Frauen ausgehen muss. Dieses Leben wird nicht vorbei sein, im Gegenteil. Ich bin attraktiv und sehe gut aus, bin ein heiß begehrter Kerl.

»Du wirst dich mit ihnen zeigen. Ich verlange nicht, dass du dir eine Freundin zulegst, Rune, gewiss nicht. Für dein Image eines jungen erfolgreichen Sportlers wäre das auch nichts. Wechselnde Partnerinnen sind da das Beste. Von mir aus buch dir bei einem Escortservice hin und wieder eine, wenn du keine Lust auf Sex hast, ich kann das für dich erledigen, aber du musst es tun, immer wieder. Oft. Ein Gerücht kannst du dir nicht leisten. Nichts in diese Richtung. Hier.«

»Was ist das?«

»Viagra. Mir war nicht klar, dass es dir schwerfällt, überhaupt einen hochzukriegen. Damit klappt es besser.«

»Du erstaunst mich immer wieder. Deiner Rede nach werde ich allerdings so weiterleben wie bisher. Kein Sex mit einem Kerl. Nie. Habe ich das so richtig gedeutet?« Meine Stimmung dreht. Erleichterung und Hoffnung sind weg. Coles Blick ist mir überdeutlich bewusst.

»Nein. Lies.«

»Was ist das?«

»Deine Lebensversicherung. Deine Karriereversicherung und der Eintritt in ein gelegentliches Ausleben deiner Bedürfnisse. Ich betone: hin und wieder. Du wirst keinen Freund haben, nie! Nur unverbindlichen Sex, nicht mehr. Niemand darf wissen, auf was du stehst, und das ist mein Ernst, Rune.«

»Was soll das dann sein?«

»Eine Verschwiegenheitserklärung. Sie ist wasserdicht. Wenn irgendeiner redet, der das unterzeichnet hat, wird er sein Leben lang nicht mehr glücklich werden. Du wirst jeder Person, mit der du ab jetzt Umgang pflegst, egal, ob Freund, Bekannter, Verwandter, völlig egal, ob einem Journalisten, dem du ein Interview gibst, oder einem Model, das du abends ausführst, jedem, der mit dir privaten Kontakt hat, diese Erklärung vorlegen und sie unterschreiben lassen. Das ist Arbeit und Gewohnheit. Mache es dir zu eigen. Bevor du also auch nur daran denkst, dich in die Hände von wem auch immer in sexueller Hinsicht zu begeben, wird dieser jemand diese Erklärung unterzeichnen. Das ist im Übrigen nicht nur wichtig, weil du schwul bist, das wäre eines der Dinge gewesen, die ich dir in Kürze ohnehin vorgeschlagen hätte im Hinblick auf deine zunehmende Popularität und dein Privatleben, das es zu schützen gilt. Außerdem …«

»Was noch?«

»Nur in Deutschland oder sonst irgendwo auf der Welt. Nicht hier in den USA. An keinem

Urlaubshotspot. Ausschließlich an einem Ort, an dem man dich vermutlich nicht kennt. Rune, halt dich daran und … hab Spaß. Ich will dir das nicht nehmen, denn, wenn ich das tun würde, klappst du mir irgendwann zusammen. Du lebst zwei Leben, das des Rune Miller, Ausnahme-Footballspielers, des Quarterbacks der New York Bulls, und das von Roland Merkling, dem es Spaß macht, sich … wie hast du es formuliert?, den Arsch versohlen zu lassen. Echt, darauf stehst du? Irgendwie verstehe ich das ja schon, denn Sportler müssen Schmerzen ja geradezu lieben. Das Training kann nicht nur Freude bereiten, aber das?« Er lächelt mich an.

»Geht es dir damit besser, Rune? Und versprichst du mir, dich daran zu halten? Wenn du Scheiße baust, sag es mir umgehend. Merk dir den Namen des Kerls. Du hast genug Kohle, um auch mal bei Ärger zu zahlen. Sei es den Anwalt oder Schweigegeld. Aber lass es nie so weit kommen. Und jetzt noch eines.«

»Noch was?«

»Hier, dein Ticket.«

»Was …?«

»Ab nach Deutschland, du hast zwei Wochen Urlaub. Nutz sie und komm mit einem strahlenden Gesicht zurück. Ich will später keine Details wissen, aber erkennen, dass du gut durchgefickt wurdest.

Und grüß mir Arne und Sven. Ich habe ihnen geschrieben, dass du Ende nächster Woche bei ihnen auftauchen wirst.«

»Du … du …«

»Nenn mich den Besten und von mir aus, wenn du willst, Master oder wie man in diesen Kreisen, in die du eintauchen möchtest, zu seinem Boss sagt. Daran gewöhne ich mich gerne.«

»Du … verfluchter Mistkerl!«

»Danke hätte auch gereicht.«

»Zwei komplette Wochen?«

»Ja. Geh packen und verschwinde, um das zu tun, was immer du zu tun gedenkst. Will ich das wissen? Nein … Mit einem Kerl? Rune, du fickst wirklich mit einem Kerl? Bei der Auswahl an Mädels? Meine Güte, in was für einer verdrehten Welt lebe ich nur? Hab Spaß.« Mit diesen Worten, einem kräftigen Schlag auf die Schulter verabschiedet er sich und sagt erneut mahnend: »Vergiss nicht, lass jeden, mit dem du Kontakt hast, diesen Schrieb unterzeichnen. Ich habe dir zig Kopien gemacht. Und arbeite an einer App, damit du das digital erledigen kannst. Vergiss es nicht. In jeder Jackentasche, in jedem Geldbeutel oder wo auch immer wirst du diese Zettel haben. Du lässt ihn unterschreiben, machst ein Foto und schickst es mir. Erst dann wirst du Spaß haben.«

# München

Ja, ich bin aufgeregt, nervös, erregt und … sagte ich schon aufgeregt? Ich bin unschlüssig, ob ich es tun soll. Wenn ja, wie stelle ich es an? Die Wahrheit sagen? Einfach die Klappe halten und alles auf mich zukommen lassen? Mit meiner, ich nenne es Verkleidung, trete ich nach einem tiefen Atemzug einen Schritt weiter in der Reihe. Der Klub ist gut besucht und scheint beliebt zu sein. Jeden Einzelnen sieht sich der Türsteher genau an. Einige kennt er, von ein paar jünger aussehenden Jungs lässt er sich den Ausweis zeigen. Andere dieser kleinen Twinks, so nennt man sie, habe ich gelesen, küssen ihn und setzen ein bittendes Lächeln auf. Keine Ahnung, was das soll. Vielleicht möchten sie, ohne zu bezahlen, in den Klub oder sie fordern ihn einfach nur heraus. Seine Konzentration ist trotz der Einlage der Jungs kein bisschen gesunken, er hat alles im Blick und wird, sehe ich in diesem Moment, von zwei weiteren unterstützt. Sie stehen allerdings etwas näher am Eingang, deshalb habe ich sie bisher nicht gesehen. Ich erkenne nur lachende Gesichter. Da ich ein totaler Anfänger bin, kann ich nicht unbedingt einordnen, ob es hier Kerle gibt, die für mich richtig sind. Oh ja, auch wenn ich ein Anfänger, ein Neuling bin, weiß ich, dass ich devot veranlagt bin, einen Mann suche, der mich durch die heutige Nacht leitet, der den Ton angibt und der mich vielleicht, wenn ich mich den Wunsch zu äußern traue, härter anpackt, mich demütigt oder schlägt. Obwohl ich keine Ahnung habe, was ich mir da so vorstelle, auf den Videos etwas anzusehen und dabei abzugehen, ist etwas gänzlich anderes, als es real zu erleben. Trotzdem stehe ich heute hier und bin hart, mehr noch, wenn ich wetten dürfte, sogar feucht. Alleine der Gedanke daran, dass es vielleicht heute passieren wird, verursacht dieses Gefühl in mir. Es geht weiter. Gleich werde ich vor dem Türsteher aufschlagen, der, wie mir auffällt, ein paar Mal Blickkontakt zu mir gesucht hat. Ob die Mütze unpassend ist? Die Verkäuferin meinte, dass sie total in sei, und sie versteckt meine dunkelblonden Locken, die mein Markenzeichen sind. Der blonde german Boy. Dazu die Brille mit Gläsern aus normalem Fensterglas. Die Jeans ist von Levis und nichts Besonderes, genauso wie das schwarze T-Shirt von der Stange kein Designerfummel ist. Wenngleich ich Wert auf gutes Aussehen lege, sitzt die Jeans nicht wie angegossen und das T-Shirt ist einen Tick zu groß. Wieder sucht der Türsteher Blickkontakt. Die Brille wird es sein, geht mir in diesem Moment auf. Wer geht mit Brille anstelle von Kontaktlinsen in einen Gayklub, wenn er Sex haben will? Wie dumm von mir! Er ist der Erfahrenere von uns beiden. Er hat durchschaut, dass ich jemand bin, der nicht erkannt werden möchte, oder? Ob ich gehen sollte? Vielleicht wäre das besser. Als ich abbrechen will und aus der Reihe trete, winkt er mir unauffällig zu und ich meine ein »Komm« zu hören.

»Ich wollte gehen.«

»Aha, sieht mir nicht so aus. Er ist hier, Peter. Soll ich ihn reinschicken? Okay.« Jetzt erst kapiere ich, dass er mit einem Headset ausgestattet ist und mit wem auch immer gesprochen hat.

»Geh schon rein. Peter erwartet dich.« Neugierig sehe ich zu ihm.

»Du bist bei ihm gut aufgehoben.« Kaum betrete ich den Flur, tritt mir ein Mann entgegen, der eine einnehmende Aura hat. Mir ist sofort klar, dass dies ein Master ist, ein Kerl, der meine Sehnsüchte erfüllen könnte.

»Hi, ich bin Peter. Mir und meinen Brüdern gehört der Klub hier. Du bist …?«

»Roland.«

»Roland. Komm rein. Schau dich um. Suchst du was Bestimmtes? Ich kann dir sicher dabei helfen und dich unterstützen.« Er sieht mich nicht neugierig oder anders an. Was rede ich? Er weiß es. Wenn ich auch keine Erfahrungen diesbezüglich habe, das kann ich klar und deutlich erkennen. Er ist ein Master und weiß genau, dass ich sein Gegenpart bin. Während wir durch den Klub gehen, der wirklich beeindruckend ist, habe ich Gelegenheit, mich umzusehen. Mir bleibt die Spucke weg. Für, und das klingt jetzt ziemlich abgehoben, München ist dieser Klub, möchte ich annehmen, etwas Besonderes. Die Jungs in New York würden sich hier wohlfühlen. Vielleicht. Bei genauerem Hinsehen wird einem bewusst, dass hier viele geile, schöne Männer auf der Suche nach der einen oder anderen anregenden Nacht anzutreffen sind. Nicht nur, möchte ich meinen, aber, seien wir ehrlich: viele. Der Bereich, der zum Darkroom führt, ist gut gekennzeichnet und zieht meinen Blick wie magisch an. Als ob Peter, der vorausgeht, am Hinterkopf Augen hätte, fragt er an mich gewandt. »Dein Zielort?« Ich sehe ihn an, sage jedoch nichts. Der Zettel in meiner Hosentasche brennt mir fast ein Loch in die Tasche. Was würde ich dafür geben, zumindest etwas offener reden zu können! Irgendwie weiß ich, dass er mich verstehen wird. Er führt mich tiefer in den Klub hinein, vorbei an der großzügigen Bar und der ausladenden Tanzfläche mitsamt Bühne. Dort rekelt sich in diesen Minuten ein Mann an einer Poledance-Stange und wird von einigen Kerlen genauestens betrachtet.

»Roland?« Wieder schaue ich zu Peter. »Kommst du mit nach oben?« Jetzt erst sehe ich, dass er bei einem Security-Mann steht, der den Aufgang zur Galerie bewacht. Schnell folge ich ihm und stehe bald an der Balustrade und betrachte den Klub von oben. Es sind noch weitere Männer hier, die sich um einen Tisch versammelt haben und in gemütlichen Sesseln sitzen, mich beobachten. Peter stellt sich neben mich und blickt nach unten.

»Roland …« Er zieht den Namen in die Länge, damit ich genau weiß, dass er mir nicht glaubt und dies mehr eine Frage ist als eine Anrede. Ohne weiter darüber nachzudenken, ziehe ich den Zettel aus meiner Hosentasche.

»Unterschreib. Bitte. Ich … es muss sein, sonst muss ich gehen oder werde verschwinden.«

»Und das willst du nicht?«

»Nein.« Peter sieht mich an, richtet den Blick auf das Schriftstück. Er zieht seine Augenbraue so speziell nach oben, dass es mich höllisch scharfmacht. Er weiß genau, wie er auf mich wirkt, der Kerl ist ein Profi – wie ich selber, nur in einer anderen Liga. Ich kenne mich in seiner kein bisschen aus und er sich, so vermute und hoffe ich, nicht in meiner.

Hier. In meine Gedanken versunken, habe ich nicht aufgepasst und nicht mitbekommen, dass er unterzeichnet hat. Er reicht mir das Dokument und ich ziehe mein Handy aus der Tasche, schaue ihn entschuldigend an, knipse ein Foto und sende es an Cole. Die Männer am Nebentisch beobachten mein Tun, ich jedoch ignoriere sie und versuche, den Blickkontakt mit ihnen zu vermeiden. Leise, nur für Peters Ohren bestimmt, sage ich: »Rune Miller. Ich bin Profi-Footballspieler und nicht schwul, bin ich aber, zudem …«

»Zudem?«

»Ich suche einen Kerl, der mir heute Nacht Erfüllung schenkt, auf spezielle Art. Jemanden, der mich als Sub in sein Spielzimmer begleitet und mich dort für einige Zeit mein Ich ausleben lässt.« Ich sehe Peter an und rede weiter: »Der mir Schmerzen bereitet und mich der sein lässt, der ich bin.« Meine Hände sind nass und Angst kriecht mein Rückgrat rauf und runter. Was, wenn ich falsch liege? Was, wenn er überhaupt kein Interesse hat, mich womöglich auslacht? Nervös warte ich ab. Sein kurzes »Komm mit« lässt mich hoffen. Ohne sich umzudrehen, geht er durch den VIP-Bereich zu einer Tür im hinteren Bereich. Er weiß, dass ich ihm folge. Die Männer am Tisch lächeln mir zu, einige, meine ich, aufmunternd und andere fast sorgenvoll oder sehnsuchtsvoll. Ob sie ebenfalls gerne mit Peter gehen würden? Die Tür führt auf einen Flur, von dem links und rechts mehrere Türen abführen. Die meisten Räume sind belegt, wie an einem Licht oben am Türsturz zu erkennen ist. Peter öffnet eine Tür und aufgeregt folge ich ihm. Als ich im Raum stehe und das Andreaskreuz an der Wand sehe, komme ich beinahe. Das hier ist alles, was ich mir in den letzten Jahren erträumt habe. An der Wand entdecke ich außerdem viele mir eine Gänsehaut bescherende Schlaginstrumente, die ich noch nicht einmal genau benennen kann. Da sind schwere Ledermanschetten, die auf einer Kommode liegen, daneben Kerzen und … in meiner Ergriffenheit habe ich Peter völlig vergessen.

»Es freut mich ja, dass dir dieses Zimmer gefällt, Rune, nur solltest du deinen Master nicht ignorieren.« Erstaunt sehe ich ihn an.

»Du hast mich ignoriert. Ein Fehler. Der erste.« Sein Tonfall, seine Worte und vor allem sein Blick verursachen erste Bedenken. Ob ich ihm sagen sollte, dass dies mein erstes Mal ist, dass ich keine Ahnung habe, was jetzt kommt, was er alles von mir erwartet? Hört er dann auf oder beginnt er erst gar nicht? Gedanken überschlagen sich, doch seine nächsten Worte bckräftigen meine Entscheidung.

»Zieh dich aus, Rune. Langsam. Ich will genau sehen, was ich mir für heute Nacht angelacht habe. Du bist Profi, ein Sportler. Dein Körper kann nur pure Lust versprechen. Ich werde dich so was von fertigmachen, dich zum Schreien bringen, dich ficken und dir die Ruhe, die du suchst, schenken. Doch sei dir dessen bewusst, dass ich nicht zimperlich, sondern ein Master bin. Du hast dir keinen einfachen Dom ausgesucht, allerdings einen, der weiß, wie er mit dir umzugehen hat. Du musst dich um deine Gesundheit nicht sorgen. Gewiss nicht. Aber tätscheln werde ich dich nicht. Ich will meine Subs schreien hören, laut. Und nichts macht mich mehr an, als wenn ein Kerl mir seine Tränen schenkt, sich mir anvertraut.« Bei dieser Ansprache, diesen Worten schiebe ich sämtliche Bedenken beiseite und halte meine Klappe, blicke ihn an und ziehe mich langsam aus. Zuerst die Brille und die Mütze, danach das T-Shirt.

»Stopp, bleib stehen!« Peter tritt näher zu mir, berührt meine Brust, fährt mit dem Finger über meine Bauchmuskeln bis zum Bauchnabel. Die wenigen blonden Haare, die dort wachsen, verursachen ein wohliges Kribbeln, als er mit dem Finger darüber streichelt. Am Hosenbund fährt er langsam mit Blick in meine Augen von links nach rechts.

»Du siehst lecker aus, mein Freund. Wann hast du das nächste Spiel?« Überrascht sehe ich zu ihm.

»Wenn ich mit dir fertig bin, wird man erkennen, wo du warst, und das einige Tage. Deshalb, Rune: Wann ist dein nächstes Spiel?«

»In zwei Wochen.«

»Gut. Sagst du ›grün‹, ist alles in Ordnung. Bei ›gelb‹ mache ich langsamer, bei ›rot‹, Rune, ist Schluss. Ich werde sofort aufhören, wenn du ›rot‹ sagst. Und jetzt zieh dich ganz aus, zeig mir, was da in deiner Hose um Aufmerksamkeit bettelt.« Er tritt einen Schritt zurück, um mir Platz zu lassen. Mit zitternden Händen öffne ich den Gürtel und den Knopf an meiner Jeans, ziehe den Reißverschluss auf und streife die Hose runter, schlüpfe aus den Beinen und stehe in meinen Boxershorts da. Ich weiß nicht, ob ich diese ebenfalls gleich ausziehen soll, und sehe etwas unsicher zu ihm.

»Alles.« Es ist beschämend für mich, aber genau das macht mich wiederum an. Peter trägt immer noch seinen wirklich hervorragend sitzenden Anzug und ich bin nackt. Mein Penis steht ab und ich kann nicht leugnen, dass ich erregt und geil bin. Er lässt mich zappeln, steht nur da und betrachtet mich. Als ich den Blick senken will, zieht er nur wieder seine Augenbraue nach oben und ich bleibe genau so stehen. Mich fixierend, zieht er langsam seine Anzugjacke aus, öffnet die Manschetten an den Handgelenken und krempelt die Ärmel quälend langsam nach oben, geht zum Sideboard und holt sich die dicken Ledermanschetten, bei deren

Anblick ich bereits vor wenigen Minuten fast gekommen wäre.

»Deine Hände nach vorne, Rune.« Er betont meinen Namen jedes Mal so deutlich, dass dieses erwartungsvolle Kribbeln in mir von Sekunde zu Sekunde zunimmt. Als sich das kalte Leder um meine Gelenke legt, werde ich ruhig, konzentriere mich nun völlig auf das, was vor mir liegt. Es ist ähnlich wie vor einem großen Spiel. Dieses Gefühl ist absolut vergleichbar. Bisher. Peter bringt auch Manschetten an den Fesseln an und führt mich danach langsam zum Andreaskreuz. Noch könnte ich ihm sagen, dass es mein erstes Mal ist, noch … aber ich schweige. Mein Herz klopft vor Aufregung und ich kann meinen Atem fast nicht beherrschen. Peter scheint zu spüren, dass ich kurz davor bin, zu hyperventilieren. Nicht vor Angst, mehr vor Lust und dem Drang, tief und viel Luft zu holen für das, was kommt. Er macht dies alles gewiss nicht zum ersten Mal, beginnt, mich an den Schultern zu massieren, fährt mit den Händen mein Rückgrat hinunter bis zu meinen Arschbacken, knetet sie, umfährt meine Brust, drückt mich an sich, lässt mich seine Wärme spüren. Er umfasst meinen Schaft, der glitschig ist, und beginnt, ihn zu massieren, nicht zu lange. Eher kräftig und fast schmerzhaft holt er mir einen runter und lässt mich los.

»Grün, gelb, rot, Rune. Bei welcher Farbe sind wir gerade?«

»Grün« folgt unvermittelt und kaum verlassen die letzten Töne des Wortes meinen Mund, stöhne ich schmerzvoll und gleichzeitig lustvoll auf, denn der erste Schlag mit Peters Hand trifft meinen Arsch. Und der hatte es in sich. Mehrere Hiebe nur mit der Hand folgen. Das warme Kribbeln wird stärker. Als ob er spürt, dass es nun geht, verändert sich der Schmerz. Nun beginnt er, mit was auch immer meinen Hintern und meinen Rücken zu bearbeiten. Es ist erträglich, alles, was er macht, es ist geil. Ich bin hart, und doch keuche ich vor Schmerz. Immer wieder sucht seine Hand meinen Schaft und kontrolliert, ob er noch steht, reibt ihn, lässt nicht zu, dass die Erregung in sich zusammenfällt. Er streichelt meinen Rücken, fährt immer wieder mit der Hand über die empfindlicher werdende Haut an den Backen. So plötzlich, wie er angefangen hat, ist Schluss. Peter kommt zu mir, dreht meinen Kopf in seine Richtung. Und dann küsst er mich. Leidenschaftlich und langc. Es ist perfekt, ein Wechsel von Lust und Schmerz. Ich stöhne nun vor Verlangen. Das alles ist besser, als ich es mir jemals erträumt hätte. Mir läuft Schweiß den Rücken entlang und ich habe kein Zeitgefühl mehr. Sind es Minuten, die wir hier sind oder schon Stunden? Es sollte für den Moment nicht enden. Denn ich fühle mich wohl. Langsam löst sich Peter von mir, um mit völlig anderem Tonfall in der Stimme in mein Ohr zu murmeln: »Schrei! Ich will dich hören. Jeder Ton, der nun deinen Mund verlässt, ist für mich Genuss pur. Lass dich fallen, Rune. Komm zur Ruhe, ich passe auf dich auf. Lass dich einfach gehen, sei du. Hier in diesem Raum ist alles erlaubt. Und niemand wird dich hören oder dich auslachen oder von dir denken, dass du kein ganzer Kerl bist. Du bist bei mir sicher, versprochen.« Kaum ausgesprochen, knallt der erste Peitschenhieb auf meinen Rücken. Er nimmt mir die Luft, und nicht ein Ton verlässt meine Lippen. Es ist fast zu viel. Peter scheint genau zu erahnen, dass ich nicht damit zurechtkomme, den Schmerz im Augenblick nicht verarbeiten kann, er zu viel ist, viel zu heftig. Er tritt ganz nah zu mir. Durch den roten Schleier hindurch spüre ich seine Anwesenheit, er streichelt mich, murmelt mir Beruhigendes ins Ohr: »Du hast viel zu lange gewartet, Rune. Atme langsam ein und aus. Du hättest mir sagen müssen, dass es ewig her ist.«

Lange her? Ich war noch niemals in dieser Situation. Das jetzt zu beichten, würde bedeuten, dass Peter augenblicklich aufhört, und das will ich nicht. Seine nächsten Worte bestätigen mich in meinem Vorhaben, abzuwarten.

»Du machst das gut. Bisher warst du perfekt. Erinner dich daran, wie es sich anfühlt.« Das mit dem Erinnern wird schwer werden. Ich höre weiter auf seine Worte, während der Striemen an meinem Rücken wie Feuer brennt.

»Atme ein und aus. Beruhig dich, mach langsam, du machst das so gut. Und wieder ein und aus. Prima.« Durch seine monotone, angenehme und ruhige Stimme beruhigt sich meine Atmung. Peter wartet ab, bis ich mich im Griff habe. Den Striemen spüre ich mehr als deutlich. Er schmerzt und macht mir klar, dass ich diesen Schmerz noch tagelang fühlen werde. Als sich Peter von mir löst, erstarre ich vor Angst. Er aber ist gut, spürt meine Angst und weiß, dass ich nicht aufhören will, dass ich es zumindest ein weiteres Mal bewusst spüren möchte, jedoch seine Hilfe benötige.

»Atme, Rune. Wie ich es dir gesagt habe. Ein, aus … und wieder ein und aus.« Inmitten dieser Anweisungen schlägt er zu. Seine Stimme aber hört nicht auf, mich zum Atmen aufzufordern. Sein Timbre, das mich durch den Schmerz leitet und führt, ist das Halteseil, das ich brauche. Peters Stimme führt mich durch den Schmerz. Keine Ahnung, wie oft oder wie lange er zuschlägt, doch jeder Schlag fühlt sich besser an, wärmer, leichter. Ich fliege irgendwo hin, nur weiß ich nicht, wo ich ankommen werde. Ich weiß genau, dass es das ist, was ich wollte, nur das. Ausschließlich. Dass Peter mich nicht nur mit seiner Stimme leitet, sondern mich genau beobachtet und jeden Schrei, jedes Stöhnen, das von meinen Lippen kommt, geradezu aufsaugt, bemerke ich in meiner Lust, in meinem Schmerz nicht. Wie in Trance stammle ich: »Bitte hör noch nicht auf. Hör nicht auf, Peter, bitte noch nicht.«

»Ruhig, Kleiner, ganz ruhig. Wir sind hier gewiss noch nicht fertig. Wir fangen doch erst an.« Diese Worte beruhigen mich, lassen mich zittern vor Lust und Verlangen und ich erwarte den nächsten Hieb, den er mir zufügt, fast nicht mehr, lechze richtiggehend danach. Ich weiß, dass es krank ist oder vielleicht auch nicht, aber dieses Gefühl, genau das brauche ich. Es lässt mich spüren, wer ich bin. Vielleicht sind es die Endorphine und das Adrenalin, aber ich war noch nie so glücklich wie im Augenblick. Er streichelt mir über den heißen Arsch, über die Striemen am Rücken. Ich kann ein Wimmern nicht unterdrücken. Peter beugt sich zu meinen Fesseln und löst die Manschetten, deutet mir an, einen Schritt zurückzutreten, damit er besseren Zugang zu meinem Muskel hat. Keine Ahnung, wo er das Gleitgel und das Kondom her hat, aber wenig später spüre ich nicht nur, wie seine Finger über meine Striemen streichen, sondern auch kaltes Gel an meinem Muskel. Meine Atmung wird wieder schneller. Das Wissen, dass es gleich passiert, lässt mich vor sehnsuchtsvoller Erwartung beinahe heulen. Als der erste Finger eindringt, stöhne ich auf. Es ist der Wahnsinn! Ich drücke den Rücken durch, um mehr zu fühlen. Instinktiv weiß ich, dass da noch mehr kommt.

»Langsam, mein Freund, ich bestimme, wann du fliegen darfst: noch nicht jetzt. Wo bleibt denn da mein Genuss? Ich bin der Boss hier, entspann dich, Rune. Du wirst um Erlaubnis bitten, zu kommen. Verstanden? Wenn du ohne diese kommst, könntest du es bereuen.« Sein Tonfall, diese Drohung … Ich schlucke und versuche, das Kribbeln, das meinen Schaft entlangwandert, zu unterdrücken. Es klappt nicht unbedingt, denn Peter drückt einen weiteren Finger in mich und dehnt den Muskel, der sich wiederum durch mein Aufbegehren gegen meinen Orgasmus anspannt. Das alles ist anstrengend. Schweiß strömt aus sämtlichen Poren. Ich stöhne, wimmere und beiße mir auf die Lippen, um den Drang, einfach loszulassen, zu unterdrücken. Dann ist es so weit. Seine Finger verlassen mich und seine Eichel berührt mein Hinterteil. Wann nur hat sich Peter ausgezogen? Und wie er wohl aussieht? Der Druck auf den Muskel wird heftiger. Peter dringt nur leicht ein und zieht sich zurück. Er wiederholt das immer wieder, bis ich loslasse und er in mich dringen kann. Immer noch langsam und zärtlich, aber doch zielstrebig. Als er in mir ist, verharrt er. Er umfasst meinen Bauch und berührt mich am Penis, streichelt und massiert mich zögerlich. Mein Stöhnen wird lauter und ich bewege mich in seiner Faust.

»Rune, wehe.«

»Nein … ich … verdammt. Ich … Peter, darf ich?«

»Nein.« Er drückt den Schaft schmerzhaft zusammen, bis ich schreie, und lässt danach los, um mich an den Hüften zu umfassen und in mich zu stoßen. Er fickt mich nun. Es ist einfach nur geil. Ich hänge am Kreuz und lasse mich von ihm ficken. Ich kann es nicht unterdrücken, spritze laut stöhnend ab, als Peter einen Punkt in mir trifft, der mich Sterne sehen lässt. Mit wird bewusst, dass er mir nur Sekunden später folgt. Er genießt den Nachhall seines Orgasmus und stößt noch einige Male langsam in mich, um sich danach zurückzuziehen. Fast zärtlich löst er meine Fesseln an den Händen und führt mich behutsam und aufmerksam, falls ich zusammenklappe, zum Bett.

»Setz dich.« Mein Wimmern, als mein geplagtes Hinterteil das Betttuch berührt, zaubert ein Lächeln in Peters Gesicht.

»Geht es? Nicht, dass mich dein Stöhnen stört, denn ich weiß, dass ich der Grund dafür bin.«

»Danke, Peter.«

»Ob du es glaubst oder nicht, gern geschehen. Du hättest viel früher kommen sollen.«

»Das ging nicht.«

»Nicht?«

»Nein.« Und dann mache ich einen Fehler oder auch nicht, denn ich bin noch nicht im Hier und Jetzt angekommen, und rede zu viel. Was genau, weiß ich nicht, aber zu viel oder so viel, dass Peter …

»Ich wollte immer schon Profi werden, und da musste etwas hintanstehen, und das war ich. Der Sex mit einem Mann, dies hier eben … Ich durfte nicht. Sollte es herauskommen, wäre das das Ende vom Anfang gewesen, deshalb musste ich mich entscheiden. Aber ich konnte nicht mehr und ich musste es endlich ausleben, brauchte es, um nicht zu zerbrechen. Das … Danke, Peter, dass du mich das heute hast erleben lassen. Dass du so vorsichtig und doch so streng warst. Ich hätte mir keinen besseren Partner aussuchen können.«

»Moment, Rune, zurückspulen. Du … du hattest noch nicht oft Sex?« Bei seinen Worten werde ich wach. Was habe ich nur gesagt? Mir ist bewusst, was er gefragt hat. Soll ich ihn anlügen? Geht gar nicht. Die Frage hat der Master gestellt, nicht unbedingt Peter. Er hat diesen Tonfall drauf, der … keine Ahnung, er ist anders und verursacht, dass ich ihm einfach gehorche. Deshalb blicke ich ihn direkt an und sage: »Noch nie.«

»Wie bitte?« Peter ist geschockt. Ich glaube, ihm wird in diesem Moment klar, dass meine Panik, mein Zaudern und mein mangelndes Vermögen, mit dem Schmerz klarzukommen, darauf zurückzuführen sind, dass ich es noch nie erlebt habe.

»Das war deine erste Session?«

»Mein erster Sex mit einem Mann und meine erste Session. Ehrlicherweise muss ich zugeben, dass ich mit vierzehn ein Erlebnis hatte und …«

»Mit 14?« Ungläubig sieht Peter mich an. »Du willst mir sagen, dass das hier dein erster Sex und deine erste Session war, du dich zuvor nie hast schlagen lassen und trotzdem zu mir gekommen bist? Du gehst völlig ahnungslos in einen Gayklub und lässt dich von einem Master in ein separates Zimmer führen, lässt dich festbinden und schlagen?«

»Ja, und dieses erste Mal hätte nicht schöner sein können. Du … es war perfekt. Peter, bitte mach mir diese Nacht nicht kaputt, nur, weil du im Nachhinein Bedenken hast. Mir und dir ist klar, dass du mich nie so behandelt hättest, wenn es dir bekannt gewesen wäre.«

»Richtig. Wirklich noch nie? Dieser heftige Sex war dein erster?«

»Ja.«

»Warte.« Er geht zu einem in die Wand eingelassenen Schrank und nimmt zwei Bademäntel heraus, reicht mir seine Hand, zieht mich hoch und hilft mir, diesen anzuziehen.

»Lass uns das Zimmer wechseln. Zieh deine Mütze auf und deine Brille. Wer weiß, ob irgendwo hier ein Football-Fan herumschwirrt.« Peter führt mich den Flur entlang zum Aufzug. Ich bin etwas irritiert. Als wir einen Stock höher gefahren sind, stoppt er und die Tür öffnet sich. Wir stehen quasi in einem Esszimmer. Ein Kerl, der mir erneut Gänsehaut beschert, hebt den Kopf und sieht zuerst Peter an, danach fixiert er mich. Ich meine, dass er überrascht ist, was die folgenden Worte von ihm bestätigen.

»Wolf, ich muss mich um ihn kümmern. Kannst du für ein paar Stunden übernehmen? Ginge das?«

Der angesprochene Wolf fixiert mich und ich komme mir irgendwie klein unter seinem Blick vor.

»Lass das, mein Freund, du ängstigst ihn.« Er stellt sein Glas auf den Tisch, geht an mir vorbei und streichelt mich an der Wange.

»Du bist hübsch. Aber du hast Peter angelogen. Stimmt's?« Überrascht sehe ich ihn an. »Habe ich recht?«

»Ja, aber woher …«

»Woher ich davon Kenntnis habe? Ja, das ist einfach …« Er macht eine Pause.

»Rune Miller.« Nicht nur ich bekomme Panik und atme tief ein, auch Peter ist seiner Reaktion nach zu urteilen überrascht, dass er mich erkannt hat. Seine nächsten Worte bestätigen meinen Verdacht. Er geht zu einem Zeitungsständer und zieht eine Zeitschrift hervor, von der mir mein Antlitz entgegenblickt. Was soll ich nur tun? Er scheint mir das anzusehen. Es ist abermals Peter, der mir hilft.

»Du hast recht, Wolf. Das ist Rune Miller und er war gerade in einer etwas heftigeren Session und muss unter die Dusche und ins Bett. Außerdem wirst du deine Klappe halten und seine Verschwiegenheitserklärung unterzeichnen, und das am besten gleich jetzt, denn sonst kann er sich auf das, was ich mit ihm vorhabe, nicht freuen geschweige sich entspannen.« An mich gewandt fragt er nach: »Du hast noch eine Erklärung in deiner Jeans, oder?« Unbewusst und völlig überfordert nicke ich, außerdem werden meine Knie immer weicher. Ich muss mich setzen, das bald, und etwas trinken. Keine Ahnung, ob erfahrene Master und Doms einen Blick dafür haben, jedoch sind Peter und auch Wolf alarmiert. Peter holt mir einen Stuhl und Wolf ein Glas Wasser. Zudem zieht Peter aus meiner Jeans eine zusammenfaltete Kopie und legt diese Wolf hin. Dieser liest sie nicht einmal durch und unterschreibt unverzüglich.

»Viel Spaß euch beiden. Peter, du brauchst nicht mehr runterkommen.«

»Danke.«

Was in den folgenden Stunden passiert, kann ich nicht in Worte fassen. Ich bekomme das Grinsen nicht mehr aus meinem Gesicht. Peter ist ein fantastischer Liebhaber. Dazu die Schmerzen am Rücken und auch an meinem Muskel und der unendlich liebevolle Sex. Das alles macht mich sprachlos und dankbar. Als ich am Morgen in den Armen eines Mannes, in Peters Armen, erwache, nimmt ein Lächeln mein Gesicht ein.

»Da fühlt sich einer aber gut.«

»Ja, das tue ich. Vielen Dank, Peter, für diese außergewöhnliche, wundervolle Nacht. Das war unbeschreiblich schön.«

»Schön?«

»Erfüllend, geil und keine Ahnung. Darf ich wiederkommen, wenn ich es nicht mehr aushalte?«

»Ich bitte darum. Schick mir eine SMS, dann weiß ich, dass ich mir die Nacht freinehmen muss, und hab keine Angst vor Wolf. Hast du ein Hotelzimmer gebucht?«

»Ja. Nicht weit vom Klub. In Kreuzlingen?«

»Ja.«

»Ich rufe dir ein Taxi. Bist du noch länger hier?«

»Ein paar Tage.«

»Wenn du willst, kannst du gerne noch mal kommen. Geh direkt zum Türsteher, er wird dich einlassen und in den VIP-Bereich bringen lassen. Dort solltest du, denke ich, unerkannt bleiben.«

»Danke. Für alles, Peter. Aber die Öffentlichkeit, das ist nichts für mich. Nur zu dir komme ich gerne wieder. Sehr gerne.« Nach einer erneuten Runde Sex verlasse ich den Klub durch die Tiefgarage und laufe die paar Meter zum Hotel beschwingt, müde und tief befriedigt. In meinem Zimmer angekommen, schlafe ich sofort tief und fest ein.

# Hamburg

Zu Hausc. Ich weiß, es klingt bescheuert, aber meine Gefühle schwappen gerade über. Den Satz, trunken vor Glück zu sein, habe ich nie verstanden. Heute fühle ich mich genau so.

»Rune?«

»Hallo Arne, freut mich auch, dich zu sehen.«

»Das… wir dachten, du kommst erst in drei Tagen.«

»Soll ich wieder gehen?«

»Quatsch! Was redest du denn für Blödsinn? Hereinspaziert. Sven wird Augen machen.«

»Er ist zu Hause?«

»Nein, aber er dürfte in einer halben Stunde hier sein. Er ist zum Joggen an die Alster und danach, so hat er versprochen, wird er kochen, deshalb müsste er bald da sein.«

»Jetzt komm schon rein. Cole hat dich ja angekündigt und wir haben gestern dein Bett frisch bezogen. Müde siehst du aus.« Etwas vorwurfsvoll folgt: »Du hättest dich ruhig öfter melden können. In den letzten Wochen warst du ziemlich leise.« Entschuldigend schaue ich ihn an.

»Das ist richtig und war nicht besonders nett. Arne, können wir später reden, wenn Sven da ist? Ich … ich geh kurz unter die Dusche.« Dass mir Arne etwas besorgt nachsieht, sehe ich nicht mehr, aber sie sind meine Eltern und ich vermute, sie wissen von Cole, dass ich die letzten Monate einfach mit mir selber beschäftigt und nicht unbedingt glücklich war. Im Bad sehe ich mich noch mal im Spiegel an. Die Striemen, meine glänzenden Augen, ich bin so geschafft von der Fahrt und den Schmerzen, die das lange Sitzen hervorgerufen hat, dass es ein Wunder ist, dass ich schlicht und ergreifend hart bin. Der Schmerz jeder kleineren Bewegung im Fahrzeug hat mich in die Nacht zurückkatapultiert und ich habe sie ein weiteres Mal durchlebt. Dass ich duschen möchte und muss, ist definitiv darauf zurückzuführen, dass ich geschwitzt habe, vor allem aber darauf, dass mein Penis nass ist und voller glitschigem Vorsperma, das die Fahrt über fast permanent herausgetropft ist. Mit einem stolzen Lächeln drehe ich mich so, dass ich meinen Rücken im Spiegel betrachten kann. Ich spüre geradezu Peters Streicheleinheiten und den darauffolgenden Hieb, der mich, wenn ich nicht festgebunden gewesen wäre, in die Knie gezwungen hätte. Mit glänzenden Augen trete ich in die große Dusche und schalte diese an, stöhne und muss die Zähne zusammenbeißen. Ich habe vergessen, dass der Strahl des Wassers äußerst empfindlich auf meiner doch ziemlich beanspruchten Haut zu spüren sein wird. Nur Sekunden danach übernimmt der masochistische Teil in mir und beginnt, diesen

Schmerz willkommen zu heißen. Hart umfasse ich meinen Schaft und sorge dafür, dass ich nur wenig später an die Wand abspritze, mit einem Stöhnen diesen Orgasmus genieße und nur Millisekunden hernach quasi Eiswasser über mich läuft. Plötzlich höre ich Arne laut und entsetzt rufen: »Um Gottes willen, Junge. Was ist mit dir passiert? Das … lass mich dich versorgen, Rune, komm raus. Ich … Sven! Sieh dir das an!« Nach einem weiteren kurzen Durchatmen, denn ich muss mich wirklich erst für seinen Blick wappnen, drehe ich mich um. Arne steht entsetzt vor mir, Sven an der Tür sieht mich jedoch eher wissend als vorwurfsvoll an, meine ich zumindest in seinen Augen zu erkennen.

»Darf ich mich vielleicht abtrocknen und anziehen, und das alleine?«

»Nein, Roland, ich muss das versorgen … das … verflucht! Jetzt rede. Wer war das? Sag, sollen wir die Polizei anrufen?« Wenn ich die Sorge in seinem Blick nicht als echt erkennen würde, müsste ich fast lachen.

»Arne, das, was du siehst, bin ich. So fühle ich. Ich hatte gestern den besten und, ich betone, ersten, geilsten, und sagte ich schon besten?, Sex ever. Die Nacht war sensationell. Ich habe es von der ersten Sekunde bis zur letzten genossen, bin gekommen wie noch nie.«

»Rede keinen Quatsch, du wurdest gefoltert!«

»Geschlagen, ja, Arne, das stimmt. Zuerst mit der Hand, danach mit einem Paddel und einer Peitsche, und das so heftig und lange, dass ich in der Subspace war, und genau das wollte und brauchte ich.«

»Das ist krank, Rune. Das ist nicht normal. Weiß Cole davon? Das … ich werde nicht zulassen, dass du das jemals wieder mit dir machen lässt. Das …«

»WAS, Arne, was ist das?« Ich werde wütend, hatte meinen ersten Sex, war so glücklich. Noch vor wenigen Minuten wollte ich den beiden davon erzählen und jetzt werde ich angeklagt, mir wird gesagt, dass diese Gefühle nicht in Ordnung seien. Und das von meinen Vätern, den Menschen, die ich liebe, denen ich vertraue. Unvermittelt kommen mir die Tränen vor Enttäuschung. Mit dem Handtuch um die Körpermitte gehe ich an Arne vorbei in mein Zimmer, stülpe mir ein T-Shirt über, ziehe eine Jogginghose an und verlasse es wieder, um rauszugehen. Ich brauche frische Luft, unbedingt. Genau höre ich, dass Sven und Arne streiten. Wegen mir. Etwas zittrig nehme ich den Schlüssel vom Haken im Flur, ziehe mir meine Turnschuhe an und gehe joggen. Benötige frische Luft, um Dampf abzulassen, so habe ich es gelernt. Nach einem aufgepeitschten Spiel und vielen Emotionen werden wir immer auf die Bahn geschickt, bis wir völlig kaputt und nicht mehr in der Lage sind, uns in der Kabine irgendwelche Schuldzuweisungen an den Kopf zu knallen. Beim Rennen bringt man viele Emotionen erst mal unter Kontrolle. Klappt heute nur bedingt, denn ich habe den Schweiß vergessen, und auf meiner beanspruchten Haut tut das ziemlich weh. Es erinnert mich zwar daran, was war, aber dieses Mal nicht unbedingt positiv, es ist kein angenehmer Schmerz. Wirklich nicht. Das unangenehme Gefühl nimmt mir die Entscheidung ab, ob ich wieder zurückrennen soll. Als ich die Tür aufschließe, steht Sven vor mir. Er tritt auf mich zu und nimmt mich in den Arm, schafft es in Sekunden, dass ich mich zu Hause angekommen fühle.

»Lass dich mal umarmen. Nimm es Arne nicht übel, er sorgt sich um dich. Wir beide sorgen uns um dich, Großer, denn dein Rücken sieht heftig aus. Aber sonst – gut siehst du aus. Zugenommen hast du. Der Trainer hat dir wohl ein paar Extraeinheiten aufgebrummt, deine Arme fühlen sich hart wie Stahl an.« Er löst sich etwas von mir. Seine Augen sind nur leicht geöffnet. Er mustert mich, um Sekunden später zu grinsen.

»Spuck es aus. Arne, sieh dir unser Kindchen mal genauer an.« Leise und liebevoll knurre ich: »Sag noch einmal Kindchen und ich nehm dich als Football und werf dich in die Alster.« Dass Sven diesen Satz mit einem Lachen kommentiert, sollte klar sein.

»Also?«

»Was?«

»Du hattest Sex. Wer ist der Glückliche oder die Glückliche?« Kurz werde ich ernst. Sven hat dadurch, dass er zuerst »der« gesagt hat, zumindest angedeutet, dass sie beide sehr genau Bescheid wissen, welchem Geschlecht meine sexuelle Neigung zuspricht. Wie ich Cole anvertraut habe: Ich habe nie mit ihnen über meine sexuelle Orientierung gesprochen. Wissen tun sie, dass ich mit Frauen ausgehe. Wie auch nicht? Beide sammeln sämtliche Zeitungsberichte über mich akribisch.

»Es ist kompliziert, Sven, aber …«

»Stopp! Erst gehst du noch mal duschen, lässt Arne deinen Rücken versorgen und danach essen wir und reden. Sei nicht böse auf ihn. Wie gesagt, er macht sich Sorgen, und das, weil er dich nun mal liebt.«

»Einverstanden. Es war perfekt, und, ja, mit einem Mann. Ihr wusstet das schon immer, nicht wahr?«

»Geahnt haben wir es. Alleine die Tatsache, dass du damals zu einem Mann ins Auto gestiegen bist

… Welcher Kerl, der auf Frauen steht, kommt auf solch einen Gedanken und weiß auch, was auf ihn zukommt? Das war irgendwie das Indiz. Wir wollten dich nicht bedrängen und dann kamen die USA, der Sport und die Mädels. Es wurde deine Entscheidung und viele Menschen sind ja auch bisexuell und leben das aus.«

»Bin ich nicht.«

»Nicht?«

»Aber wie zum Henker schaffst du es dann … egal, ich will es nicht wissen.« Arne, der bisher still zugehört hat, fragt mich: »Und wie passt dein Rücken dazu, Roland?«

»Ich habe Cole gebeichtet, dass ich schwul bin. Er ist aus allen Wolken gefallen. Wirklich aus allen, und als er so perplex war, habe ich es ausgenutzt, einen draufgesetzt und ihm erzählt, von was ich, wenn ich alleine bin, träume, dass ich bei einem Kerl bin, der genau das mit mir macht, was letzte Nacht Peter gemacht hat. Und Arne, bevor du wieder in die Luft gehst: Ich war noch nie so geil, so glücklich, so fertig. Es hätte nur noch besser sein können, wenn ich den Kerl lieben würde. Als ich völlig fertig durchgefickt auf dem Bett lag, habe ich ihm gebeichtet, dass dies meine erste Nacht mit einem Mann war. Das Erlebnis mit vierzehn zähle ich nicht dazu. Er war, wie du, Arne, entsetzt, dass ich es ihm nichts gesagt habe. Peter aber hat völlig anders reagiert, als ich dachte. Er hat mich mit zu sich genommen, in seine Wohnung, und dort mit mir geschlafen, nicht gefickt. Er hat mir ein wundervolles erstes Mal als Sub geschenkt und danach als Mann. Heute Morgen war ich so voller Euphorie, dass ich es euch erzählen wollte, deshalb bin ich früher gekommen. Ich bin ein Sub und masochistisch veranlagt, liebe es, brauche es. Ich war in den letzten Monaten kurz davor, alles hinzuschmeißen, um diesen Teil in mir endlich ausleben zu können. Mir ging es nicht gut und ich traute mich nicht, mit jemandem darüber zu reden. Cole hat mich schwören lassen, dass ich mich zurückhalte, bis er eine Idee hat. Er hat mir vor drei Tagen diese Erklärung gegeben. Die muss ich jeden unterschreiben lassen, mit dem ich, was mein schwules Ich angeht, in Kontakt trete. Es soll mich absichern. Und ich darf nur außerhalb von Amerika und an keinen Hotspots aktiv werden, wo man mich erkennt. Er hofft darauf, dass ich so unerkannt bleibe. Und ich muss weiter mit Frauen ausgehen und immer mal wieder mit einer in die Kiste hüpfen. Das …«

»Und wenn du dich verliebst? Roland, ist es das wert?«

»Dic nächsten drei Jahre geht es um fast siebzig Millionen US-Dollar. Ja, das ist es wert. Danach muss ich mir überlegen, was ich will.« Arne steht der Mund offen und Sven sieht mich entgeistert an.

»Wie viel? Ich meine … Roland?«

»Cole ist super. Ihr habt ihn damals für mich ausgewählt und ihr hättet keinen besseren Manager aussuchen können. Ich mag ihn, komme gut mit ihm aus und er mag mich.«

»Ja klar, er verdient höllisch gut an dir. Du verdienst über zwanzig Millionen im Jahr?«

»Hm … Arne, Sven … ihr wisst, dass ich euch nie im Leben genug danken kann …«

»Nicht, Roland, dieses Gespräch hatten wir doch des Öfteren, oder?«

»Trotzdem, Arne, wenn ihr kürzertreten wollt oder überhaupt nicht mehr arbeiten, sondern das Leben genießen möchtet, dann bitte ich euch inständig: Tut es. Bitte, Sven. Ich weiß, dass du unheimlich gerne golfen gehst und das viel öfter tun würdest, wenn du Zeit …«

»Stopp, Roland. Das ist dein Geld.«

»Richtig. Ich kann damit tun, was ich will. Und seien wir ehrlich: Wenn ich dir eine Million überweise oder zwei, tut mir das nicht weh und dir oder euch ermöglicht es, Spaß zu haben. Bitte, Sven, denk doch an die vielen Golfplätze, die es so auf der Welt gibt.«

»Du willst mich überreden.«

»Nein, überzeugen. Dein Job bereitet dir schon lange keine Freude mehr, das hast du selber gesagt. Warum nicht kündigen? Und Arne – ich weiß, dass du ein begnadeter Arzt bist, dass du das Helfersyndrom hast und dass du niemals einfach aufhören kannst, weil dir wiederum dein Job unheimlich Spaß macht, du Leben rettest. Aber du könntest trotzdem etwas weniger tun und auch mal mit Sven Golf spielen gehen. Sag mir nicht, dass es nicht immer mal wieder Spannungen zwischen euch gibt, weil du viel zu viel in der Klinik bist. Das war früher schon so und wird nicht besser geworden sein. Ihr liebt euch und ich … ihr seid die wichtigsten Menschen für mich, auch, wenn mein Lebensmittelpunkt in den USA in New York ist. Mein Wunsch, dass ihr in der Nähe wohnt, ist selbstsüchtig, aber vielleicht ist es auch gut so, denn so habe ich eine Ausrede, um öfter mal nach Deutschland zu euch reisen zu können und Sex zu haben.« Ich lächle vor mich hin, um den beiden danach in die Augen zu sehen.

»Ja genau.«

»Du verrückter Kerl, du absoluter Vogel. Das …« Sven steht auf, zieht mich hoch in seine Arme und klopft mir heftigst auf den Rücken, was mich stöhnen lässt. Er flüstert mir ein »Was? Das gefällt dir doch …« zu und murmelt: »Entschuldigung! Wenn du wirklich so großzügig bist und nicht aus irgendeiner dumm gemeinten Dankbarkeit heraus handelst, nehme ich dein Angebot, dein großzügiges Geschenk gerne an. Ich kündige, schmeiße den Haushalt und erziele das beste Handicap Hamburgs.« Er sieht zu Arne.

»Ich werde nie von dir verlangen, dass du deinen Job aufgibst. Niemals, Schatz. Aber Roland hat schon recht damit, dass du dir zu viel zumutest und mich manchmal vergisst, das weißt du. Vielleicht könnten wir ja … einen Tag … ich meine …«

»Du meinst, dass ich nur achtzig Prozent arbeite, um mit dir zu golfen oder zu shoppen oder Liebe zu machen, ist das so?« Dieses Gespräch ist nun anders, die Grundstimmung völlig verändert. Arne und Sven sehen sich liebevoll an und ich verziehe mich leise, lausche aber ihren Worten und mir wird leicht ums Herz, denn sie lieben sich. Meine Väter werden die nächsten Jahre etwas Kohle von mir annehmen und damit gewiss um einiges entspannter leben oder auch, was mir wichtig wäre, luxuriöser, mal in Urlaub fliegen, sich die Welt ansehen. Sie hatten immer schon gutes Geld, aber jetzt wird es für alles reichen. Wenn meine leiblichen Eltern wüssten, was aus ihrem Sohn geworden ist, würden sie alles tun, um an dieses zu kommen. Sie würden es einfordern. Arne und Sven dagegen muss ich überreden, etwas davon anzunehmen, zumal es unter anderem ja auch ihr Verdienst ist, dass ich es habe.

Die zwei Wochen sind viel zu schnell vorbei. Und am Samstagmorgen stehe ich in der Abflughalle und verabschiede mich. Beide sind mitgekommen. Wir haben besprochen, dass Cole ihnen ein Konto eröffnet und sie Geld abheben, ohne ein schlechtes Gewissen zu haben. Sven ist glücklich, und das zeigt er mir. Die Kündigung hat er nur einen Tag später eingereicht. Da er noch genügend Urlaub und Überstunden hat, wurde er sofort freigestellt. Bereits an den wenigen Tagen, an denen ich in Hamburg war, lebte er regelrecht auf. Bei Arne wird es dauern. Aber ich bin zuversichtlich, dass die beiden das hinbekommen. Denn die Grundvoraussetzung ist ja da: Sie lieben sich. Irgendwann werde auch ich einen Partner haben, der mich liebt. Irgendwann. Als Arne mich umarmt, flüstert er mir ins Ohr: »Es gibt in New York einen Laden. Der ist klein und exquisit. Der Inhaber ist speziell und speziell sind auch seine Kunden. Frag mich nichts Näheres, Junge, aber wenn du nicht mehr kannst, dann schreib ihm eine Mail.« Er steckt mir eine Karte in die Tasche. Woher er diese hat und davon weiß – da frage ich jetzt mal nicht weiter nach.

»Danke, Dad. Bis bald. Ich werde auf jeden Fall, sobald ich ein paar Tage frei habe, wiederkommen.«

Auf dem Flug entspanne ich mich und stelle fest, dass ich sehr glücklich bin.

# Leben in New York

Arnes Visitenkarte liegt in meiner Nachttischschublade, und da der Drang größer wird, ich aber keine Chance habe, zwei Wochen nach Deutschland zu fliegen, erkundige ich mich heimlich über den Laden, die Adresse, die er mir gegeben hat, und schreibe dem Inhaber nach einer schrecklichen Nacht, die ich mit einer Frau verbringen musste, eine Mail. Sie konnte nichts dafür, es war Cole, der mir die Karten für irgendein wichtiges Event zugesteckt und mir deutlich gesagt hat, dass ich gefälligst dort mit einer hübschen Frau aufzutauchen habe. Da ich, was Begleitungen angeht, nie Probleme habe, frage ich die erstbeste, die ich im Handy hinterlegt habe. Ein großer Fehler, denn mit ihr war ich bereits in der Kiste und sie fordert oder erwartet den Ausgang des Abends in derselben Form wie zuvor. Sie ist nett, aber auch ziemlich abgeklärt, weiß, was sie will, und das bin, zu meinem Leidwesen, ich. Am Sonntag, als ich sie endlich los bin, kann ich nicht mehr, stelle mich unter die Dusche, ziehe das Bett ab und nehme die Karte in die Hand, schreibe ihm, sende die E-Mail mit der Erklärung ab. Kaum ist sie weg, deutet mir ein Klingelton an, dass eine Nachricht angekommen ist. Sie ist von ihm, unterzeichnet und mit den Öffnungszeiten versehen. Er bittet mich, ihm mitzuteilen, wann es mir passt. Mehr nicht. Meine

Vorgehensweise ist anscheinend nichts Ungewöhnliches für ihn. Ich zittere, als ich ihm den Freitagabend bestätige. Aber nicht vor Angst oder Panik, es ist die Vorfreude darauf, womöglich auch hier jemanden zu haben, der mir Erfüllung schenkt. Hier in New York. Auch, wenn ich Cole versprochen habe, hier nichts anzufangen.

Als ich den Aufzug betrete, werde ich unvermittelt ruhig. Ich kenne Case noch nicht, weiß aber, dass er mir für einige Stunden Frieden schenken wird. Als sich die Aufzugstür öffnet, bin ich positiv überrascht. Er sieht gut aus. Wahnsinnig gut, um es deutlich zu sagen. Er ist mir sofort sympathisch. Case erkennt mich natürlich, als ich Perücke, die Brille und die Mütze ablege. Sein Blick ist ausdruckslos. Seine Worte überraschen mich umso mehr.

# Case

Oh ja, ich bin überrascht, allerdings nicht so sehr, wie Rune vermutlich glaubt. Natürlich erkenne ich ihn sofort. Die Erklärung, die er mir geschickt hat, hat angedeutet, dass es sich um einen Promi oder eine Person von öffentlichem Interesse handelt.

»Zieh dich aus, dort hinten ist die Umkleide. Ich werde dir etwas zum Probieren reichen.« So beginne ich mein Spiel. Rune ist wie die meisten, die zum ersten Mal zu mir kommen, äußerst verwundert und auch unsicher. Ich lasse ihn mindestens eine Stunde lang Hosen, Hemden, Schuhe, einfach alles Mögliche querbeet anziehen. Er sieht in jedem Teil sexy aus. Zum Schluss gebe ich ihm eine Auswahl an Gürteln.

»Welcher gefällt dir?«

»Sie sind alle schön.«

»Ja, das sind sie. Das beantwortet nicht meine Frage, Rune.« Er weiß nun sicher, dass ich Kenntnis habe, wer da vor mir steht.

»Der mittlere.«

»Gute Wahl. Echtes Rindsleder verursacht wundervolle Striemen.« Er blickt mich nun erschrocken und entgeistert an. Aber auch erregt. Ich jedoch sage: »Komm mit, du musst dir nichts überziehen.« Vorsichtig folgt er mir. Als ich ihn in mein neues SM-Zimmer führe und er erkennt, wo er nun ist, zittert er. Gänsehaut überzieht seine Haut, seine Augen jedoch bekommen diesen Glanz, der mir so sehr gefällt und auch Klein Rune regt sich nun und zeigt, dass es ihn gibt. Immer noch halte ich den Gürtel in der Hand.

»Knie in der Mitte des Raumes nieder, Rune. Gut so.« Ich nehme mir einen Stuhl und setze mich vor ihn.

»Rune?«

»Ja, Herr?«

»Rune, Case reicht völlig. Master, wenn du dich damit wohler fühlst. Hast du Erfahrung mit all dem hier?«

»Wenig.«

»Mit Schmerz?«

»Weniger als wenig. In Deutschland war ich bei einem Master. Es war gut.«

»Du willst ihn aber spüren? Oder, anders gesagt, was willst du von mir haben, was erleben?« Er senkt den Kopf.

»Blick zu mir, Rune. Immer, wenn ich mit dir rede, nur, wenn ich es dir verbiete, nicht. Also?«

»Ich kann es nicht genau benennen, Case, nur, dass ich es brauche.«

»Was?«

»Dass ich der sein darf, der ich bin.«

»Und wer bist du?«

»Ein schwuler Kerl, der die Verantwortung für ein paar Stunden abgeben möchte.«

»Und was bist du, wenn du nicht hier bist?«

»Ein Sonnyboy, dem die Frauen nachsteigen, der immer ein Lächeln auf den Lippen hat und Verantwortung übernimmt.«

»Verantwortung. Die möchtest du heute an mich abgeben?«

»Ja.«

»Hat dir der Master in Deutschland Safewörter gegeben?«

»Ja. Die Ampelfarben.«

»Bei ›gelb‹, Rune, werde ich langsamer machen, zöger nicht, es auszusprechen. Ich kenne dich noch nicht so gut, dass ich das selber zu einhundert Prozent erkennen werde. Bei ›rot‹ stoppe ich augenblicklich. Bis eines dieser Worte fällt, werde ich dich an deine Grenzen führen. Lass dich fallen, versuch es. Dir ist ab jetzt kein Orgasmus erlaubt, nur mit meiner ausdrücklichen Zustimmung. Verstanden?«

»Ja, Case.«

»Hat dich der Master in Deutschland geschlagen?«

»Heftig.«

»Warst du in der Subspace?«

»Auch.«

»Schön, Rune, dann bist du tiefer drin, als du selber glaubst. Knie dich vor das Bett. Wenn das, was ich mit dir anstelle, nicht dem entspricht, was du dir vorgestellt hast, dann sag es mir. Du bist ziemlich neu und hast weder Ahnung davon, was dich erwartet, noch davon, was du vielleicht von mir bekommen wirst.«

»In Ordnung.«

»Ich werde viel mit dir reden, hör auf meine Stimme. Jetzt, mein Lieber, atme in den Schmerz. Versuch, dich zu konzentrieren, auf deine Atmung, kümmer dich nur um dich selber, nicht um das, was um dich herum passiert. Halt dich an den Schlaufen fest, du wirst sie brauchen. Macht dir das, was ich sage, Angst?«

»Nein, aber ich werde aufgeregt.«

»Gut so. Nichts anderes will ich von dir hören. Du hast einen tollen Arsch, Rune. Er gefällt mir, noch viel mehr, wenn er später feuerrot ist und ich in ihm bin.« Er zuckt zusammen. Aha, Minenfeld.

»Du denkst, dass ich das nicht tun sollte?«

»Ich weiß es nicht, Case.«

»Du bist doch schwul, oder?«

»Ja.«

»Irgendwie höre ich da ein ›aber‹. Kann das sein?«

»Habe nicht besonders oft.«

»Was meinst du mit ›nicht besonders oft‹? Hat dich der Master in Deutschland nicht gefickt?«

»Doch.« Er spricht leise, eigentlich höre ich ihn fast nicht. »Peter.«

»Der Kerl, der dich geschlagen hat?«

»Ja.«

»Sonst noch nie?«

»Nein. Und da kommst du zu mir? Rune, das ist aber eine heftige Nummer. Du weißt schon, was ich für einen Ruf habe? Meinst du nicht, dass du mir das im Vorfeld hättest sagen müssen?«

»Ich wollte zu dir, hab recherchiert und viel von dir gehört. Mein Dad hat mir deine Visitenkarte gegeben und ihm vertraue ich. Er meinte, dass du deine Klappe halten kannst.«

»Viel? Das ist nicht besonders gut, ich will meine Ruhe haben.«

»Na ja, viel ist übertrieben. Ich habe mich erkundigt, sonst hätte ich mich nie bei dir gemeldet.«

»Du wirst schreien und an deine Grenze kommen, vermutlich mehr als bei diesem Master in Deutschland. Ich bin nicht bekannt dafür, zimperlich zu sein, aber ich passe auf meine Jungs auf. Wann musst du wieder spielen?«

»In zehn Tagen.«

»Du wirst von mir gefickt werden, heftig. Ich freue mich darauf. Eines muss dir klar sein: An meinen Arsch wirst du niemals kommen. Du bist der Sub und nicht mehr, so werde ich dich behandeln. Du kniest und ich stehe vor dir. Macht dich unser Gespräch ruhiger?«

»Nicht wirklich.«

»Schön, soll es auch nicht.« Er lacht. »Steh auf, Rune, Beine etwas breiter, damit du guten Halt hast.« Ich fasse ihm zwischen die Beine, um zu sehen, ob sein Penis noch steht oder sich versteckt, und bin zufrieden mit dem, was ich da so fühle.

»Hände an die Wand.« Ich lege den Gürtel weg, denn dazu ist Rune beim ersten Mal nicht in der Lage, vor allem nicht, wenn die Haut nicht aufgewärmt ist. Von der Wand nehme ich mir eine weiche Peitsche mit vielen Lederstreifen. Die wird seinen Hintern schön rot werden lassen, ihn auf diese ersten Schmerzen vorbereiten. Mit der Hand berühre ich seinen Rücken, streichle ihn, murmle ihm beruhigende Worte zu, warte ab, bis er sich konzentriert und gleichmäßig atmet.

»Rune, wenn du Panik bekommst, versuch, auf meine Stimme zu höre. Ich werde dir durch den Schmerz helfen.« Langsam löse ich meine Hand und beginne. Nicht zögerlich, sondern mit Schwung lasse ich Rune spüren, was auf ihn zukommt, trotzdem ist diese Art von Schmerz gut zu ertragen, auch für einen Anfänger. Er zuckt, stöhnt, bleibt aber ruhig, nur seine Hände klammern sich um die Seile. Allerdings geht das nicht lange, denn, wie gesagt, ich weiß sehr gut, wie ich einen Sub zum Schreien bringe. Und das passiert nach einigen weiteren Hieben. Rune wimmert, stöhnt und weint. Und er schreit seinen Schmerz hinaus. Ich helfe ihm mit Zureden. Und er reagiert darauf, was genial ist. Ja, er ist ein Sub. Er ist wundervoll devot und wird nachher ein zufriedenes Glänzen in den Augen haben.

»Gelb.« Ich höre auf und erkundige mich: »Rune, was ist los?«

»Kann ich etwas zu trinken haben?«

»Sicher.«

Wenig später steht er wieder, ohne dass ich ihn dazu aufgefordert habe und wie ich es von ihm möchte. Diesmal nehme ich den Gürtel.

»Rune, bereit?«

»Ja, Case.« War er natürlich nicht und er brüllt los, als ihn der Ledergürtel trifft. Ich wartc ab, bis cr sich beruhigt hat, und lasse den Gürtel erneut niederknallen.

»Es werden zehn Schläge sein, Rune. Zehn.« Ich möchte für ihn, dass er es schafft, denn er braucht das. Bei zehn schmeiße ich den Gürtel weg und packe Rune an den Hüften und bevor er auch nur realisiert, was passiert, bin ich an seinem Arsch und dringe vorsichtig in ihn ein. Ich dringe behutsam in ihn ein, weil ich nicht will, dass er sich verkrampft. Meine Vorsicht ist unbegründet, er stöhnt leise und lässt mich ein. Als er sich an mich gewöhnt hat, stoße ich kräftig in ihn, ohne auf ihn einzugehen. Ich benutze ihn und hole mir den Genuss. Und das ist es: ein Genuss. Dieser muskulöse, durchtrainierte Mann, den ich gerade ficke, ist geil. Wenig später stoße ich ein letztes Mal in ihn und verströme mich brav in mein Kondom. Vorsichtig, noch in ihm, ziehe ich ihn an mich, lasse mich mit ihm zusammen auf den Boden gleiten, halte seinen Oberkörper mit der Hand und mit der anderen seinen Penis und sorge dafür, dass er seine Belohnung erhält.

»Komm, Rune, lass dich fallen, du hast es dir verdient.« Er zittert und stöhnt leise. Sein Sperma spritzt auf seine Brust. Unvermittelt schüttelt es ihn und er beginnt zu weinen.

»Es ist okay, lass es raus, du warst so gut.« Zärtlich streichle ich ihn, rede auf ihn ein, bis er ruhiger wird und sich in den Griff bekommt.

»Geht es dir nun besser?«

»Ja.«

»Du hast viel zu lange gewartet, mein Freund, das ist nicht gut. Komm, lass uns duschen. Ich würde sagen, du hast es genauso nötig wie ich selber.« Er ist still, es gehört sich, dass ich bei ihm bin und ihn erde, ihm die Sicherheit gebe, dass er perfekt war. Als er fertig geduscht hat, steht er etwas verloren im Raum und weiß nicht, was er tun soll.

»Rune, wirst du abgeholt oder hast du noch etwas vor?«

»Nein, ich …«

»Rune?«

»Darf ich noch etwas bei dir bleiben und …«

»Und?«

»Würdest du mich etwas festhalten?« Das ist ungewohnt, aber er sieht so einsam aus, dass ich nicht anders kann. Es ist mit Sicherheit keine unangenehme Sache, deshalb halte ich ihm meine Hand hin und sage: »Komm.« Ich führe ihn zurück ins SM-Zimmer, zum Bett, ziehe das Leintuch ab, hole aus dem Schrank ein neues, streife es über und nehme eine Decke unter dem Bett hervor.

»Rein mit dir.«

»Ist es in Ordnung, Case?«

»Ja, ist es.« Wenig später liegen wir eng aneinandergekuschelt im Bett.

»Case?«

»Ja, Kleiner?«

»Na ja, klein bin ich nun wirklich nicht.« Ich lächle.

»Bist du nicht. Aber meine Subs nenne ich alle so.«

»Bin ich das?«

»Was? Ein Sub?«

»Ja und Nein.«

»Das ist eine tolle Antwort. Ach, Rune, du bist devot und willst dich dominieren lassen, ziehst daraus Befriedung, auch aus Schmerz, also hast du masochistische Vorlieben. Was du nicht bist, ist ein ausgebildeter Sub, da fehlt es dir an Ausbildung und Erfahrung.«

»War ich … war es trotzdem gut für dich? Ich meine …«

»Rune, es war perfekt dafür, dass es das erste Mal war, sogar mehr als das. Für dich doch auch, oder?«

»Ja. Würdest du mir noch mehr beibringen?«

»Willst du das wirklich? Es ist anstrengend und ich bin nicht bekannt dafür, geduldig zu sein, und zimperlich bin ich schon gar nicht.«

»Ich wäre dir dankbar, Case. Sehr sogar.« Nach diesen Worten schläft Rune zügig ein. Er geht erst am frühen Morgen und gibt mir zum Abschied einen Kuss.

»Danke, Case.« Vorsichtig fragt er mich: »Darf ich wiederkommen?«

»Sicher, aber sei dir dessen bewusst, dass es nicht einfach werden wird. Im Gegenzug verspreche ich dir, dass du jedes Mal, wenn du gehst, diesen Glanz in deinen Augen haben wirst und du kannst immer über Nacht bleiben.«

»Ich muss noch bezahlen.«

»Bezahlen?«

»Na ja, die Klamotten.«

»Rune, vergiss es.«

»Nein, ich will das. Bitte.«

»Das musst du nicht. Du darfst trotzdem wiederkommen.«

»Ich weiß, lass mich die Klamotten zahlen.« Ich bin nun doch entsetzt.

»Du willst alle …?«

»Ja.«

»Spinnst du? Das musst du nicht, nimm eine Hose und …«

»Vergiss es, Case, ich nehme alle, keine Diskussion.« Okay, was soll ich sagen? Ich hatte in all den Jahren, seit ich mein Geschäft habe, noch nie einen derartigen Tagesumsatz.

»Damit eines klar ist, Rune: Du darfst wiederkommen, gerne sogar, allerdings nicht, wenn du der Meinung bist, so viel kaufen zu müssen. Es muss nichts sein. Wenn, dann ein Hemd, ein Shirt oder eine Hose, mehr nicht. Verstanden? Du musst mich für die Session nicht bezahlen, im Gegenteil, das beleidigt mich fast.« Ohne darauf einzugehen, redet er weiter.

»Also keinen Gürtel?« Er schmunzelt dabei und man erkennt deutlich, wie hübsch er ist.

»Auch ein Gürtel ist erlaubt.« Leise flüstert er mir zu: »Das ist in Ordnung, aber heute muss das sein. Lass mich dir damit Danke sagen, Case.«

Rune kommt seit diesem Tag regelmäßig. Er nimmt sich die Auszeit, die ihm die Kraft gibt, in seinem anderen Leben zu bestehen. Und natürlich kauft er jedes Mal mehr als nur ein Shirt. Es übertreibt es jedoch nie. Ich mag den Kerl. Oft reden wir nach der Session. Ich weiß inzwischen mehr von ihm als viele andere. Und ich bilde ihn aus. Er lernt unendlich schnell. Wenn er aus dem Aufzug tritt, ist Rune nicht mehr der Star, sondern nur Rune, wobei ich mir fast sicher bin, dass Rune diese Art von Sex mit einem liebenden Mann an seiner Seite, der nicht dem Druck der Öffentlichkeit ausgesetzt ist, braucht, um dem Druck als Sportler standhalten zu können.

# New York

Seit ich mich vor Cole geoutet habe und regelmäßig Sex habe – mit Case, was Cole wiederum nicht weiß –, geht es mir gut, kann ich das Leben genießen, auch die Aufmerksamkeit, die mir als Quarterback, als Star des Footballteams, zuteil wird. Man sieht mich meist nur lachend, gut aussehend und oft mit Models im Arm oder anderen jungen, hübschen Dingern. Ja, ein Hetero würde sich wie im Himmel fühlen. Wenn zwischen den Spielen Zeit für einen Kurztrip nach Deutschland bleibt, fliege ich nach Hause, um einen Abstecher nach München zu machen und danach zu Arne und Sven zu fahren. Auch diese Phasen brauche ich, um ausgeglichen zu sein. Die zwei haben zu meiner großen Freude etwas von meinem Geld angenommen und es läuft zwischen ihnen besser als je zuvor. Sven ist wieder zufrieden mit seinem Leben, jetzt, da die Arbeit weggefallen ist, und lebt richtiggehend auf. Er hat immer leidenschaftlich gerne gekocht und kann nun in seinem zweiten Hobby schwelgen. Man sieht ihm zwar nichts davon an, da er regelmäßig auf dem Golfplatz zu finden ist, allerdings ist Arne etwas fülliger geworden, wie ich ihm schmunzelnd mitteile. Damit handle ich mir einen Schlag auf den Rücken ein, der mich in die Knie zwingt und mir eine besorgte Behandlung von Arne beschert. Er versteht es nicht, sagt aber nichts dazu. Worte allerdings, die von Eltern nicht ausgesprochen werden, können Romane erzählen. In der Abgeschiedenheit des Badezimmers, in das er mich dirigiert, sage ich: »Ich brauche es, Arne. Wenn ich bei Peter oder Case bin, dann … Ich darf bei ihnen der Kerl sein, der ich bin, darf mich fallen lassen, darf schreien, wimmern und stöhnen, wie ich will. Keiner verurteilt, ob ich viel ertrage oder wenig, ob ich viel Ausdauer habe oder nicht. Ich kann unter ihrer Obhut ohne Vorurteile das ausleben, was mich erfüllt. Bitte sei mir deswegen nicht böse. Wenn ich vor Case knie und er mich festhält, nachdem er mich so zugerichtet hat, fühle ich mich geliebt, angekommen. Ich sehne mich nach einem Partner, einem Mann an meiner Seite, einem, wie du Sven hast. Allerdings ist er nicht da und das darf er auch noch nicht. Er müsste so viel zurückstecken, im Hintergrund agieren, müsste mit ansehen, wie ich mit Frauen ausgehe, ertragen, dass ich Sex mit ihnen habe. Diese Flucht, die mir Peter und Case bieten, ist unendlich bedeutsam für mich. Ich kann nicht erwarten, dass du es begreifst. Es ist vielleicht gleichzusetzen mit Drogen, jedoch nur begrenzt, denn die machen abhängig, und das bin ich nicht. Ich bin das. Ich bin so. Verstehst du mich nur ein bisschen?«

»Ach, Roland, ich liebe dich doch. Ich bin so stolz. Aber wenn das einem Elternteil nicht wehtut, auch, wenn das Kind sagt, dass es in Ordnung ist, stimmt was mit ihm nicht oder? Ich bin dir nicht böse und ich denke auch nicht, dass du krank bist. Ich wünsche mir nur, dass du immer glücklich sein kannst.«

»Diese Zeit wird kommen. Daran glaube ich. Arne, ich bin glücklich, liebe es, für mein Team zu spielen. Adrenalin durchströmt mich, wenn ich ins Stadion laufe und die Menschen jubeln, uns anfeuern oder schimpfen. Das ist es, was ich immer tun wollte. Dass ich den Durchbruch geschafft habe, ganz oben angekommen bin, ist euch, aber auch mir selber zu verdanken. Ich habe mich durchgekämpft und setze mich jeden Tag aufs Neue für mein Leben ein, weil es mir Spaß macht, mich erfüllt und ich bisher niemandem wehtue. Damit meine ich, keinem Mann, der in mich verliebt ist.«

»Du tust dir weh.«

»Stimmt, aber noch ist das sehr gut aushaltbar. Oder hast du das Gefühl, dass es mir nicht gut geht?«

»Nein, das nicht, Roland, aber einsam bist du, sehr, sehr einsam, und das kannst du nicht leugnen, so wie ich die paar Kilos zu viel nicht leugnen kann. Sven stören sie im Moment nicht, denn er ist ja irgendwie schuld daran, und an meinem freien Tag, auf den ich mich mit der Klinik und ihm geeinigt habe, spielen wir gemeinsam Golf, um daran zu arbeiten, oder wir lassen es uns woanders gut gehen. Das haben wir nur dir zu verdanken. Wir lieben dich, Roland, das weißt du. Und nichts anderes ist uns wichtiger, als dass du glücklich bist.« Später, nach dem Essen erzählen sie mir, wo sie sich in den letzten Monaten herumgetrieben haben, zeigen mir viele Bilder von ihren Reisen und ich höre die Begeisterung in ihren Stimmen. Arne hat Sven zuliebe seine Arbeit an der Klinik zurückgefahren. Ihm ist sein Beruf, wie er sagt, wichtig, Sven allerdings um ein Vielfaches mehr. Es werden wundervolle Tage in Hamburg, und mit neuer Kraft und viel Elan fliege ich zurück nach New York. Die zweite Hälfte der Saison beginnt und wird anstrengend werden. Das ist nichts, was mich in irgendeiner Form stört, im Gegenteil, das ist es, was mir Spaß macht.

Die Hälfte meiner Spielzeit in New York ist bereits um. Der Gedankc, dass ich womöglich im kommenden Jahr umziehen muss, gefällt mir nicht. Aber das ist nun mal das Los der Spieler. Ich brauche mir allerdings keine Sorgen machen. Dafür sorgen die Verantwortlichen des Klubs, der Trainer, meine Fans und Cole. Ich erhalte bereits mit Ablauf der zweiten Saison einen weiteren Drei-Jahres-Vertrag, was bedeutet, dass ich auch die kommenden vier Jahre hier spielen und leben werde.

Am Ende meiner vierten Saison bei den New York Bulls bin ich vierundzwanzig und spiele in der besten Liga und bekomme super Angebote, die ich allesamt ablehne – vielleicht ein Fehler, vielleicht auch nicht. Ich werde geliebt und bin einer der Stars des Teams. Allerdings bin ich immer noch derselbe Kerl geblieben, nicht abgehoben, sondern »german bieder«, wie mein Trainer sagt. Wir belegen am Ende der Saison den vierten Platz – ein guter Platz, aber eben nicht der erste. Trotzdem sind wir allesamt happy, denn wir haben eine der beiden Wildcards erspielt und werden in die Play-offs kommen. Die Chance auf den Super Bowl besteht weiterhin, wenn wir auch, das muss man einfach sagen, das mit diesem Team nicht erreichen werden. Mit dem Trainer, zu dem ich ein freundschaftliches Verhältnis habe und dem ich vertraue, habe ich mich nach einem Spiel zusammengesetzt, um ihm genau das mitzuteilen: dass wir gut sind, aber nicht sehr gut, dass wir ein paar andere junge Spieler brauchen und dass einige nicht ins Team passen – nicht unbedingt, weil sie schlecht sind, sondern weil sie zwischenmenschlich nicht mit uns harmonieren, wir kein Team bilden, obwohl wir alle Profis sind und darüber stehen müssten. Es menschelt, wie ich mich ausdrücke. Es haben sich Grüppchen gebildet, und das ist nicht gut. Er stimmt mir zu, berichtet mir im Vertrauen, dass wir für die kommende Saison einen neuen Wide Receiver eingekauft haben, von dem er sich eine Menge erhofft.

»Wen?«

»Sag ich erst, wenn alles in trockenen Tüchern ist. Aber …«

»Trainer?«

»Er wird kommende Woche bei den Play-offs bereits im Team sein. Nur möchte ich zuvor keine Unruhe ins Team bringen. Ich benötige Höchstleistung, und wenn ich ankündige, dass einige Positionen eventuell ausgetauscht werden, ist das nicht besonders förderlich. Deshalb erwarte ich von dir, dass du deine Klappe hältst und dein Team zusammenstauchst. Ich will, dass wir diese erste Hürde schaffen.«

»Klar, Boss. Aber … Ich werde ihnen in den Arsch treten, versprochen.« Es hilft nichts. Leider verlieren wir. Es war vorherzusehen und noch in der Kabine explodiert die aufgeheizte Stimmung, die sich seit Wochen aufgestaut hat. Die Gruppierungen geben sich gegenseitig die Schuld, obwohl wir alle, jeder Einzelne, versagt haben.

»Haltet eure Klappe!«

»Von dir lasse ich mir nichts sagen, Rune. Du bist nicht unser Trainer.«

»Stimmt, denn wenn ich es wäre, würde ich dir in den Arsch treten. Das da draußen war lächerlich! Nicht der oder die waren schuld daran, sondern wir! Wir alle. Hattet ihr das Gefühl, dass da draußen ein Team gespielt hat? Ich nicht!«

»Und wer ist schuld daran? In meinen bisherigen Teams lag die Schuld beim Quarterback, beim Spielführer. Du hast wohl versagt, Rune Miller.«

»Richtig. Habe ich. Allerdings hatte ich nie eine Chance, Mack. Du hast vom ersten Tag an quergeschossen, hast mich nicht akzeptiert, wolltest wen auch immer an meiner Stelle sehen, aber wie du selbst zugegeben hast, ist der Quarterback der Spielführer und kein anderer, und das Team hat ihm verdammt noch mal die Führung zu überlassen. Es nützt nichts, wenn ich links andeute und du rechts deinen bevorzugten Fänger anvisierst. Dein Verhalten ist vorhersehbar. Dieser Spielzug ist in der Zwischenzeit jedem bekannt. Und noch mehr, auch, dass du mir nicht gehorchst, mir die Führung zu entreißen versuchst, weiß jeder.«

»Das ist nicht wahr! Du bist einfach kein guter Quarterback. Wie auch? Du bist ja nicht mal Amerikaner.«

»Aha. Und du bist der Meinung, dass mich das disqualifiziert?«

»Ja, genau!«

»Du meinst also, wenn ich ein amerikanischer Quarterback wäre, würdest du mir die Führung überlassen, tun, was ich von dir verlange?«

»Richtig!«

»Bullshit! Du wirst nie ein Teamplayer sein. Der nächste Quarterback kommt aus Illinois und du magst den aus Utah lieber, oder er kommt aus Florida und du stehst auf einen aus Texas. Du bist ein Idiot, und der Trainer tut meiner Meinung nach gut daran, dich ziemlich schnell zu ersetzen.«

»In dem Fall ist es ja gut, dass du das nicht zu entscheiden hast! Der Einzige, der ausgetauscht werden sollte, bist du. Denn du nimmst guten amerikanischen Jungs den Platz weg. Es ist geradezu lächerlich. Das gehört verboten.«

»Geht's noch? Ich glaube, du hast einen Ball zu viel auf den Kopf geknallt bekommen!« Mack rastet aus und rennt unvermittelt auf mich zu, schlägt mir mit der Faust mitten ins Gesicht. Meine Nase ist ab. Nicht zum ersten Mal – leider. Da wird der Beauty-Doc wieder was zu tun haben. Denn nicht, wie oft bei den Jungs üblich, belasse ich die krumme Nase, wie sie ist, sollte sie keine Probleme machen, sondern lasse sie richten. Schwul und blöd, aber es

ist mein Tick. Jetzt jedoch bin ich einfach nur sauer. Es liegen vier Wochen Urlaub vor mir und die beginne ich mit Schmerzen!
»Du verfluchter Idiot! Was soll das? Jetzt kann ich meine Reise canceln, du Arsch!«

»Richtig. Was soll das?« Der Trainer stürmt herein und stellt sich zwischen uns. Da ich nicht aggressiv auf Mack reagiere, sondern mehr Angst um meine Nase habe und mich tierisch ärgere, kümmert er sich um meinen Widersacher. Mich kotzt es im Moment einfach nur an. Ich bin bereits einmal mit einer gebrochenen Nase geflogen. Der Druck, dem man dabei ausgesetzt ist, verursacht Schmerzen. Ich will kein Weichei sein, aber es tut weh und bis Europa sind es nun mal zig Stunden. Außerdem werde ich mit Sicherheit ein geschwollenes Gesicht und blaue Augen haben. Da der Trainer dazwischengeht, verschwinde ich laut vor mich hin schimpfend erst in die Dusche und danach ins Auto, ohne mit irgendjemandem zu reden. Auf direktem Weg fahre ich zum Arzt. Der Trainer ruft an, aber ich gehe nicht ran. Mich kotzt gerade einfach alles an. Eine SMS trifft ein.

»Er wird in vier Wochen nicht mehr im Team sein. Dafür Thomas Washington. Er wird Mack ersetzen.« Schnell schreibe ich zurück.

»Ihr habt Stormy eingekauft?« Die Antwort lässt nicht lange auf sich warten.

»Ja.« Ich antworte nicht, denke mir aber: *Wie geil ist das denn?* Ein Lichtblick. Thomas kenne ich von einigen Spielen. Er ist ein toller Typ und ein genialer Spieler. Mir tut die Nase weh, und wie. Arne wird mich ausschimpfen und Peter wird mich nicht so hart rannehmen, wie ich es mir vorgestellt habe. Aber auch das ist egal. Vier Wochen Urlaub!

# New York

Nach einer weiteren Saison bei den New York Bulls ist es unumstritten, dass ich ein hervorragender Quarterback bin. Die Nummer 1. Mein Schöpfer hat es gut mit mir gemeint, obwohl die Voraussetzungen tatsächlich nicht gegeben waren. Irgendetwas lief bestens. Ich sehe blendend aus. Die Frauen schwärmen von mir. Mein schwules Ich lässt mich modisch immer up to date sein. Geld, um mir die coolsten Sachen zu kaufen, habe ich genügend, wobei mir von vielen Firmen Klamotten geradezu aufgedrängt werden. Keine Ahnung, wie oft ich bereits auf Magazincovers abgebildet war. Zudem gibt es lukrative Werbeverträge. Cole managt alles, und, ich bin ehrlich, er macht das gut. Die Mischung und die Menge sind perfekt. Nie zu viel, sodass die Menschen mich mit der Zeit nicht mehr sehen können, und immer mit Firmen, die zu mir passen. Einen Überblick über meinen Besitz habe ich längst nicht mehr, aber ich verlasse mich, was das anbelangt, auf Sven und Arne. Die zwei regeln das für mich in gewohnt vorsichtiger deutscher Manier. Cole verdreht zwar oft die Augen, aber er sagt nichts dazu. Und der Erfolg gibt ihnen und auch ihm recht. Die Fans jubeln mir zu, feuern mich an. Kinder tragen meine Nummer auf ihren T-Shirts. Das macht mich stolz. Trotzdem hebe ich gewiss nicht ab. In der aktuellen Saison wurde Thomas verpflichtet, und mit ihm verstehe ich mich blendend. Wir freunden uns recht schnell an und können das Team begeistern. Die Quertreiber werden unterspült mit Thomas' guter Laune und seinem Können. Und Mack – dessen Vertrag wurde ja nicht verlängert, auch mit der Begründung, dass er kein Teamplayer ist. Das haben sich die anderen zu Herzen genommen. Es läuft. Thomas ist ein junger Afroamerikaner aus Utah, ein genialer Wide Receiver. Er ist flink wie ein Kaninchen und kann hervorragend fangen. Und er verträgt einiges. Mit ihm ziehe ich nicht nur einmal um die Häuserblocks oder Klubs. Thomas ist unheimlich nett und trinkfest. Und er kann trotzdem Leistung bringen, rennen wie ein Verrückter und noch besser fangen. Ein Naturtalent. Ein weiteres Detail ist, dass er nicht der Kerl ist, der Tausende Mädels beglücken will. Wenn er mit mir unterwegs ist, ist es ein Männerabend. Er hat uns gleich während der ersten Spiele einige wichtige Punkte eingebracht und sich dadurch nicht nur im Team, sondern auch bei den Fans beliebt gemacht. Er ist drahtig, schlank und schnell. Sein Spitzname wurde ziemlich schnell auch in New York übernommen: Stormy. Mit ihm also ziehe ich einige Male durch die Klubs, und das, wie gesagt, ohne Frauen, was für mich sehr entspannend ist. Ich fühle mich an diesen Abenden pudelwohl. Mir kommt nicht nur einmal der Gedanke, dass Thomas womöglich ebenfalls schwul sein könnte. Doch ich frage ihn nicht. Das würde ich im Leben nie tun.

Wir erleben eine richtig gute Saison. Der Trainer ist zufrieden, und die Fans sind es ebenfalls. Auch ich ruhe quasi in mir. Seit ich regelmäßig zu Case und Peter kann, bin ich noch besser geworden. Cole würde sagen, umgänglicher. Nur während der Saison, der Spielzeit, muss ich mich zurückhalten, da das Team, die Spiele Vorrang haben. Das ist mir klar und völlig in Ordnung. Solange ich keine Sorgen habe oder zu großen Stress, wegen irgendjemandem oder irgendetwas, habe ich nicht das Bedürfnis, mich fallen zu lassen, Verantwortung abzugeben.

So wandere ich durch die Jahre. Ich habe Freunde – viele, die meinen, genau das zu sein, aber wenige, die ich so bezeichne. Mein Leben ist verrückt. Ich stehe im Mittelpunkt, im Fokus des Medieninteresses. Meine Fans wollen an meinem Leben, vor allem an meinem Privatleben teilhaben. In dieses wiederum erhalten sie nur ausgewählte Einblicke. Es ist eine Kunst, den Spagat zu schaffen. Nicht zu viele Infos und nicht zu wenige. Bisher hatte ich, Cole sei Dank, ein gutes Händchen dafür. Was ich nicht habe, ist ein Mensch an meiner Seite, mit dem ich über alles reden kann, der meine Sorgen und meine Freude teilt. Der vor allem abends neben mir einschläft und morgens neben mir aufwacht. Noch bin ich in der Lage, die Sehnsucht danach zu unterdrücken. Noch. Meine Zufriedenheit nimmt leider in meinem sechsten Jahr ab. Ich werde bald 27. Bisher war mir das Glück hold. Keine größeren Verletzungen. Ich bin immer noch im Rennen und leistungsfähig. Der Vertrag wird erneut verlängert werden. Ich hätte längst ausgesorgt, müsste mich nicht mehr quälen, aber das bereitet mir nun mal Freude. Einsam, ja das bin ich. Jeden Tag mehr, da hat Arne recht. Was normal ist, mir aber nicht unbedingt schmeckt, ist, dass der Verein einen weiteren Quarterback einkauft. Er wurde dem Trainer von einem Scott vorgeschlagen. Der ist sogar extra zu einem Spiel nach Texas gereist und hat ihn direkt mitgebracht.

Ich bekomme also Konkurrenz. Auch, wenn der Trainer meint, dass ich die Nummer eins sei, bin ich mir der Tatsache bewusst, dass ich nun noch mehr Leistung bringen muss. Er soll mich nicht ersetzen oder verdrängen, sondern die zweite Geige spielen, die zum Einsatz kommt, sollte ich mich verletzen oder nicht in Form sein. Noch bin ich die Nummer eins und will das bleiben, obwohl er gleich zu Beginn klargemacht hat, Anspruch auf meine

Position zu erheben. Sein Name ist Mason Garcia. Er kommt aus Texas, ist der dritte von sechs Jungs. Er hat einen fast unheimlichen Nationalstolz und denkt sehr traditionell. Mich mag er nicht, und das gleich aus mehreren Gründen: Ich bin Ausländer, werde ihm vorgezogen, bin eines jeden Freund, dazu ein Frauenschwarm, bin bekennender Gegner der Todesstrafe, kann es nicht leiden, wenn jemand etwas gegen Schwarze sagt oder hat und zu guter Letzt habe ich schwulc Eltern. Ein völliges No-Go für den unheimlich konservativ ausgerichteten Mann. Mason bringt seinen jüngeren Bruder, den vierten im Bunde, mit nach New York. Er soll auf ihn aufpassen oder ihn unter Kontrolle halten. Er studiert hier im dritten Semester Jura und ist definitiv anders als sein Bruder. Wir verstehen uns von Beginn an super, obwohl ich ein paar Jährchen älter bin als er. Er nimmt in meinem Herzen die Position des jüngeren Bruders ein, den ich nicht habe. Brian sucht meine Nähe und lässt sich dies von Mason nicht verbieten, dem unsere Freundschaft cin Dorn im Auge ist. Was ihm noch weniger gefällt, ist, dass sich auch Thomas super mit ihm versteht und wir bald zu dritt durch die Klubs ziehen. Stormy muss man mögen und er ist trinkfest, sagte ich ja bereits. Wie er das macht, ist mir unverständlich, aber er schafft es, nach einem anstrengenden Wochenende zu rennen wie ein Verrückter und kann noch besser fangen. Wie gesagt, ein Naturtalent. Mason nervt mich. Er regt sich über mich auf und lässt mich spüren, dass er mich hasst. Er sucht Fehler in meinem Spiel und will mich verdrängen, das ist offensichtlich und kostet mich Kraft. Noch mehr aber fordert mich, was Stormy und Brian mir anvertrauen. Keine Ahnung, wie sie so mutig sein können, weshalb sie sich so sicher sind, dass ich die Klappe halten werde, aber sie tun es. Wir sitzen bei mir im Apartment und zocken an der PlayStation.

»Rune?« Ich bin ganz vertieft in dem Versuch, Brian abzuwehren. Deshalb reagiere ich nicht sofort, als Stormy sagt: »Ich bin schwul, Rune, und unsterblich in Brian verliebt.« Erst, als Brian im Spiel nicht mehr dagegenhält, komme ich zu mir und die Worte rieseln in mein Gehirn. Ich blicke zu ihm. Er redet weiter, vielleicht, damit ihn sein Mut nicht verlässt.

»Du hältst doch dicht, Rune, oder? Wenn nicht – dann soll es so sein, aber ich werde Brian nicht aufgeben. Ich glaube, man muss die Chance ergreifen, wenn man die Person im Leben findet, die einen glücklich macht. Kommt das allerdings raus, ist meine Karriere kaputt. Ich weiß, dass Football und schwul sein nicht zusammenpassen, aber Brian trifft es um Welten schlimmer. Er ist sich sicher, dass seine Familie ihn verstoßen würde, was sogar eine Erleichterung wäre. Er ist der Meinung, dass …«

»Mein Vater würde hierher reisen, mit dem Zug oder dem Flugzeug, und das ist etwas, was er wirklich nur im Notfall tun würde, seine Ranch verlassen, meine ich. Aber er würde kommen, mich entweder mit Gewalt in ein Umerziehungscamp bringen oder mich erschießen, und das, Rune, meine ich todernst. Er würde im Leben nicht akzeptieren, dass sein Abkömmling schwul ist, einen Mann liebt. Noch dazu wäre dies nur der Tropfen auf dem heißen Stein …«

»Einen Afroamerikaner.«

»Richtig.«

»Und was erwartet ihr jetzt von mir?«

»Nichts, einfach nur, dass du immer noch unser Freund bist und bleibst, wir aber hier in der Abgeschiedenheit deines Apartments WIR sein dürfen.«

»Du meinst, ihr wollt knutschen?« Ich lächle ihn an.

»Auch.«

»Und im Gästezimmer übernachten?« Beide sehen mich erstaunt an.

»Damit kann ich leben. Ist sowieso von Vorteil, wenn jemand nach der Wohnung sieht, wenn ich nicht da bin, und das wird in den kommenden zwei Wochen der Fall sein.«

»Du … du bist uns nicht böse?«

»Brian. Mir ist es so was von egal. Ich habe zwei Väter. Wenn nicht ich, wer bitte schön wird sonst damit keine Probleme haben?«

»Thomas, du hattest recht.«

»Deshalb also ich.«

»Ja.« Die Gesichter der beiden spiegeln Unsicherheit wider, die ich ihnen sofort nehme.

»Jetzt schaut nicht so! Das ist klasse, wenn ihr euch liebt. Ist doch alles gut, aber ihr wisst, dass ihr die Klappe halten müsst. Stormy, du bist ein herausragender Spieler. Ich will nicht, dass du nicht mehr mit im Team bist, auch, wenn ich weiß, dass du trotzdem mein Freund bleibst.« Als die beiden gegangen sind, sitze ich lange vor dem Fernseher, ohne mitzubekommen, was in der Flimmerkiste läuft. Ich bin einsam, ziemlich sogar, und war seit Wochen nicht mehr sexuell aktiv, war nicht mehr bei Case und seit Längerem nicht mehr bei Peter in München. Es hat sich nicht ergeben. Die Sehnsucht nach einem Partner wird größer, ich kann das nicht leugnen. Drei Tage, dann werde ich, wenn Peter Zeit hat, die Peitsche spüren. Er wird mich erden, und danach wird es wieder gehen. Ich zittere, wenn ich nur daran denke, und ein leises Stöhnen folgt aus meinem Mund. Wenn ich allerdings gewusst hätte, was ich damit anrichte, wäre ich weder geflogen noch hätte ich ihn überredet. Eine solche Unruhe zu verursachen, war nicht meine Absicht.

# München

»Hallo Peter.«

»Rune? Du warst lange nicht mehr hier. Wie kommst du hier rein?«

»Wolf hat mir geöffnet.«

»Warum hast du nicht angerufen oder eine SMS geschrieben? Dann hätte ich dir gesagt …«

»Ich weiß es bereits. Glückwunsch, Peter. Aber …«

»Nichts aber. Ich kann nicht. Valentin ist nicht da und ich werde ihn nicht hintcrgehen.«

»Kein Sex. Bitte, Peter, schenk mir die Subspace. Ich hatte beschissene Wochen. Und mein Kontakt in New York, der hat Sorgen und ich wollte ihn nicht darum bitten.«

»Wirklich, Rune. So gerne ich das tun würde, ich habe es Val versprochen.«

»Ruf ihn an, bitte, frag ihn. Vielleicht …« Ich weiß, dass ich ihn anflehe. Aber jetzt, da ich ihn sehe, er vor mir steht und ich weiß, dass er mir Erfüllung schenken kann, heule ich fast vor Angst, dass er mich wegschickt. Er muss mir ansehen, wie sehr ich es brauchc. Ich zittere und … er nimmt sein Handy zur Hand und versucht, vermute ich, Valentin zu erreichen, was ihm nicht gelingt.

»Sorry, Rune … es geht nicht.« Unwillkürlich knie ich vor ihm nieder.

»Kein Sex, Peter, nur die Peitsche. Bitte schenk mir die Subspace, bitte.« Keine Ahnung, ob oder was er in mir sieht, aber er nickt und deutet mir an, in sein Spielzimmer nach oben zu gehen. Im Leben hätte ich das Zimmer nicht betreten, wenn ich mir im Klaren darüber gewesen wäre, was ich damit fast kaputt gemacht hätte. Aber meine Verzweiflung, mein Verlangen waren zu groß und ich habe nicht über die möglichen Konsequenzen nachgedacht. Peter ist wie immer perfekt. Er fixiert mich, als ich nackt vor ihm stehe, mit den Armen an einem Haken der von der Decke hängt. Er schlägt mich und ich spüre seine unterdrückte Wut, dass er sich hat überreden lassen, etwas zu tun, was er nicht möchte, doch es ist zu spät. Er lässt mich leiden. Bereits das Ausziehen war heute heftiger. Er demütigt mich, ist viel härter als sonst zu mir – und mir gefällt das. Er ist heute mehr wie Case, der längst erkannt hat, dass ich viel masochistischer, viel devoter bin, als ich es mir selber eingestehe, vor allem, wenn ich im Stress bin. Heute fordert mich Peter heraus. Er will, dass ich abbreche, doch ich bin so gefangen in meiner Lust, dass ich nicht einmal ansatzweise darüber nachdenke. Ich bin nackt, mit Striemen übersät, verschwitzt und hart. Mein Penis tropft, ist steif und ich wimmere nach Erlösung, die mir nicht gewährt wird. Mein Kopf platzt beinahe vor unerfüllter Lust.

Er lässt nicht zu, dass ich abdrifte, so sehr ich es will, er lässt mich nicht in die Subspace, was einer Strafe gleichkommt. Ich weiß nicht, was sein Umdenken verursacht, aber irgendwann spüre ich nur noch sein Streicheln. Dass dies die Peitsche ist, er mir einen Hieb nach dem anderen über den Rücken zieht, ist mir nicht mehr bewusst. Dass ich stöhne, meine Lust nur so aus mir herausbricht, ich ihn anflehe, weiterzumachen, das alles bekomme ich nicht mit. Langsam holt er mich wieder zurück. Peter ist wütend auf mich, würde mich aber niemals in irgendeiner Form verletzen. Nie. Ich vertraue diesem Mann völlig. Dann aber ruft er urplötzlich mit verzweifelter Stimme: »Val! Valentin, das ist nicht so, wie es aussieht!« Dieser Satz holt mich mit einer Wucht zurück, die nicht heftiger sein könnte. Ich zittere am ganzen Körper. Peter steht fassungslos da und weiß nicht, was er tun soll. Ich selber bin zu geschockt. Was habe ich nur getan? Heiser, nicht als meine Stimme zu erkennen, sage ich zu ihm: »Binde mich los. Bitte.« Langsam dreht er sich zu mir um.

»Ich muss zuerst zu Val.« Kurz darauf aber steht er wieder im Zimmer. Er ist bleich und entsetzt über das, was geschehen ist.

»Peter, bitte, lös die Fesseln. Ich gehe zu ihm, kläre das.«

»Du bist völlig am Ende, Rune. Was bitte willst du klären? Val … er wird mir das nie verzeihen … ich muss zu ihm und mit ihm reden …«

»NEIN!«

»Was?«

»Ich spreche zuerst mit ihm. Ich weiß, dass ich gemein bin und böse, dich, den Mann, der mir die letzten Jahre so oft geholfen hat, mies behandle, aber ich muss mein Privatleben schützen und Valentin ist wütend, da könnte er leicht aus verletztem Stolz etwas tun, was er vielleicht später bereut. Ich kenne ihn nicht persönlich, habe keine Ahnung, wie er tickt. Ich weiß, dass ich ein Scheißkerl bin, Peter, und du mir im Moment liebend gerne eine runterhauen würdest. Vor allem, wenn ich dich daran erinnere, dass du nicht mit ihm reden darfst, nicht über mich und demnach auch nicht über das, was hier drin passiert ist. Lass mich mit ihm sprechen, bitte. Ich werde das wieder in Ordnung bringen.«

»Er wird mir das nie verzeihen. Er …« Peter so verzweifelt zu sehen, macht mir Angst. Was habe ich nur angestellt? Eigentlich bin ich nicht in der Lage, aufzustehen, mich anzuziehen und mit irgendjemandem zu reden, aber ich muss, stelle den Schmerz, die Erschöpfung hintenan. Es ist wie während eines Spiels. Noch mal werden alle Kräfte gesammelt, man wächst über sich hinaus. So fühle ich mich im Augenblick. Barfuß trete ich aus dem Zimmer und suche Valentin.

# Valentin

Völlig kaputt vom langen Flug, ich war einige Tage geschäftlich in den USA, komme ich zu Hause an, bin erleichtert und voller Hoffnung, dass sich Peter über die Überraschung freuen wird, denn ich bin ja zwei Tage früher zu Hause als angekündigt. Gegen acht Uhr in der Frühe öffne ich leise die Tür. Alle im Haus schlafen normalerweise um diese Zeit, der Klub ist seit fünf Uhr geschlossen. Ohne zu viel Krach zu machen, gehe ich die Treppen nach oben, nehme nicht den Aufzug. Wie gesagt: Ich will niemanden stören. Als ich den Schlüssel ins Schloss stecke, vernehme ich hinter unserer Wohnungstür spezielle Geräusche. Etwas irritiert betrete ich den Flur, denke noch, Peter muss eingeschlafen sein, während er sich einen Porno ansieht. Dann jedoch ist mir plötzlich sehr klar, dass es sich hier nicht um einen Film, sondern um die Realität handelt. In unserem Spielzimmer ist jemand und wird heftigst ausgepeitscht, wimmert bei jedem Schlag und stöhnt. Wie in Trance gehe ich auf die Tür zu. Da ist nichts mehr übrig von meiner Vorfreude auf Peter. Nur noch Angst und Enttäuschung sind in mir, und das Wissen, dass ich immer recht gehabt habe, es wusste. Ich atme einmal kurz durch und öffne leise die Tür, wappne mich für den Anblick, der sich mir offenbaren wird. Ich hatte so was von recht. Ein Sub, und was für einer, steht mit gefesselten, nach oben gezogenen Armen nackt mitten im Raum. Details nehme ich in Sekunden wahr, wie zum Beispiel, dass er das genaue Gegenteil von mir ist. Er ist groß, muskulös, ein ganzer Kerl, das würden über ihn viele sagen. Er ist verschwitzt und schwer gezeichnet, aber aufs Heftigste erregt. Sein Penis steht von seiner Körpermitte ab, die Peitsche zischt erneut durch die Luft und trifft ihn. Er schreit und stöhnt zugleich, ist nicht mehr in der Subspace, aber er war dort. Die Anzeichen sind mir vertraut. Peter spricht beruhigend auf ihn ein, holt ihn gerade zurück. Das ist der Punkt, an dem ich mich nicht mehr im Griff habe. Mein Freund Peter redet in einem Tonfall, der nur mir zusteht, mit einem mir fremden Sub! Mir gehört dieser Tonfall, mir alleine! Dachte ich zumindest. Es tut so weh. Scheiße! Tränen schießen mir in die Augen. Ich muss irgendein Geräusch gemacht haben, denn er dreht sich zur Tür, zu mir um, und ich höre nur, wie er völlig entsetzt ruft: »Valentin! Meine Güte, Val, das ist nicht so, wie es aussieht!« Er will auf mich zutreten, aber ich schüttle abwehrend den Kopf, drehe mich um und renne aus dem Zimmer. Ein erneutes »Val!« lässt mich doch nochmals zurückblicken. Peter ist bleich und ich erkenne durchaus, dass hier etwas nicht so ist, wie ich es wahrnehme. Aber es ist nun mal so, dass Peter mit einem nackten Mann in unserem Spielzimmer ist, den er so züchtigt, wie er mich nicht züchtigen kann. Vor allem hat er nicht mit mir darüber gesprochen. Es ist das eingetreten, vor dem ich immer Angst hatte. Ich bin Peter nicht genug. Nicht genug devot. Nicht der Richtige für ihn, weil ich auf diese Art des Schmerzes nicht stehe, wobei das nicht richtig ist. Ich kann mich immer mehr darauf einlassen und Peter weiß das, fordert mich jedes Mal mehr. Aber er steht mit einem mir fremden Mann in unserem Zimmer. Trotzdem mache ich nicht den Fehler, den Finn damals gemacht hat, und renne nicht kopflos davon. Ich weiß genau, dass das nichts bringen wird, dass wir reden müssen. Es ändert allerdings nichts daran, dass ich verletzt bin, tieftraurig und keine Ahnung was noch. Ich drehe mich um, knalle die Tür nicht zu, sondern verlasse einfach unsere gemeinsame Wohnung, lehne mich im Flur an die Wand. Mein Kopf, meine Gedanken rasen, durchleuchten die letzten Wochen und Monate mit Peter, suchen nach Anzeichen, nach Zeichen, die ich übersehen habe, wollen erkunden, ob er mich bereits länger hintergeht. Das alles geschieht in Sekunden. Ein erneutes »Val!« holt mich zurück. Peter steht in der Tür. Ich kann nur sagen: »Du musst dich um deinen Sub kümmern. Ihn alleine zu lassen, kannst du nicht bringen. Geh. Im Moment will ich nicht mit dir reden.« Unsanft drücke ich ihn zurück in die Wohnung, schließe die Tür vor seiner Nase und gehe nach oben in mein früheres Apartment, in dem zurzeit Melton lebt. Er schließt die Tür nie ab, damit zu jeder Zeit Hilfe zu ihm kann, sollte er welche benötigen. Melton sitzt im Rollstuhl, und noch ist nicht jede Bewegung eingespielt. Es gibt immer wieder Situationen, in denen er nicht weiterkann und unsere Hilfe benötigt. Ich bin mir zwar noch nicht mal sicher, ob er heute zu Hause ist, aber ich bin mal vorsichtig und leise, damit ich ihn nicht aufwecke, sollte er schlafen. Achtsam trete ich ein und gehe durch mein ehemaliges kleines Wohnzimmer auf die Dachterrasse. Dies ist der Ort, an dem ich zur Ruhe komme, nachdenken kann. Wenn ich hier weile, lassen mich alle alleine. Sie respektieren, dass es mein Rückzugsort ist, der Platz, an dem ich meine Gedanken sortieren kann, auch, wenn es meine Arbeit betrifft. Es ist ein guter Ort. Als ich auf der kleinen Bank sitze, beginne ich zu weinen, kann einige Schluchzer nicht unterdrücken. Ich liebe Peter bereits so lange, aber es passte erst vor einiger Zeit. Ich bin um einiges jünger als er, war immer der Kleine. Er kennt mich, wie er sagt, seit ich in die Windeln geschissen habe. Leon und Wolf, meine beiden Brüder, sind seine besten Freunde. Sie haben zusammen das Gayfive eröffnet, mit mir als stillem Teilhaber. Darauf bestand mein Vater und für Wolf, Leon sowie Peter war dies selbstverständlich. Ich selber bin mit viel Gehirn gesegnet, habe bereits mit sechzehn Abitur gemacht und anschließend Mathematik studiert. Heute darf ich mich Doktor der Mathematik nennen. Ich bin selbstständig und nehme Auftragsarbeiten aus der ganzen Welt an, habe einen guten Kundenstamm und ein paar ebenfalls selbstständige Kollegen, mit denen ich oft zusammenarbeite. Von Jamie, der in Portland lebt, komme ich nach einer anstrengenden, arbeitsreichen Woche gerade zurück. Dass Peter und ich irgendwann zusammenkommen, war niemals geplant, zumindest nicht von ihm. Ich hatte es mir schon länger vorgestellt, vor allem in den Nächten. Na ja, ich gebe zu, dass er öfter mal als Vorlage für einen Selbstschuss gedient hat. Ich habe schon immer gewusst, dass Peter ein Dom ist, der einen sehr devoten Partner an seiner Seite sucht, so wie Wolf Phelan gefunden hat. Phelan ist perfekt. Er ordnet sich Wolf unter, in jedem Bereich, und er zieht Genuss aus Schmerz, braucht diesen geradezu. Dass Wolf ihn mit der Peitsche bearbeitet, macht ihm nichts aus. Im Gegenteil. Ich bin devot, jedoch steht mir mein Gehirn, meine Intelligenz, bei vielem im Weg. Ich analysiere viel, meistens zu viel. Peter schafft es, mich zur Ruhe zu bringen. Er sorgt dafür, dass ich schreie und wimmere, bringt mich dazu, mir zu wünschen, dass ich nicht so bin, wie ich bin, und wiederum dazu, danach glücklich und entspannt dazuliegen. Er versohlt mir den Arsch mit der Hand oder mit dem Gürtel, meist zur Strafe. Ich ziehe daraus niemals einen solchen Genuss wie Phelan. Dass er mich auspeitscht, das kann ich mir keinesfalls vorstellen. Und jetzt lüge ich. Längst hat sich das geändert. Oft genieße ich den Schmerz oder fordere Peter heraus. Aber ich bin noch nicht so weit. Mein Hirn rattert und rattert, es denkt und grübelt nicht nur im Moment ohne Zusammenhang. Ich weine immer noch vor mich hin, als die Balkontür aufgeht.

»Ich will alleine sein, Peter, und dich nicht sehen. Bitte geh. Ich muss nachdenken.«

»Dann ist es ja gut, dass ich es bin und nicht er.« Es ist der Sub, der vor wenigen Minuten gefesselt mehr oder weniger im Raum gestanden hat, der gestöhnt hat, vor meinem Peter. Er lässt sich neben mir auf der Bank nieder, verzieht das Gesicht vor Schmerz. Doch seine Augen haben diesen verräterischen Glanz. Ja, ich kann es durchaus erkennen, dieses befriedigte Glitzern, auch wenn die Session unterbrochen wurde. Dieser Mann muss völlig erschöpft sein und eigentlich ins Bett. Vor allem aber sollte er versorgt werden, das konnte

Peter in der Kürze der Zeit niemals tun. Als ob nichts wäre, holt er ein zusammengefaltetes Blatt Papier aus seinem Geldbeutel, faltet es auseinander und reicht es mir wortlos zusammen mit einem Minikuli, der an seinem Schlüsselbund hängt.

»Unterschreib.« Fragend und, ich gebe es zu, ablehnend, sehe ich ihn an.

»Es ist eine Verschwiegenheitserklärung.«

»Bist du bescheuert? Was soll das? Verschwinde! Lass mich alleine.«

»Bitte, Valentin. Setz deine Unterschrift darunter. Danach erzähle ich dir, warum und was dort im Zimmer passiert ist, bitte. Ich erkläre dir alles. Und du kannst wütend auf mich sein. Du hast jedes Recht dazu. Bitte unterschreib. Peter darf nicht mit dir über mich sprechen. Er hat das vor Jahren unterzeichnet, genauso wie dein Bruder Wolf. Bitte, mein Anwalt ist gut und ich will nicht, dass Peter noch mehr Probleme bekommt.«

»Möchtest du mir drohen?«

»Nein, nur mitteilen, dass ihm der Mund verboten ist. Er darf niemals alles sagen, was er will oder gerne tun möchte, ohne vertragsbrüchig zu werden. Ich aber weiß, dass er das trotzdem tun wird. Wenn du wiederum aus Wut Teile davon an die Öffentlichkeit weitergibst, wird das Peters Ruin bedeuten. Valentin, das will ich nicht, weil ich ihn mag. Deshalb habe ich ihm gesagt, dass ich zuerst mit dir sprechen werde. Bitte unterschreib mir den Wisch. Ich kenne dich nicht persönlich, aber ich will auf keinen Fall, dass Peter unglücklich wird und vor allem ist. Im Moment sitzt er bleich wie eine weiße Wand draußen und macht sich die allergrößten Vorwürfe, weil er sich von mir dazu hat überreden lassen, mich mit ins Spielzimmer zu nehmen. Bitte, Valentin.« Ich sehe den Kerl, der da neben mir sitzt, an.

»Wo ist er?«

»Wie gesagt, vor der Tür. Er ist fix und fertig. Valentin, er liebt dich. Bitte glaube mir das. Unterschreib, danach sprechen wir.« Mit Blick auf ihn erledige ich es. Ich kenne diese Erklärungen, muss beruflich oft welche unterzeichnen. Und, ja, ich kann meinen Mund halten. Ich verstehe aber nicht, was er meint, wenn er sagt, dass Peter in einer Situation ist, in der er reden würde, auch, wenn es ihm verboten ist. Mein Gehirn. Wie gesagt, es rattert und analysiert ständig, auch solche Dinge. Er beginnt unvermittelt.

»Mein Name ist Rune Miller. Ich bin einer der erfolgreichsten Quarterbacks der Liga. Zurzeit spiele ich für die New York Bulls. Mein letzter Vertrag war im hohen zweistelligen Millionenbereich.« Ich denke: *Wow, nicht schlecht.* Gleichzeitig wird mir bewusst, warum ich unterzeichnen musste. Er redet weiter, spricht das aus, was ich bereits erfasst habe.

»Ich bin angekommen am Olymp, wie es so schön heißt. Ganz oben. Und ich liebe diesen Sport, habe alles dafür getan und auf so viel verzichtet. Vor allem auf mein Privatleben. Mir ist dieses bescheuerte Schwulsein dazwischengekommen, und das meine ich genau so. Ich habe lange damit gehadert, schwul zu sein. Für die Öffentlichkeit bin ich das nicht, darf das nie sein. Ich habe nicht eine Freundin, sondern viele. Ficken tu ich selten mit ihnen, aber hin und wieder dann eben doch. Irgendwann wird sich herumsprechen, dass man mit mir im Bett nicht unbedingt Spaß haben kann, und einige werden ihre Schlüsse ziehen. Ich lebe auf einem Glasberg, der jederzeit zerbrechen kann. Outen ist im Moment keine Option. Ich wäre sofort weg vom Fenster. Selbst Gerüchte wären der blanke Horror. Bisher hatte ich Glück. Alles, was ich mir erarbeitet habe, wäre weg. Niemand möchte einen schwulen Quarterback im Team haben, Fan eines Schwulen sein, stolz seine Nummer auf dem T-Shirt tragen. Verstehst du? Aber irgendwann, da wollte ich Sex haben, erleben, was doch so völlig okay für Menschen ist, für andere Männer. Ich habe mich meinem Manager anvertraut. Er hat mithilfe meines Anwalts diese Erklärung aufgesetzt, und bisher bin ich gut damit zurechtgekommen. Zu dieser Zeit hatte ich mich noch nicht dazu durchgerungen, das auszuleben, was ich bin. Schwul, devot, masochistisch, schmerzgeil. Es hat mir gefehlt. Alleine, dass ich das ausspreche, ist der Wahnsinn. Vor Jahren bin ich hierher nach München gekommen und habe mich in diesen Klub getraut, habe Peter gebeten, mit mir in eine Session zu gehen, und ihm verschwiegen, dass es das erste Mal für mich war. Erst danach habe ich es ihm erzählt. Und du kennst Peter. Er ist nicht zimperlich. Als ich ihm erzählt habe, dass er quasi der Erste war, ist er aus allen Wolken gefallen. Die Nacht und der Vormittag danach waren mit meine schönsten Erlebnisse. Ich bin ihm sehr dankbar. Danach bin ich immer wieder gekommen. Zu Hause in den USA habe ich im Internet gesurft, mich weiter informiert und bin dabei auf einen Dom gestoßen, der als gut und vor allem als jemand, der seine Klappe halten kann, beschrieben wurde. Ich habe Kontakt zu ihm aufgenommen. Zuerst unter einem anderen Namen. Bald jedoch bin ich zu ihm gegangen, nachdem er unterschrieben hatte, denn wenn er mich gesehen hätte, wäre ihm sofort klar gewesen, wer ich bin. Er ist der Mann, der mich in den letzten Jahren gelehrt und eingeführt hat in die Welt aus Schmerz und BDSM. Ich bin ziemlich schräg drauf. Damit es auf keinen Fall auffällt, gehe ich nicht oft zu ihm. Nur, wenn ich es brauche. Verstehst du? Bei weiteren Besuchen hier in München bin ich zu Peter gegangen, habe ihn darum gebeten, dass er mich schlägt, mich in die Subspace befördert und mich fickt. Valentin, Peter hat sich darauf eingelassen und wir haben in den letzten Jahren einige heftige Sessions erlebt. Jedes Mal, wenn ich hier war. Manchmal bin ich in der Urlaubssaison extra hergeflogen, so wie heute. Als ich vor einigen Stunden ankam, da sagte er mir sofort, dass es nicht mehr gehe. Dass er mit dir zusammen sei. Im Übrigen hat mich das total gefreut. Er hat oft von dir gesprochen und immer mit diesem gewissen Tonfall. Valentin, Peter liebt dich.« Ich schnaube und murmle: »Ja, sicher.«

»Wirklich. Ich bin schuld. Ich habe ihn angebettelt. Ich hatte miese Wochen und wollte zur Ruhe kommen. Ich war so enttäuscht, als er ablehnte, da habe ich ihm vorgeschlagen, mich nur zu schlagen, mir Schmerzen zuzufügen, ohne mich zu ficken. Er hat abermals abgclchnt, aber er hat dabei gezittert. Das habe ich bewusst ausgenutzt, habe mich vor ihn gekniet und war ganz Sub. Du weiß, wie das geht, und auch, was ich meine.«

»Richtig. Rune, ich bin niemals gut genug für ihn. Das ist mir immer schon klar gewesen. Ich liebe ihn, schaffe es aber nicht, mich in der Form züchtigen zu lassen wie du eben. Außerdem: Sieh doch in den Spiegel. Alleine, wie gut du aussiehst. Ich komme an dich als Kerl nie heran, bin dir meilenweit unterlegen. Nicht nur, dass du seine Sehnsucht und seine Vorstellung von einem Sub erfüllst, du schaust auch noch perfekt aus.«

»Rede keinen Quatsch, Val.«

»Mach ich nicht, Rune. Ich werde ihm das wahrscheinlich niemals geben können, und wenn, dann nie in der Form. Ich komme mit Schmerzen nicht gut zurecht, ziehe daraus keinen Genuss, zumindest nicht so viel wie du.«

»Peter hat versucht, dich anzurufen, und wollte fragen, ob du einverstanden bist, aber du bist nicht ans Telefon gegangen. Vermutlich saßt du im Flugzeug.«

»Hm.«

»Valentin, sei mir böse, ich habe gebettelt, ihn angefleht, dass er mich die Peitsche spüren lässt. Ich habe dieses Zittern seiner Hände und auch ein gewisses Leuchten in seinen Augen ausgenutzt. Val, bitte sprich mit Peter. Das hatte nichts mit Liebe zu tun, nur mit Sex, mit Lust, nicht mit Liebe. Bitte, Val. Ich maße mir nicht an, mich in eure Beziehung einzumischen, aber ihr solltet miteinander reden. Ich weiß ja nicht, ob du mich im Moment lieber zum

Teufel wünschst, aber wenn nicht zu einhundert Prozent, meinst du, ich kann mich hier auf dieser Couch ein paar Minuten aufs Ohr legen? Ich bin echt nicht in der Lage, ins Hotel zu fahren. Das Adrenalin lässt nach und ich werde hundemüde.« Ich blicke Rune an.

»Hast du Schmerzen?«

»Auch. Aber das geht.«

»Nein, tut es nicht. Du warst weder duschen noch hat sich Peter deinen Rücken genauer angesehen oder ihn mit Salbe eingerieben, oder?«

»Na ja. Wie gesagt, es gab Dringenderes zu tun und es ist nicht schlimm. Mir ist wichtig, dass das zwischen euch wieder in Ordnung kommt. Mein Rücken verkraftet das. Aber meinst du, ich kann mich irgendwo hinlegen, Val?« Ich atme einmal tief ein und weiß, dass ich zu Peter, mit ihm reden muss. Rune aber ist am Ende seiner Kraft, das sieht ein Blinder mit Krückstock und wenn ich an seinen Rücken denke … Er muss höllische Schmerzen haben und die Striemen wurden nur wegen mir nicht versorgt.

»Geh Richtung Flur, zweite Tür links ist ein Gästezimmer. Da kannst du schlafen.« Ich selber stehe auf und laufe, ohne ihn weiter zu beachten, raus zu Peter. Als ich die Wohnungstür öffne, spüre ich seine Anwesenheit. Er sieht nicht hoch zu mir, sitzt einfach auf dem Boden. Ich lasse mich an der Wand hinuntergleiten und setze mich neben ihn. Seine Hände sind zu Fäusten geballt. Er ist bleich, und plötzlich schüttelt es ihn und er weint. Ich kann nicht anders und lehne mich an ihn.

»Es tut mir leid, Val. Ich bin so ein Idiot. Ich liebe dich und habe alles kaputt gemacht. Als Rune gestern kam, hab ich ihm von dir erzählt. Schon früher. Ich habe ihm gesagt, dass wir zusammen sind, dass ich glücklich mit dir bin. Dass ich dich über alles liebe. Trotzdem hat er mich überredet, und das ist das Schlimmste daran. Selbst, wenn du mir verzeihst, wovon ich im Moment nicht mal annähernd ausgehe, du wirst mir nie mehr vertrauen. Ich hasse mich dafür. Das ist das Fürchterlichste für mich. Da wird jederzeit eine Ungewissheit sein. Du wirst dich jedes Mal fragen, wenn du weg bist oder auch ich, ob ich treu bin oder mich wieder überreden lasse.« Mein Blick ist auf Peters Hände gerichtet, die verkrampft vor ihm liegen. Leise beginne ich zu reden.

»Du hast recht, Peter. Es tut mir weh. Sehr. Ich würde dich anlügen, wenn ich anderes behaupte. Ich habe daran zu knabbern, schwer. Ich wollte das vorhin nicht glauben, nicht sehen. Bin angereist, weil ich vorhatte, dich zu überraschen. Wir sind früher fertig geworden. Jamie mochte mich noch nicht gehen lassen, aber ich musste nach Hause zu dir und dich wieder an meiner Seite wissen, im Bett haben. Als wir zusammengekommen sind, haben wir darüber geredet, dass ich mir vieles nicht vorstellen kann, zwar devot bin, ziemlich devot, aber Angst vor zu großem Schmerz habe, ich daraus einfach keinen Genuss ziehe, es für mich mehr Strafe ist. Ich kann Schmerz ertragen und kenne in der Zwischenzeit durchaus den Unterschied zwischen Lustschmerz und Strafe. Du hast mir das oft genug klargemacht, und wenn mein Arsch wehtut, gefällt mir das sogar, macht mich an. Zudem empfinde ich auch Stolz, so oft du mich besitzergreifend angrinst, sobald ich das Gesicht beim Hinsetzen verziehe. Ich liebe es, wenn du mich so selbstbewusst anschaust, ich dich damit glücklich mache. Verstehst du? Trotzdem habe ich dich oft gefragt, ob es dir genügt. Und du hast mir jedes Mal geantwortet, dass es so sei, und das, ohne zu zögern. Immer kam deine Antwort schnell und so deutlich. Du hast nie nachgedacht. Das war mir zu jeder Zeit bewusst, dir irgcndwic nic. Du wolltcst, dass cs dir reicht, wünschtest dir, dass ich dir genüge.«

»Das tust du auch, Val! Bitte, du darfst dir nie einreden, dass du das nicht tust, bitte mach das nie, denn das stimmt auf keinen Fall!«

»Aber du hast nie darüber nachgedacht, gib es zu!« Er ist still, redet dann jedoch leise weiter.

»Ja. Das ist richtig. Ich habe niemals nachgedacht. Du hast recht. Du hast auch recht damit, dass ich es vermisse, einen Sub auszupeitschen, ihn in die Subspace zu befördern. Der Klang der Lederpeitsche, die auf die Haut trifft. Es ist anders, als wenn ich dich mit dem Gürtel züchtige oder mit der sanften Peitsche schlage. Es ist anders, weil ich weiß, dass du mir damit ein Geschenk machst, deine Strafe annimmst. Mir ist bewusst, dass du es bis zu einem gewissen Grad genießt, Val, das weiß ich. Aber du hast recht. Es ist anders, einen Sub wie Rune, der darauf steht, es aushält und zusätzlich noch unendlichen Genuss dabei empfindet, zu züchtigen. Es ist ein geiles Gefühl, jedoch hat es nichts, überhaupt nichts mit Liebe zu tun. Ich habe vorhin dort unten wahnsinnige Befriedigung gespürt. Ich war erregt, aber mir ist nicht eine Sekunde in den Sinn gekommen, dass ich Rune jetzt ficken möchte. Ich wollte ihm wehtun, ihn zum Stöhnen bringen, ihn schreien hören, sehen, wie seine Haut zittert, wie er bei jedem Hieb in die Knie geht und sich stolz wieder aufrichtet, um den nächsten Schlag zu empfangen. Das ist total krank. Nicht nur von ihm, auch von mir, aber das … das hat nichts mit den tiefen Gefühlen zu tun, die ich für dich empfinde. Dich liebe ich, begehre ich, du machst mich glücklich. Bei dir, mit dir fühle ich mich wohl, angekommen, geliebt. Ich will niemand anderen in meinem Bett haben. Verstehst du mich irgendwie? Val, ich wollte dir das geben, wenn du von Portland zurückkommst. Jetzt weiß ich noch nicht einmal, ob du überhaupt darüber nachdenken möchtest. Ich …«

»Was wolltest du mir geben, Peter?« Er zieht etwas aus seiner Hosentasche und legt es in meine Hand. Seine Hand zittert dabei. Ich kann nicht anders und hauche überrascht: »Peter!«

»Ich wollte dich fragen, ob du mit mir zum Rathaus gehst und mich heiratest. Ich habe lange nach diesen Ringen gesucht. Ich wollte, dass sie perfekt zu dir und mir passen. Meine Mum ist fast ausgeflippt, als ich mit ihr zum Juwelier bin und ihre Meinung dazu wissen wollte. Ich war mir erst unsicher und ich will einfach, dass sie vollkommen sind. Sie liebt dich und mein Daddy ebenso, das weißt du. Ich wollte, dass es perfekt wird, und jetzt … ich habe alles kaputt gemacht, nur, wcil ich mich nicht zusammenreißen kann.«

»Nein, hast du nicht und niemals deshalb, Peter.«

»Was meinst du?«

»Du hast nicht alles kaputt gemacht. Ich wusste immer, dass dieser Moment oder Tag kommen wird, an dem du dir dessen bewusst wirst, dass es ohne auf keinen Fall geht und du darüber nachdenkst. Dass du es ohne mein Wissen gemacht hast, tut weh, aber weil ich wusste, dass es geschehen wird, konnte ich bereits darüber nachgrübeln, wie ich damit umgehen will und kann. Es ist in Ordnung, Peter. Ich hätte es dir so vorgeschlagen. Nicht ganz so, aber …«

»Was meinst du damit?«

»Dass du dir einen Sub suchst, ihn mir vielleicht vorstellst oder mich zusehen lässt, wenn du mit ihm in eine Session gehst, und dass du mir versprichst, nie mit ihm zu schlafen. Nur, wenn es für mich okay ist. Ich möchte, dass du mich fragst, ob es in Ordnung ist. Ob ich einverstanden bin. Ich will es einfach nur wissen und niemals, dass es still und leise passiert.«

»Möchte? Und was meinst du mit anderem Kerl?«

»Ja, möchte. Ich liebe dich, Peter, bereits so lange, und du hast heute echt Mist gebaut. Nicht, weil du es getan hast, denn ich hätte es dir, wie es so schön heißt, erlaubt, aber dass du es heimlich gemacht hast, das hat mir wehgetan, sehr wehgetan. Und das andere … Natürlich möchte ich dich heiraten. Unbedingt! Wenn du glaubst, es mit mir aushalten zu können. Ich werde deinen Ring unendlich gerne tragen. Aber ich bin anders als Phelan und auch anders als ein gewisser anderer Herr, der vermutlich in naher Zukunft noch mehr zu uns gehören wird. Aber dennoch, Peter, bin ich wahnsinnig in dich verliebt, noch mehr bin ich müde. Ich bin so kaputt und will jetzt nur eines: schlafen. Bringst du mich in mein Bett?«

»Scheiße, Val, womit habe ich dich nur verdient?«

»Keine Ahnung. Bett?«

»Sicher, komm, ich helfe dir hoch.«

»Nein, warte, noch nicht.«

»Nein?«

»Du musst erst zu Rune, sieh dir seinen Rücken an. Er hat Schmerzen. Rune schläft im Gästezimmer. Danach darfst du mich ins Bett verfrachten. Geh!« Ich spüre nicht mehr, dass Peter zehn Minuten später zurückkommt, denn ich schlafe tief und fest an die Wand im Flur gelehnt.

# Peter

»Rune?«

»Ich bin hier.«

»Du musst unter die Dusche, mein Freund.«

»Was ich muss, ist schlafen. Bitte, Peter. Es ist alle okay mit mir, lass mich schlafen und morgen bin ich weg. Konntest du dich mit Val aussprechen? Es tut mir so leid, das wollte ich nicht. Bitte. Ich … Verzeih mir, dass ich dich dazu gedrängt habe.«

»Stopp. Ich sagte duschen und danach versorge ich deinen Rücken, so wie es sich gehört, das muss sein. Später werde ich mich um Val kümmern. Hab keine Sorge, er redet mit mir. Wie ich solch einen Mann verdient habe, ist mir schleierhaft, aber er tut es. Er hat sogar zugestimmt, mich zu heiraten, und du bist der Erste, dem ich das erzähle.«

»Das … Peter, meinen Glückwunsch!«

»Du musst dich nicht einschmeicheln und darauf hoffen, dass ich dich liegen lasse. Hoch mit dir.« Kurze Zeit später liegt Rune im Bett und schläft tief und fest. Ich trete mit wackeligen Beinen wieder auf den Flur hinaus zu Valentin. Er schläft. Mein Herz muss fix und fertig scin. Der lange Flug und danach der Kack, den ich angerichtet habe. Vorsichtig, um ihn nicht aufzuwecken, hebe ich ihn hoch, um ihn in unser Schlafzimmer zu tragen. Bei Rune hätte ich das niemals geschafft. Aber Val ist schlank, nicht klein, jedoch ein Fliegengewicht, wie ich immer scherzhaft zu ihm sage. Stunden später verändert sich seine Atmung. Daran erkenne ich, dass er nicht mehr allzu tief schläft. Liebevoll beobachte ich ihn, streichle seinen Rücken, genieße den Anblick und lasse mir noch mal durch den Kopf gehen, was er gesagt hat oder mir zum Teil vorgeworfen hat. Er hat recht damit, dass ich nicht genügend nachgedacht habe. Aber dass er mir nicht genügt, stimmt nicht. Val hat überhaupt nicht wahrgenommen, wie sehr er sich in den Monaten, seit wir zusammen sind, verändert hat. Er behauptet, Schmerz nicht genießen zu können, eine Lüge. Vielleicht ist es wahr, dass er es noch nicht so kann wie Phelan oder Rune, doch liegt es meiner Meinung nach nur daran, dass er sich zu diesem letzten Schritt nicht traut. Das wird kommen. Jeden Tag mehr. Was stimmt, ist, dass ich dem Angebot von Rune nicht widerstehen konnte. Meine Hände haben gezittert vor Freude, einen Sub vor mir zu haben, der jede Zuwendung durch mich annimmt, als ob sie das größte Geschenk der Erde wäre. Und die Zuneigung ist nicht sanfter Natur. Im Gegenteil. Val liegt quasi auf mir, eng an mich gekuschelt, wie ich es mag. Zärtlich streichele ich sein Haar und genieße es, ihn so nah bei mir zu spüren. Früher hätte ich mir nie vorstellen können, dass ich einmal so für Valentin empfinden würde. Er ist einige Jahre jünger als ich. Sein Leben lang kenne ich ihn, bin als großer Bruder mit ihm aufgewachsen. Leon und Wolf, seine Brüder, sind meine besten Freunde. Ich empfinde für die beiden nicht weniger, als wenn sie Brüder von mir wären. Für Val galt das ebenfalls, bis er ungefähr sechzehn wurde und sich geoutet hat. Ab diesem Zeitpunkt habe ich ihn mit anderen Augen betrachtet. So wie ein Jäger, der einen Twink begutachtet, interessiert und lauernd. Natürlich nur, wenn Leon oder Wolf mich nicht dabei gesehen haben, sonst wäre Ärger vorprogrammiert gewesen. Wir haben ihn gemeinsam beschützt, auf ihn aufgepasst, wie wir es seinem Vater versprochen hatten. Allerdings habe ich ihn auch anders angesehen, gebe ich zu. Jetzt. Die Jahre davor hätte ich das nie zugegeben. Val glaubt, mir sei nicht aufgefallen, dass er mich seit Jahren anders betrachtet, in mich verliebt ist. Das weiß ich bereits lange, jedoch musste er erst Flügel bekommen, erwachsen werden, Erfahrungen sammeln, auch im Sexualleben, und das hat er, obwohl seine Brüder es nicht glauben wollten. Die passende Zeit kam, und seitdem könnte ich nicht glücklicher sein. Jetzt dieser Fehler von mir, dieser dumme Fehler. Man könnte meinen, ich wäre ein hormongesteuerter junger Mann, nicht bereits dreiunddreißig. Und dann hat Val genau erkannt, warum und wieso es passiert ist. Er mit seiner Logik, seinem Hirn, hat viel früher gewusst, was ich mir einzureden oder auszureden versucht habe.

»Denk nicht so laut. Ich muss noch schlafen, bitte, Peter, ich bin noch müde.«

»Du bist wach?«

»Ja. Bitte, Peter, noch zehn Minuten. Du darfst ruhig weiterstreicheln, nur nicht so laut denken. Ich bekomme Kopfweh davon.«

»Du?«

»Ja, ich, und wenn du nicht aufhören kannst, dann küss mich und sorg dafür, dass ich danach wieder einschlafe. Das darf ich doch bitte von meinem zukünftigen Mann erwarten, oder?«

»Ich fasse es nicht. Seit wann bitte hast du so eine große Klappe und stellst Ansprüche …«

»… seit … im Moment.« Leise fügt er hinzu: »Bitte, Peter, schlaf mit mir, zeige mir, dass du mich liebst. Ich brauche das jetzt, bitte.« Das wiederum lasse ich mir nicht zweimal sagen. Wenn Val mir verzeiht, Sex mit mir haben möchte, wird er das bekommen. Er will das niemals. Sex haben, meine ich, was er eigentlich von mir haben möchte, ist, dass ich mit ihm Liebe mache, und das werde ich. Ich lasse ihn die Liebe, die ich für ihn empfinde, spüren und er wird sie erkennen. Als ich in ihm bin und er mir in die Augen blickt, ist darin nichts anderes zu sehen. Es ist ein weiterer magischer Moment in unserer Beziehung. Etwas wächst, wird größer und mir ist völlig bewusst, wie schwul sich das anhört, aber es ist so, ich fühle genauso für ihn. Leidenschaftlich küsse ich Val und beginne mich zu bewegen, ihn zum Stöhnen zu bringen. Beide sind wir kurze Zeit später schweißüberströmt. Männersex ist nie mit Heterosex zu vergleichen. Selbst, wenn er zärtlich ist, ist er wild und heftig und meistens laut und kraftvoll. Als Valentin seinen Schaft umfasst und sich selber zum Abspritzen bringt, sein Muskel sich um mich schließt, komme ich in ihm, tief und ebenfalls nicht leise, lasse mich neben ihn fallen und löse damit leider die Verbindung zwischen uns. Val hat die Augen geschlossen und versucht, seine Atmung zu normalisieren. Mir geht es nicht anders, trotzdem drehe ich mich um und verlasse das Bett.

»Wo gehst du hin?« Mehr als das Wort bringt er nicht zustande.

»Handtuch.«

»Aber …«

»Val, halt die Klappe. Heute mache ich das für dich. Morgen ist es wieder dein Part, versprochen. Ich werde dich sicher auch jetzt nicht verhätscheln.« Valentin lächelt mit geschlossenen Augen vor sich hin. Als ich mit einem nassen Lappen zurückkomme und die Spuren unserer Leidenschaft füreinander wegwische, murmelt der freche Kerl doch glatt: »Könnte mich aber daran gewöhnen. Vielleicht sollte ICH strenger mit dir sein.« Ich kann nicht anders und lache, drehe ihn unwillkürlich um und haue ihm mit der flachen Hand kräftig auf seinen wundervollen, sexy Arsch.

»Nur damit du weißt, wer das Sagen hat.«

»Ja, ja, bin ja schon brav, Peter.« Ich ziehe ihn an mich und murmle in sein Ohr: »Ich liebe dich, Valentin.«

»Ich dich auch, Schatz. Aber darf ich jetzt schlafen?«

»Sicher, Kleiner.«

# Rune – Melton

Rune Miller also. Da schläft in meinem Gästezimmer eine Berühmtheit, die einsamer ist als ein Eisbär in der Sahara. Warum nur muss das Leben so kompliziert und schwierig sein? Ich wuchte mich in den Rolli und fahre ins Bad. Dort erledige ich meine Morgentoilette. Vermutlich wird er durch den Krach, den ich verursache, aufwachen. Ich kann es nicht ändern, denn ich muss um elf in der Schule sein. Als ich fertig bin, rolle ich zurück in den Wohnraum, in dem eine kleine Küche ist. Auf der Ablage steht mein Heiligtum. Mein Kaffeeautomat. Als ich den ersten Schluck nehme, steht Rune in der Tür.

»Guten Morgen, Rune.« Er sieht mich überrascht an, als ich ihn mit seinem Vornamen anspreche.

»Zweite Tür links ist die Dusche, weißt du das ja bereits. Im Regal liegt ein T-Shirt von mir, müsste dir passen. Ich bin etwa so groß wie du.« Ohne ihn anzusehen, rede ich weiter.

»Lass den Zettel hier, ich unterzeichne neben Val.«

»Du hast zugehört?«

»Ja, das Fenster stand offen. Vor mir brauchst du keine Angst haben, ich unterschreibe gerne, allerdings wusste ich gestern Abend, als du dich reingeschlichen hast, wer du bist. Ich bin dir etwas böse. Denn ich betrachte Val als meinen Freund.

Das mit Peter war Mist, aber wiederum kann ich dich verstehen. Peter muss das mit Val klären und in Ordnung bringen. Werden sie auch. Hoffe ich zumindest.«

»Was meinst du damit, dass du mich verstehst? Bekomme ich einen Kaffee?«

»Klar kriegst du einen, und um deine Frage zu beantworten: Ich bin verliebt. In eine Frau, die mich früher oder später in den Wahnsinn treiben wird. Wenn ich sie nur anblicke, sie mich anschnauzt, ist mein bestes Stück bereit und hart, was auf Dauer echt schmerzhaft und anstrengend ist. Ich arbeite seit Wochen, was sage ich, seit Monaten eng mit ihr zusammen, und wie gesagt, täglich laufe, falsch fahre ich mit einem Steifen durch die Gegend. Und gestern Abend habe ich es nicht mehr ausgehalten und gefickt. Nicht mit Sascha, sondern einer netten jungen Frau, die ich mir aufs Hotelzimmer bestellt habe. Das Schlimmste ist, ich habe dabei an sie gedacht und ein elendig schlechtes Gewissen. Ich konnte den Fick nicht genießen. Verrückt, oder? Ich bin nicht mal mit ihr zusammen, aber ich fühle mich, als ob ich fremdgegangen wäre, und das ist ein Scheißgefühl.«

»Mir geht's nicht besser, Melton. Peter, das gestern, ich bin ihm dankbar, dass er mir diese Session geschenkt hat, mich so behandelt hat. Aber auch ich habe ein mieses Gefühl. Ich wollte nichts kaputt machen. Ich fühle mich ehrlich gesagt oberscheiße.«

»Hast du zu Hause in den USA eine Alibi-Freundin? Oder einen Freund?«

»Nein. Ich gehe mit vielen Models oder eher Möchtegernmodels aus. Mein Management bucht viele von ihnen. Manchmal date ich auch selber. Es ist anstrengend, aber mein Leben und ich muss mich damit arrangieren.«

»Und wie machst du … ich meine, du bist doch schwul.«

»Manchmal klappt es so, sonst Viagra, allerdings ficke ich nur selten, wenn ich, ohne Verdacht zu erregen, aus der Nummer nicht mehr rauskomme.«

»Was machst du, wenn ER daherkommt, dein Traummann? Lässt du ihn ziehen oder verleugnest du dich? Ich meine, er wird da nie mitmachen, dich mit Mädels teilen, sich im Hintergrund halten zu müssen. Zumindest könnte ich mir, wenn ich an seiner Stelle wäre, so etwas in der Art niemals vorstellen. Ich kann mich natürlich auch täuschen. Rune, mal ehrlich: Du hast null Schwulensex in den USA?«

»Keine Ahnung, was ich dann machen werde. Ich meine, wenn er mir über den Weg läuft. Ehrlich, Melton.«

»Und in New York, hast du da jemanden, mit dem du reden kannst, jemanden, der dich … du weißt schon.«

»Fickt, schlägt?«

»Ja.«

»Es gibt dort einen Mann, dem ich vertraue, den ich in der Zwischenzeit als Freund betrachte. Ich bin nicht in ihn verliebt. Er ist mein Master, das ist in Ordnung. Mehr geht auf keinen Fall. Ein paar Stunden Auszeit, um mich zu sammeln. Eine Beziehung geht einfach nicht, kann ich mir nicht leisten. Wie ich Val sagte: Ein schwuler Quarterback, das funktioniert nie. Ich kann noch so gut sein. Wenn herauskommt, dass ich ein Homo bin, ist es aus.«

»Ist es das wert?«

»Nein, gefühlsmäßig nicht. Geldtechnisch, Melton, auf jeden Fall. Ich habe bald so viel verdient, dass ich …«

»Was?«

»Dass ich mich verlieben darf.«

»Du meinst, dass es jetzt noch nicht reicht?«

»Doch, sicher. Aber für das, worauf ich verzichtet habe, nein. Klar würde es bereits reichen, aber ich bin in den letzten Jahren, was das Geld anbelangt, verwöhnt gewesen, ich musste nie aufs Geld schauen. Ich habe so viel dafür getan. So viel trainiert. Auf so viel verzichtet, dass ich das nun für mich selber durchziehen muss. Außerdem bin ich der Meinung, dass ich diesen Erfolg verdient habe. Nenn es total bescheuert, aber so denke ich.«

»Das ist auf keinen Fall bescheuert. Ich verstehe dich. Im Übrigen, du bist wirklich gut. Ich kenne keinen Quarterback, der so vorausschauend handelt, seine Mannschaft so gut im Griff hat. Du verstehst dich mit den Jungs, obwohl du, wenn ich wetten dürfte, privat nicht besonders viel mit ihnen zu tun hast.«

»Bist du Hellseher oder was?«

»Nein, bin ich nicht, Rune, aber sportbegeistert. Früher habe ich mal in der Handball-Nationalmannschaft gespielt. Damals habe ich begonnen, mich für American Football zu begeistern. Du warst zu der Zeit noch in Florida, hast deinen ersten Profivertrag bekommen, mit siebzehn. Du wurdest in allen Zeitungen erwähnt. Junger Einwanderer, supertalentierter Spieler mit großer Zukunft. Irgendwie hast du mich fasziniert. Auch ich bin in die Nationalmannschaft gekommen. Ich war so stolz auf mich. Während der Jahre im Koma konnte ich deine Karriere natürlich nicht verfolgen. Aber als du hier im Klub aufgetaucht bist, wusste ich sofort, wer du bist, und habe gegoogelt.«

»Du lagst im Koma? Und warum wird das nichts mit Sascha?«

»Ja, das ist aber eine andere Geschichte. Und mit Sascha … Sieh mich doch an. Ich bin behindert. Was will sie mit einem Krüppel wie mir?«

»Bist du jetzt blöd? Hast du mir nicht vor ein paar Minuten erzählt, dass du mit einer, wie sagtest du, netten Dame gefickt hast?«

»Ja, schon.«

»Also, dann ist das doch kein Hindernis! Melton, mach dich nicht so klein. Wenn du Sascha gern hast, sie liebst, sag es ihr. Du hast doch keinen Grund, alleine und einsam zu sein. Es reicht, wenn ich das bin. Oder nicht? Und selbst ich will irgendwann den Einen kennenlernen und ihn lieben dürfen, mich nicht mehr verstecken und keine Angst mehr haben müssen, entdeckt zu werden, Menschen, die mir etwas bedeuten, nicht mehr diesen verdammten Zettel unter die Nase halten müssen, damit sie unterzeichnen, dass sie still sind und nichts über mich erzählen. Du musst ihn im Übrigen noch unterschreiben, auch wenn ich weiß, dass du deine Klappe hältst. Tust du es trotzdem? Ich gehe jetzt duschen und stell mich mal Peter und Valentin. Hoffentlich tun die beiden nicht was Dummes wegen mir.«

Wenig später klopfe ich vorsichtig und trete in die gemeinsame Wohnküche. Wolf und Phelan sind da und sehen mich skeptisch an. Vielleicht bilde ich es mir auch nur ein.

»Hallo, ich bin Rune.« Phelan spricht.

»Ich kann dich nicht leiden, sollte das mit Val und Peter nicht mehr in Ordnung kommen.«

»Ihr habt es also mitbekommen.«

»War nicht zu überhören.«

»Und wenn es in Ordnung kommt? Bin ich dann im Klub willkommen oder soll ich diesen deiner Meinung nach in Zukunft meiden, Wolf?«

»Wie gesagt, wenn es wieder in Ordnung kommt, Rune, habe ich kein Problem mit dir. Überhaupt keines. Ich weiß ja, dass du des Öfteren hier bist und Peter Sessions mit dir abhält. Aber er ist nun vergeben, mit unserem kleinen Bruder zusammen, und ihn traurig zu sehen, gefällt uns keinesfalls. Falsch, überhaupt nicht.« Valentin kommt zur Tür hereingeschneit.

»Ich bin nicht traurig, Wolf. Zieh deine Krallen ein. Ich bin auch nicht wütend. Nur geschockt war ich im ersten Moment und enttäuscht von Peter. Aber wir haben geredet, Bruderherz. In Ordnung?« Peter taucht ebenfalls auf und schnappt sich eine Tasse Kaffee, ohne dass Val weiterspricht oder Wolf etwas sagt. Erst, als Leon im Raum ist, in

Begleitung von Sammy, dem Barkeeper, redet Val weiter. Er geht zu Wolf und flüstert ihm etwas ins Ohr. Dieser lächelt und fragt: »Ehrlich?«

»Ja.« Irgendwas bekomme ich gerade nicht mit.

»Was ist los, Wolf?«, murmelt Leon.

»Peter?«

»Ich habe gestern Mist gebaut, Leon. Ich war mit Rune, das ist der junge Mann hier, in einer Session. Bring ihn nicht um und mich bitte auch nicht. Und unterschreib diesen Wisch hier.«

»Peter, du hast was getan? Bist du bescheuert? Ich meine, ich …«

»Lass ihn ausreden, Leon, bitte«, flüstert Valentin.

»Val hat uns sozusagen erwischt oder, anders gesagt, mich überrascht. Ich habe ihm gestern sehr wehgetan und viel kaputt gemacht.«

»Hast du nicht. Das haben wir doch besprochen.«

»Sicher, aber …«

»Peter. Mir wäre lieber, du würdest es ihnen erzählen, bevor Leon etwas sehr Dummes tut.«

»Ich habe Valentin gestern gebeten, mich zu heiraten. Das habe ich schon länger vorbereitet, bin sogar mit meiner Mutter die Ringe ansehen gegangen. Ich war mir unsicher und wollte, dass es perfekt ist. Um es kurz zu machen: Er hat Ja gesagt, obwohl ich Scheiße gebaut habe. Und es würde uns sehr glücklich machen, wenn du, Wolf, und auch du,

Leon, als meine ältesten Freunde und Brüder von Val, unsere Trauzeugen wärt.«

Phelan ist der Erste, der sich bewegt und Val umarmt.

»Das ist toll, Valentin. Ich freue mich für dich. Willkommen zurück daheim. Die letzten drei Wochen waren anstrengend.«

»Wie meinst du das?«

»Peter war schrecklich. Er war, um es mit Wolfs Worten zu sagen, auf Entzug, Sex-Entzug. Ich denke, du weißt, wie ich das meine. Jeden Tag ist er noch mehr zu einem grantigen Etwas mutiert. Er hat dich vermisst. War es schön bei Jamie? Konntet ihr den Auftrag abschließen?«

»Nicht so viel auf einmal, Phelan. Ich habe dich auch vermisst. Und Peter erst recht.«

»Ist wirklich alles gut?«

»Ja, Phelan, versprochen.«

»Wir reden später?«

»Machen wir.«

Der Morgen, eigentlich ist bereits Mittag, ist wirklich gemütlich und nett. Keiner behandelt mich komisch oder anders. Erst gegen drei Uhr am Nachmittag verabschiede ich mich und fahre zurück zum Hotel, um anschließend Arne und Sven zu besuchen, mich dort ein paar Tage zu erholen und danach für zehn Tage nach Norwegen zu reisen. Dass sich dort mein Leben verändern wird, ist mir nicht bewusst. Okay, dieser Urlaub ist ereignisreich. Zuerst das mit Valentin und Peter und dann … dann tritt er in mein Leben.

# Tamino

Einige Tage Erholung bei Arne und Sven. Ich lasse mich verwöhnen. Sven kocht zu gut und Arne ist besorgt um mich, kümmert sich um meinen Rücken und würde am liebsten mein Hinterteil auch noch begutachten, was ich ihm lachend verweigere. Ich liebe die zwei mit jedem Tag mehr und genieße die Zeit bei ihnen. Dass derjenige, der unsere Geschicke leitet, gerade diese beiden Menschen zu mir geschickt hat, ist ein Segen. Manchmal denke ich zurück und mich graust es dabei, was hätte sein können.

»Und wann geht's ab nach Norwegen?«

»In fünf Tagen. Ich habe mich bei einem kleinen Reiseveranstalter angemeldet, mit einem privaten Guide und nur drei weiteren Teilnehmern. Ein Risiko. Sie könnten mich erkennen, doch hoffe ich, dass ich Glück habe. Diesen Urlaub habe ich mir schon lange gewünscht. Dass ich den Veranstalter gefunden habe, ist reiner Zufall. Gewiss wird es klasse werden. Wandern in Norwegen, das ist etwas, was ich schon lange tun wollte. Bisher war ich in den Pyrcnäcn unterwegs und in den Anden. Jedes Mal traumhafte Tage. In den Anden war ich sogar mehrmals, unter anderem mit Thomas und Brian. Es war geradezu spektakulär. Roland Merkling wird es in Norwegen ebenfalls gefallen. Start- und

Treffpunkt wird Ålesund sein. Dort hat der Reiseveranstalter seinen Sitz.«

»Es wird sicherlich klasse werden. Das wünschen wir dir von ganzem Herzen.«

Die Temperatur ist frisch zu nennen, als ich den Flieger verlasse. Jedoch scheint die Sonne, und das wiederum ist genial. Alleine der Flug war spektakulär. Die Landschaft und die Fjorde … traumhaft schön. Mit dem Taxi fahre ich zum Hotel und checke erst einmal gemütlich ein. In den Reiseunterlagen wird darauf hingewiesen, dass unser erstes Aufeinandertreffen für den Abend angesetzt ist. Für eine Stunde lege ich mich hin und erkunde danach zu Fuß Ålesund, trinke in einem kleinen Café einen Cappuccino und genieße die Stille um mich herum. Niemand, so hat es den Anschein, erkennt mich, was super entspannend ist. Ich trage meine Haare anders, und eine Brille mit normalem Fensterglas ziert meine Nase. Es hilft nicht viel, doch zumindest etwas. Zudem ist auch der andere Name nützlich. Ich kann mich dumm stellen, sollte mich jemand mit Rune ansprechen. Doch, wie gesagt, es ist alles bestens. Gegen Abend laufe ich zurück zum Hotel, mache mich frisch und blicke gespannt dem Treffen mit meinen Begleitern für die kommenden Tage entgegen. Der erste

Eindruck ist positiv und ich bin mir sicher, dass es prima werden wird. Unser Guide stammt aus Ålesund, ist Norweger. Er spricht perfekt Englisch und ist vielleicht ein paar Jahre älter als ich selber. Er stellt sich als Petter Johannsen vor und erzählt uns, dass er ein Studium in der Tourismusbranche absolviert, sich danach aber auf die Natur und den Umgang mit ihr spezialisiert hat, sich einen Tourismus für sein Land wünscht, der gut für alle ist. Deshalb hat er sich ein Geschäft aufgebaut, das mit jeder Saison besser läuft. Seine Frau ist oft mit dabei, wenn er auf Tour geht, nur ist sie im Moment schwanger und kann nicht mit. Anschließend bittet er uns, doch etwas von uns preiszugeben. Das Paar in meinem Alter beginnt.

»Wir sind Sonja und Alexander und sind auf Hochzeitsreise. Zuerst waren wir mit dem Camper alleine im Süden unterwegs, jetzt möchten wir noch diese Tage geführt erleben und danach werden wir hoch zu den Lofoten fahren und uns dort erneut mit einem Guide umsehen. Wir haben extra eine kleine Hochzeit geplant. Das Geld wollten wir hier umsetzen und uns diesen Traum von acht Wochen Norwegen erfüllen.«

»Toll!«, sage ich und fahre fort: »Ich bin Roland und mir geht es ähnlich. Ich bin zum ersten Mal in Norwegen, wollte aber nicht wie das Gros der

Touristen reisen, sondern bin im Internet auf diesen kleinen Veranstalter gestoßen, und das hat mich sofort angesprochen.« Mehr gebe ich erst einmal nicht preis, reiche sozusagen den Staffelstab an den vierten im Bunde weiter, einen Mann, der mich, gebe ich zu, nervös macht. Denn er ist, möchte ich behaupten, wie Case und Peter. Ein Dom oder Master. Ob hetero oder schwul, kann ich nicht einschätzen, da fehlt mir die Erfahrung. Als er spricht, werde ich unvermittelt hart. Mein Körper reagiert auf seine Stimme, dieses Timbre darin macht mich fertig. Keine Ahnung, ob er spürt, dass ich auf ihn reagiere, aber er sieht mich an, während er erzählt: »Mein Name ist Tamino. Ja, lacht nur. Meinen Namen hat mir mein Vater verpasst. Er meinte, zu seinem erstgeborenen Sohn gehöre ein entsprechender Name. Er bedeutet Herr und Gebieter.« Ich kann ihn nur anstarren, bis mir bewusst wird, dass die anderen lachen und ihn weiter über diesen ungewöhnlichen Namen ausfragen. Er antwortet gerne und man erkennt durchaus, dass dies des Öfteren vorkommt.

»Dad fand, dass der Name Charakter hat, durch den Verweis auf Mozarts Zauberflöte nicht zu ungewöhnlich ist und es toll ist, wenn mein Namenstag am 28. März mit meinem Geburtstag zusammenfällt. Was Mutter davon hielt, kann ich nicht sagen. Da ich so heiße, scheint sie ihm nicht unbedingt etwas entgegengesetzt zu haben. Deshalb heiße ich seit zweiunddreißig Jahren so. Wie ihr an meiner Hautfarbe erkennt, bin ich gemischtrassig. Meine Mutter ist zwar in Deutschland geboren, ihre Wurzeln liegen jedoch in Südafrika. Mein Vater kommt aus Berlin und ist Opernsänger. Dort haben sie sich kennengelernt. Sie arbeitete als Kostümschneiderin an der Oper. Weshalb ich nach Norwegen gekommen bin, ist einfach zu beantworten. Im Gegenteil zu euch«, er sieht mich, Sonja und Alexander an, »war ich bereits oft hier. Ich liebe dieses Land und genieße es, von Einheimischen herumgeführt zu werden. Man erfährt viel mehr über das Land, die Leute und die Natur. Ich finde, dass ich nun am meisten von uns geredet habe, jetzt ist wieder ein anderer dran.« Wir lachen und Petter übernimmt. Er erklärt uns im Groben die Route, fragt zur Sicherheit nochmals nach, ob wir gutes Schuhwerk und passende Kleidung haben, was wir bejahen.

»Super! Dann gcht's morgen früh los. Wir fahren zuerst ins Briksdalen-Tal. Dort ist unsere erste Station. Da die Fahrt dorthin ein paar Stunden dauert, werden wir erst übermorgen auf den Gletscher wandern und morgen die Fahrt genießen. Wir werden immer mal wieder anhalten und ich werde euch Stellen zeigen, die man als normaler Tourist vielleicht nicht erwarten oder zu sehen bekommen würde. Start ist um neun vor dem Hotel. Seid bitte pünktlich, das wäre mir wichtig.« Mit diesen Worten verabschiedet er sich.

»Die kommenden Tage haben wir genügend Zeit, uns zu unterhalten.« Sonja und Alexander verlassen uns ebenfalls ziemlich zügig. Aus ihren Blicken kann jeder schließen, warum sie es eilig haben.

»Trinken wir noch ein Bier oder ist dein Reisebudget schon angegriffen, was bei den Preisen ja nicht unbedingt verwunderlich wäre?« Er grinst.

»Kann ich mir gerade noch leisten. Gerne, ich lade dich ein.« Es bleibt nicht bei einem. Tamino und ich reden stundenlang über dies und das. Es macht Spaß und ich entspanne mich von Sekunde zu Sekunde mehr. Er hat etwas an sich. Ich nenne es mal Charisma, man könnte auch sagen, er ist ein unheimlich netter Mann und ich bin, seit er zum ersten Mal seine Stimme erhoben hat, hart. Kurz vor zwölf beschließen wir, den Abend zu beenden. Ich denke, der Wirt war zufrieden mit unserem Umsatz, er hat zumindest nicht genervt auf die Uhr gesehen, bis wir endlich aufgestanden sind. Kurz bevor ich hinter meiner Zimmertür verschwinde, lässt Tamino mich zusammenzucken.

»Gute Nacht, Rune.« Langsam drehe ich mich um. Ich könnte jetzt fragen, wen er meint und mich dumm stellen, doch das klappt nicht, denn er weiß es und hat mich erkannt. Ihm war es den kompletten Abend über bewusst, und wenn ich wetten darf, auch, dass ich auf ihn reagiere, was er mir mit seinen nächsten Worten bestätigt.

»Keine Angst. Mir ist klar, dass du deine Ruhe haben willst und vor allem nicht erkannt werden möchtest. Es ist Zufall, dass ich weiß, wer du bist. Ich liebe Football. Im Leben hätte ich nicht damit gerechnet, dich hier anzutreffen, und auch nicht damit, dass du … auf mich reagierst, und das tust du. Ich kann meine Klappe halten und ich werde dich mit Sicherheit nicht bloßstellen oder von dir mehr fordern oder erwarten.«

»Du …«

»Du bist Roland, das habe ich durchaus kapiert und ich mag dich.« Mit diesen Worten verschwindet er in seinem Zimmer und ich selber trete aufgewühlt in meines. An Schlaf ist erst mal nicht zu denken. Ziemlich übermüdet wache ich gegen fünf Uhr in der Frühe auf und ziehe meine Sportklamotten an, um eine Runde joggen zu gehen. Ich als Profi muss mich auch im Urlaub fit halten und einige Workouts sind einfach Pflicht. Nach einer ausgiebigen Runde bin ich gegen sieben zurück und dusche, um mich danach beim Frühstück Tamino zu stellen. Pünktlich trifft Petter ein und wir starten unsere Tour ins Briksdalen-Tal, von wo aus wir morgen zum Gletscher wandern werden.

Die Fahrt offenbart uns eine traumhafte Gegend, Natur pur. Ich komme zur Ruhe – wer würde das nicht, angesichts der wundervollen Fjorde und der grandiosen Natur? Die Stimmung im Kleinbus ist gelöst und fröhlich. Sonja macht viele Fotos und bittet Tamino oder auch mich, welche von ihr und ihrem Mann zu knipsen, was ich gerne für die beiden erledige. Erst gegen Nachmittag sind wir an unserem Übernachtungsort angekommen und wollen unsere Zimmer beziehen. Allerdings gibt es ein Problem. Petter ist anzusehen, wie sehr ihn das nervt.

»Was ist los?«

»Es wurde etwas falsch gebucht und ich sag es euch gleich, die komplette Woche über. Ich arbeite an einer Lösung, aber für heute Nacht wird es schwierig, wobei …« Er dreht sich zu der jungen Dame an der Rezeption und bittet sie darum, einen Schlüssel mir und einen Tamino zu reichen.

»Und du, Petter?«

»Ich schlafe im Bus, das passt schon.«

»Quatsch, was ist denn schiefgelaufen?«

»Es wurden zwei Doppelzimmer und ein Einzelzimmer gebucht und nicht drei Einzel- und ein Doppelzimmer. Das darf nicht passieren. Mich ärgert das, doch passiert ist passiert.«

»Warum willst du dann im Bus schlafen? Wir haben doch drei Betten, oder?«

»Ja schon, nur müsstet …« Tamino tritt hinzu.

»Roland und ich müssten uns ein Zimmer teilen und im Doppelbett schlafen.« Er sieht mich herausfordernd an.

»Ich denke nicht, dass das ein Problem ist. Wir sind erwachsene Menschen und werden das doch tatsächlich hinbekommen nicht wahr, Roland?«

»Wirklich? Ich meine, das …«

»Roland?« Ich bin bei der Aussicht, mit ihm in einem Bett zu schlafen, nicht nur aufgeregt, sondern auch erregt. Das …

»Roland?« Ich zucke zusammen und sehe in das wissende Gesicht von Tamino.

»Sicher, das ist kein Problem.« Petter atmet sichtlich erleichtert auf und ist froh, dass er nicht im Bus schlafen muss, was ja tatsächlich blöd wäre, zumal es ein freies Bett in der Pension gibt.

»Das ist toll. Vielen Dank. Versprochen, ich werde es mit spektakulären Tagen wiedergutmachen. Wollt ihr euch erst frisch machen oder sollen wir erst essen?«

Wir einigen uns darauf, zuerst das Zimmer zu beziehen und uns umzuziehen, um in etwa einer Stunde gemeinsam das Abendessen einzunehmen. Ich kann nur sagen, das Essen schmeckt Hammer. Bürgerliche Küche und extrem lecker, es gibt Kjøttkaker, was sich als Frikadellen in brauner Soße herausstellt. Dazu frisch gemachtes Flatbrød, das unheimlich schmackhaft ist. Auch die anderen sind begeistert. Vor allem aber stellt sich, was ich als äußerst angenehm empfinde, heraus, dass Sonja total unkompliziert ist und isst, was es gibt. Es steht nun mal nur ein Gericht auf der Karte. Zum Nachtisch gibt es Rømmegrøt, einen Brei aus Sauerrahm und Grieß, der mit Zucker, Zimt und Honig gesüßt wird. Ebenfalls extrem gut. Nach einem Kaffee gehen wir schwer gesättigt hoch in unsere Zimmer. Ich bin aufgeregt wie ein kleines Kind, völlig bescheuert. Als ich aus dem Bad trete, liegt Tamino im Bett und hat den Fernseher angeschaltet. Er ist definitiv ein Master, und das erfahre ich nur Sekunden später, denn nur ein selbstbewusster und gewiss dominanter Kerl sagt so klare Worte.

»Willst du was Bestimmtes sehen? Oder wollen wir Spaß haben? Du musst Stau haben, nicht nur, weil du sicher nicht oft dazu kommst, sondern auch, weil du seit gestern mit einer Dauerlatte rumläufst.

Das stimmt doch, oder? Und abzuspritzen wirst du in meinem Bett neben mir heimlich nicht schaffen.« Ich bin geschockt. Verflucht, der Kerl macht mich irre. Als er mich dann noch mit meinem Vornamen anspricht, bin ich völlig verunsichert. Das hier könnte zur Katastrophe werden. Könnte, doch irgendwie weiß ich, dass das nicht der Fall sein wird. Tamino ist anders. Er ist Peter oder Case sehr ähnlich, und doch wirkt er auf mich gänzlich verschieden. Ich reagiere auf ihn als Mensch. Ich mag ihn. Und sein Angebot, hier und jetzt mit ihm in diesem Bett zu schlafen, mit ihm, wie er es nennt, Spaß zu haben, das kann ich nicht ablehnen. Coles Stimme ist in meinem Ohr. Nie ohne eine unterzeichnete Erklärung. Tamino nimmt mein Zögern durchaus wahr, fragt sogar: »War ich zu direkt? Oder gibt es jemanden? Ich will mich nicht zwischen euch drängen. Was ist mit dir?« Immer noch bin ich still. Als er mich weiterhin fixiert, nicht genervt den Blick senkt, sondern eine Antwort erwartet, gebe ich ihm diese.

»Ja, ich will gerne Spaß mit dir haben, wie du es nennst, aber alleine diesen Satz hätte ich nie sagen dürfen, ohne dass du nicht zuvor etwas unterschreibst, das mir dein Stillschweigen garantiert. Es stimmt, ich bin schwul und ich bin hart, du berührst etwas in mir, das ich selten auslebe, weil es nicht sein darf. Es gibt nun mal keine schwulen Footballspieler, keinen Quarterback, der eine Schwuchtel ist. Ich wollte hier Urlaub machen, die Natur genießen und hoffte, dass mich niemand erkennt. Ich war nicht darauf aus, einen Sexpartner zu finden. Tamino, wenn ich mit dir schlafe, drehst du mir irgendwann daraus einen Strick? Erpresst du mich mit deinem Wissen oder ist es für dich in Ordnung und kein Vertrauensbruch, wenn ich dich bitte, mir das zu garantieren, indem du es mir schriftlich gibst? Und, ja, ich weiß, was ich dir gerade alles unterstelle.«

»Dass ich ein Erpresser bin, meinst du, die Klappe nicht halten kann, Geld von dir will?«

»Fuck! Vergiss es. Ich … tut mir leid. Ich möchte so nicht sein, aber ich liebe meinen Sport und ich bin gut. Das wäre vorbei. Von einem Tag auf den anderen.«

»Deshalb hast du keinen Freund.«

»Richtig. Freunde habe ich, auch welche, die es wissen, aber nicht viele und …«

»… alle haben unterschrieben!«

»Ja.«

»Jetzt rede nicht so viel und lass mich dieses Schriftstück durchlesen.« Zügig greife ich in meine Hosentasche und reiche ihm den Zettel. Das ist so unromantisch, dass ich stöhne.

»Tut mir leid, das ist definitiv der Sexkiller schlechthin. Ich …« Ohne darauf einzugehen, fragt er: »Dein Anwalt ist gut. Musstest du schon mal vor Gericht?«

»Ich nicht, aber er hat andere Promis als Mandanten und es kam vor.«

»Ging es durch?«

»Ja, für die Gegenseite lief es nicht gut. Ich will das nicht, aber was soll ich tun?«

»Dein Privatleben schützen.« Während er das sagt, nimmt er einen Kuli vom Nachttisch, unterzeichnet und reicht mir das Schriftstück. Routiniert mache ich ein Foto und sende es an Cole. Dann wende ich mich ihm zu, von meiner Erregung ist nichts mehr zu spüren. Wie auch bei diesem romantischen Beginn?

»Mit wem bist du sonst zusammen?«

»In München ist ein Mann, zu dem ich unregelmäßig gehe, wenn ich in Deutschland bin, und in New York auch. Ich bin nicht nur schwul, ich bin … ich bin ziemlich schräg drauf.«

»Du meinst damit, dass du devot bist? Denkst du, das habe ich nicht gleich erkannt?«

»Doch, da war ich mir sicher, ich bin aber auch maso.« Überrascht sieht er mich an.

»Wie sehr?«

»Sehr.«

»Kommst du ausschließlich davon?«

»Nein. Es ist stressabhängig.«

»Dann lass es uns langsam angehen. Spaß haben. Ich freue mich, seit Petter gesagt hat, dass wir in einem Bett schlafen werden, darauf, dass deine Lippen mich verwöhnen. Jetzt komm endlich unter die Decke, nackt, Rune. Ich erwarte, dass du dich splitterfasernackt zu mir legst.« Mit Blick in seine Augen ziehe ich mich aus und drehe mich um, damit er die letzten Spuren, die Peter hinterlassen hat, sieht. Er zischt erregt, nicht ablehnend, flüstert heiser: »Komm her, das ist geil. Ich will dich. Ich will dich hart, und es wird nicht lange dauern. Runde zwei wird entspannter werden, versprochen. Komm endlich, ich muss dich schmecken, berühren und in dich eintauchen.« Ich glaube, auch Tamino hat nicht mit dem nun Kommenden gerechnet. Der erste Kontakt unserer Lippen. Die kleinen Stromschläge. Mein Herz klopft plötzlich so laut, dass er es hören muss. Es stolpert, als ich sein Stöhnen vernehme, und als sein Geschmack auf meinen Geschmacksknospen ankommt, explodieren diese geradezu. Ich kann nicht genug von ihm bekommen. Seinem Stöhnen nach zu urteilen, auch er nicht von mir. Wir küssen uns wie Ertrinkende, saugen uns aneinander. Tamino erobert mich, beherrscht das Spiel wie ich den Football. Es ist berauschend und geil. Es ist kurzum perfekt. Eine Sehnsucht erfüllt mich und noch mehr spüre ich, dass ich angekommen bin, dass ich ihn gefunden habe. Ich kann nur hoffen, dass er dasselbe fühlt. Keine Ahnung, wie lange wir uns küssen, es ist nicht lange genug. Aber irgendwann bestimmt Tamino den weiteren Ablauf, leckt sich meinen Körper entlang, streichelt mich, seine Hände sind überall und auch meine erforschen ihn. Von dieser schnellen Nummer der Geilheit ist nichts mehr vorhanden. Es ist ein Kennenlernen, ein langsames, ausgiebiges Kennenlernen – mit nichts zu vergleichen, was ich jemals erlebt habe. Und ich habe kein Zeitgefühl. Überhaupt keines. Es dauert gefühlt ewig, bis sich Taminos Lippen um meinen Penis legen. Seine Lippen, nicht, wie er herausfordernd gemeint hat, meine. Es ist, ich wiederhole mich, dass Beste, was ich jemals erlebt habe. Tamino massiert meinen Hoden und saugt sich fest. Seine Finger wandern in meine Spalte und verweilen vor dem Muskel. Er wartet ab, bis ich mich entspanne, und dringt unendlich langsam in mich ein. Ich kralle meine Finger in sein Haar und stöhne. Er lässt nicht von mir ab. Mit letzter Kraft sage ich zu ihm: »Wenn du nicht augenblicklich aufhörst …« Er löst sich von mir, sieht mir in die Augen und murmelt: »Wehe.« Erneut beugt er sich über mich und macht genau dort weiter, wo er aufgehört hat. Ich stöhne, es ist der Himmel und gleichzeitig die Hölle. Wie geil ist das denn? Als ob Tamino spürt, dass nun Schluss ist, entlässt er meinen Penis aus seinem Mund, greift nach einem Kondom, das er sich, wie ich nun feststelle, bereitgelegt hat, und stülpt es sich ziemlich gekonnt über seinen Schaft. Da wir kein Gel haben, verteilt er genügend Spucke und dringt langsam, unendlich zärtlich, mit Blick in meine Augen in mich ein. Dieser Moment ist geradezu magisch. Er ist einzigartig und mit nichts, was ich je erlebt habe, zu vergleichen. Tamino richtet sich auf, umschließt meine Hüften und zieht mich noch näher zu sich, dringt tiefer ein. Er überwältigt mich. Tamino ist groß, mächtig und bereitet mir Genuss. Er weiß zudem mit seinem besten Stück umzugehen, trifft alsbald im richtigen Winkel meinen Hotpoint und lässt mich stöhnen. Hölle, ist der Kerl gut, er hat jedenfalls mehr Erfahrung als ich. Doch es kommt mir zugute und stört mich gewiss nicht.

»Berühr dich, Rune. Ich will es sehen und spüren, wenn du kommst.«

»Ich…« Nur Sekunden später wimmere ich und Tamino lächelt und genießt die Zuckungen um seinen Schaft. Als ich mich beruhigt habe, beschleunigt er und stößt mit aller Kraft in mich.

Immer schneller sind seine Bewegungen. Schweiß strömt ihm aus allen Poren. Es ist purer Sex und vor allem erfüllender, geiler Sex. Es ist fantastisch. Als er seinen Höhepunkt erreicht, kann ich nur staunen, wie wundervoll dieser Mann in seiner Lust aussieht. Er fällt nach einem Moment der Bewegungslosigkeit auf mich, sucht meinen Mund und küsst mich leidenschaftlich. Er lässt mich nicht alleine, wir genießen gemeinsam den Nachhall unseres Höhepunktes. Erst, als wir beide zu Atem kommen und unser beider Herzschlag sich wieder beruhigt hat, löst sich Tamino von mir. Ich fühle mich einsam, als die intime Verbindung zwischen uns gelöst ist. Tamino lässt den Kontakt nicht abbrechen, streichelt und zieht mich an sich. Noch haben wir kein Wort gesprochen. Die Stille unterbreche ich, komme Tamino zuvor.

»Mit dem angekündigten Quickie hatte das aber nichts zu tun.«

»Willst du dich beklagen?« Ohne auf ihn einzugehen, sage ich: »Das war unbeschreiblich.«

»War es. Es war mehr, als ich ehrlich gesagt erwartet habe. Viel mehr. Es war … Ich muss gestehen, ich kann es noch nicht einordnen, bin zu müde. Vielleicht kann ich es dir beantworten, wenn wir das nochmals … genau, wir sollten das unbedingt wiederholen.« Er dreht sich zu mir und sieht mir in die Augen, lächelt.

»Unbedingt, Tamino.« Mit ist leicht ums Herz und ich kuschle mich an ihn, schlafe unendlich ruhig und befriedigt in seinen Armen ein. Der Morgen kommt schneller, als mir lieb ist, es fühlt sich wundervoll an, in den Armen von Tamino aufzuwachen.

»Hey du!«

»Guten Morgen. Geht's dir gut?«

»Sehe ich etwa so aus, als ob das nicht der Fall wäre?«

»Nein, du siehst lecker aus … so lecker, dass ich dich am liebsten erneut vernaschen würde, allerdings kommen wir dann nicht pünktlich zum Frühstück und noch weniger zum Auto und ehrlich gesagt freue ich mich auf den Gletscher.«

»Geht mir auch so.«

»Dass du den Gletscher sehen willst?« Er zwinkert mir zu.

»Ja …« Im selben Moment greift er nach meiner Körpermitte.

»Ach ja?«

»… und dass ich die Sporteinlage von gestern Abend gerne wiederholen würde, trifft natürlich ebenfalls zu. Tamino? Könnten wir uns auf heute Abend einigen?«

»Aber so was von. Allerdings hätte ich da noch eine Idee …«

»Die da wäre?«

»Dusche.«

»Dusche?« Wir duschen gleichzeitig und da kann man tolle Dinge anstellen, auch wenn die Zeit drängt. Tamino wirft die Decke von uns und zieht mich quasi ins Bad. Lachend zwängen wir uns in die Duschkabine. Mit irgendwelchen Kunststückchen ist da nicht viel los, wie wir lachend feststellen. Tamino allerdings ist einfallsreich, denn er beginnt, meinen Rücken einzuseifen, fährt mit den Händen nach vorne, um auch meine Brust und meine Körpermitte, meinen Schaft einzuschäumen. Es dauert nicht lange und ich lehne mich genussvoll an ihn und lasse mich von ihm verwöhnen, drehe meinen Kopf in seine Richtung, um seinen Mund zu suchen, den er mir gerne anbietet und wir küssen uns. Er ist gut, denn nur Sekunden später spritze ich stöhnend in seinen Mund ab. Das ist einfach nur geil. Als ich mich revanchieren möchte, schüttelt er seinen Kopf und murmelt: »Keine Zeit, das verschieben wir auf heute Abend. Da darfst du mir zeigen, wie sehr dir das gefallen hat.«

Lachend und ich befriedigt treten wir in den Frühstücksraum. Sonja und Alexander sind noch nicht da, Petter jedoch ist fast fertig.

»Guten Morgen! Wir haben unheimliches Glück, das Wetter soll heute wieder perfekt werden. Hallo Sonja. Ihr seid ja alle superpünktlich. Wir treffen uns in einer halben Stunde. Ich fände es klasse, vor dem Tross der Besucher am Gletscher zu sein. Außerdem kann ich es nicht leiden, wenn sich Touristen uns anschließen und uns folgen. Ich möchte nicht die Verantwortung für andere auf mich laden, wenn ich als Ortskundiger andere Wege mit euch beschreite.«

»Kein Problem, oder Sonja?«

»Klar, Alex ist gleich hier. Er … da ist er ja.«

»Dann also bis gleich.« Wenig später fahren wir los und sind, wie von Petter geplant, unter den Ersten. Ausgerüstet mit einem Rucksack laufen wir los. Petter biegt ziemlich schnell vom Weg ab und geht einen anderen als ausgeschildert. Im Reiseführer steht, dass der Gletscher nach zwei Stunden erreicht wird. Petter jedoch hat anderes mit uns vor und genau deshalb habe ich bei ihm gebucht. Über Umwege kommen wir erst dreieinhalb Stunden später am Gletscher an. Bisher sind uns keine Menschen begegnet, nur Natur pur. Und was für eine. Traumhaft. Ich wiederhole mich, aber es ist genial. Noch besser ist der Blick auf den Gletscher. Wir sind nicht mehr alleine, einige weitere Touristen tummeln sich unten an der

Gletscherzunge. Ich bleibe stehen, irgendwie bin ich ergriffen. Dieser Gletscher ist Zehntausende Jahre alt, vielleicht noch viel älter, und vermutlich von den Insekten, den Schädlingen, die auf ihn einstechen, ihn berühren, genervt. Ich bin der Meinung, dass wir Menschen nicht mehr für ihn sind als Schnaken oder Fliegen für uns. Lästige Viecher, die zum Glück nicht unbedingt lange leben. Tun wir Menschen auch nicht.

»Tausend Euro für deine Gedanken.«

»Tamino, die sind nicht unbedingt schmeichelhaft für die Menschen. Ich dachte gerade darüber nach, wie der Gletscher wohl über uns denkt. Habe uns mit Fliegen verglichen. Er hat doch so viel gesehen und erlebt. Wir können überhaupt nicht erahnen, was er für eine Geschichte zu erzählen hat, und keiner weiß, ob wir Menschen in zehntausend Jahren noch auf der Erde sein werden oder ob dieser Gletscher wieder zur vollen Größe angewachsen oder gänzlich verschwunden sein wird.«

»Du bist ja ein Philosoph. Ein Denker.«

»Dachtest du, Sportler haben keinen Grips?«

»Nö, aber ich dachte nicht, dass dich diese Vorgänge interessieren, habe aber bereits auf den Wanderungen gestern festgestellt, dass du ein Naturbursche bist. Du hast recht. Das Eis ist uralt. Und wir mit unseren dreißig Jahren sind, wie du trefflich gesagt hast, ein Fliegenschiss. Lass uns näher rangehen. Die anderen sind bereits weitergewandert.« Der Tag ist der Wahnsinn. Vielen Besuchern reicht es, ein Foto zu knipsen, den Gletscher zu betrachten und danach zurück zum Parkplatz und ab zum nächsten Event zu marschieren. Ich bin froh, bei Petter gebucht zu haben, denn er ist tatsächlich anders. Er ist so sehr mit der Natur verbunden, dass er sich hinsetzt und den Gletscher betrachtet, so wie ich auch.

»Er sieht jeden Tag anders aus. Das finde ich so spannend. Das Eis ist in Bewegung, die Farbe jeden Tag verschieden. Ich liebe diesen Platz. Und auch, wenn ihr denkt, die anderen Routen sind anstrengender oder spektakulärer, stimmt das nicht. Dieser Platz hier ist der Beste. Kommt mit, ich zeige euch noch etwas.« Kurze Zeit später führt uns Petter zu einer kleinen Eishöhle. Er geht voran und überprüft, ob wir ohne Gefahr eintreten können. Nicht ungefährlich und ich überlege, ob ich dieses Risiko wirklich eingehen soll. Ich will aber kein Feigling sein, folge den anderen und bereue es absolut nicht. Das ist der Wahnsinn. Pures, glitzerndes, glattes Eis. Ein Traum. Die Höhle ist nicht groß und das Knacken des Eis gut zu hören. Dieses Erlebnis ist beeindruckend. Petter ist zu jeder Zeit aufmerksam und lässt uns den Anblick genießen. Als es uns kalt wird, verlassen wir die kleine Höhle und treten wieder hinaus in die Sonne.

»Ihr hattet wahnsinnig Glück. Die Höhle kann morgen wieder weg sein. Wenn es euch nichts ausmacht, würde ich sagen, wir machen unten am See Mittagspause und genießen noch etwas den Blick und die Sonne, wandern danach zurück.« Wie er vorgeschlagen hat, machen wir es. Nachdem wir unsere Vorräte ausgepackt und unser Picknick verspeist haben, machen wir aus, dass wir in einer guten Stunde wieder zusammenkommen werden. Petter zieht zu meiner Überraschung einen Müllsack aus seinem Rucksack und beginnt, den Abfall einzusammeln. Der Mann hat meinen größten Respekt. Gegen fünf Uhr am Abend sind wir zurück am Parkplatz. Wir sind die Letzten und haben einen großen Sack Müll bei uns. Diesen verschnürt Petter und legt ihn in den Kofferraum. Auch die kommenden Tage wird das der Fall sein. Als wir wieder in der Pension ankommen, gibt es erneut unheimlich leckeres Essen. Fårikål, das ist Hammelfleisch mit Kohl. Habe ich noch nie gegessen, aber es schmeckt sehr gut.

Wir sind alle von den Eindrücken des Tages so erschlagen, dass wir uns nach einem Absacker, den ich spendiere, zurückziehen. Außerdem wartet da, dem Blick von Tamino nach zu urteilen, noch einiges auf mich. Wir liegen gemütlich beieinander im Bett und erzählen uns von den Eindrücken des Tages. An diesem Abend kuscheln wir nur und lernen uns kennen, es ist, ich sag's jetzt mal schwul, romantisch. Eng aneinander gekuschelt schlafen wir schließlich ein.

Ich für mich kann nur sagen, dass ich unheimlich tief entspannend und erholsam ruhe und die Sonne nach meinem Empfinden am Morgen viel zu zügig wieder aufgeht – nicht, weil ich mich auf den Tag nicht freue, sondern, weil ich diese Stunden in den Armen von Tamino unwahrscheinlich genieße. Da ich heute der Erste bin, der aufwacht, sorge ich, zuerst etwas schüchtern, als Tamino jedoch keine Reaktion zeigt, mutiger dafür, dass seine Morgenlatte Genuss erfährt. Er genießt diese Zuwendung und hält sich keinesfalls zurück. Als er spürt, dass ich ihn ohne große Probleme aufnehmen kann, lässt er sich gehen, hebt seine Hüfte an und stößt in mich. Erst kurz bevor er kommt, zieht er sich aus mir zurück. Ich hätte kein Problem damit gehabt, wenn er sein Sperma in mich gespritzt hätte, aber ich weiß, dass er das nicht tut, weil er korrekt ist. Er hat mir zwar gesagt, dass er safe sei, und ich bin es ebenfalls, doch es muss nicht sein. Ich sehe ihm zu, als er mit seiner Hand seinen Schaft umfasst und mit Blick in meine Augen den Höhepunkt erreicht. Heftig atmend lehnt er sich zurück an das Kissen.

»Also, so würde ich liebend gerne jeden Morgen aufwachen, das ist definitiv besser, als alleine im Bett zu liegen.«

»Stimmt. Duschen?«

»Du willst wieder gewaschen werden?« Er zwinkert mir zu.

»Gerne, aber ich revanchiere mich.«

»Hast du doch eben. Das war geil und hat Hunger gemacht. Hunger auf mehr, aber auch auf Frühstück.«

»Heißt das, du ziehst heute Abend erneut ein Doppelbett vor?«

»Auf jeden Fall, du nicht?«

»Sicher, nur werden wir die kommenden Nächte im Zelt schlafen. Schon vergessen?«

»Nein, und ich hoffe, dass du in mein Zelt kommst.« Ich grinse ihn an.

»Werd nicht frech.«

»Bin ich nicht. Also los. Essen. Kaffee.«

Der Tag ist, wie die letzten auch, wahnsinnig erlebnisreich. Damit meine ich nicht, dass viel passiert, sondern die vielen Eindrücke, die auf uns einprasseln. Das Wetter spielt wunderbar mit und es soll die ganze Zeit über sonnig bleiben. Gegen

Abend fährt Petter einen kleinen, für Ortsfremde nicht unbedingt gut zu erkennenden Weg entlang und wir kommen an einer Plateaustelle heraus, die es uns ermöglicht, unsere Zelte aufzubauen. Es bleibt lange hell und er ist wie immer gut vorbereitet. Der Feuerstelle nach zu urteilen, war er hier des Öfteren. Aus dem Auto holt er trockenes Holz und fordert uns auf, nach herumliegenden Ästen zu suchen, damit wir es gemütlich haben. Dass Tamino und ich nur ein Zelt aufbauen, wird zur Kenntnis genommen, doch niemand spricht uns darauf an. Nach dem Abendessen, das wir nach Petters Angaben zubereiten, geht es mir, muss ich sagen, so gut wie schon lange nicht mehr. Die Entscheidung, diesen Urlaub zu machen, war absolut richtig, nicht nur, weil ich Tamino kennengelernt habe. Da es heute angenehm warm ist, bleiben wir wach, bis die Sonne untergeht, um den Sternenhimmel betrachten zu können. Müde und doch voller Energie stehen wir am Morgen auf, frühstücken und packen unsere Zelte zusammen, um die anspruchsvollste Tour unserer Reise anzugehen: die Route nach Trolltunga. Der direkte Weg umfasst vier bis fünf Stunden Fußmarsch, allerdings hat Petter, wie üblich, anderes mit uns vor und wir kommen erst nach über neun Stunden an. Mein Respekt gilt Sonja, die, ohne zu murren oder eine

Schwäche zu zeigen, durchgehalten hat. Auch Alex hat sich tapfer durchgekämpft, ebenso Tamino. Dass mir, dem Sportler, dieser Trip nichts ausmachen sollte, ist zwar selbstverständlich, doch spüre auch ich Regionen, die nicht unbedingt zu meinen am besten trainiertesten gehören. Der Ausblick entschädigt uns um ein Vielfaches. Dass wir fast alleine sind, zumal die Touristen, die den Weg hierher auf sich genommen haben, längst wieder auf dem Rückweg sind, ist genial. Ein paar einzelne Outdoorjunkies, zu denen in diesem Fall auch wir gehören, sitzen und stehen auf der Felszunge und genießen diesen traumhaften Ausblick. Nach wenigen Minuten lässt Petter uns den Blick weiter auskosten, macht sich allerdings daran, unser Nachtlager aufzuschlagen. Da die andere Gruppe die Nacht ebenfalls hier verbringt, schließen wir uns ihr an und sitzen gemeinsam um das Feuer. Die Nacht wird extrem kurz und das Aufbauen des Zeltes war eigentlich unnötig, denn wir legen uns erst gegen zwei Uhr schlafen. Gegen fünf Uhr weckt uns Petter, damit wir den Sonnenaufgang auf der Landzunge miterleben können. Es ist magisch. Und gleichermaßen magisch ist, dass ich diesen Moment in den Armen eines Mannes genieße, eines Mannes, den ich trotz der kurzen Zeit unserer Bekanntschaft nicht mehr missen möchte, der zu mir gehört. Tief in mir weiß ich, dass ich drauf und dran bin, mich zu verlieben oder, anders gesagt, ich mich verliebt habe. Zwischen uns besteht eine Vertrautheit, die ich noch nie gespürt, allerdings sehr wohl zwischen meinen Vätern wahrgenommen habe. Erst, als die ersten Wanderer hier oben eintreffen, treten wir den Rückweg an – mit vielen Fotos, Eindrücken und einem Erlebnis, das als einzigartig zu bezeichnen ist. Wenn morgen Schluss mit der Reise wäre, könnte ich sie jedem nur wärmstens empfehlen. Doch sie birgt in den kommenden drei Tagen noch zwei weitere Highlights: das Plateau Preikestolen und den Kjerag. Ich muss jetzt nicht mehr ins Detail gehen, denn jeder, wirklich jeder, sollte diese Naturwunder einmal mit eigenen Augen gesehen haben und dabei niemals vergessen, wie gefährlich die Natur ist. Petter ist am Kjerag fast ausgerastet, als Eltern ihre Kinder auf den Rundfelsen geschleppt haben, nur, um ein Foto für das Familienalbum zu schießen. Es geht dort Hunderte Meter nach unten, man ist nicht gesichert! Eine falsche Bewegung, und es ist vorbei. Die Gefahr in dieser Form herauszufordern, ist abartig unvernünftig. Genauso verhält es sich am Preikestolen, wo zu motivierte Touristen bisweilen vorne an der Kante stehen, um einen Blick nach unten zu werfen. Ein kurzer Schwindelanfall oder ein Angstgefühl, und man wird nach unten fliegen und dieser Blick wird der letzte sein, den man im Leben tut. Was uns ebenfalls auffällt, ist, dass die Menschen nicht sorgsam mit der Schönheit dieser Landschaft umgehen. Petter hat stets seinen Müllsack dabei und dieser ist am Ende gefüllt mit liegen gelassenen Abfällen. Das ist nicht nachvollziehbar und in meinen Augen eine Sünde. Ich bin nicht gläubig, aber wenn ich den Begriff Sünde definieren würde, dann so, dass man nichts vorsätzlich kaputt machen darf, genauso, wie man nicht schlecht mit Menschen umgehen sollte.

An unserem letzten Abend nehmen wir in einer weiteren kleinen Pension abseits der Hauptrouten ein wundervolles Abendessen ein. Pinnekjøtt, das ist gepökelter Lammrücken, dazu alles, was das Herz begehrt – Kartoffeln, Reis und Gemüse –, zum Nachtisch verschiedene leckere Kreationen. Die obligatorische Flasche Wein, die zu einer zweiten heranwächst, spendieren diesmal Tamino und Alexander. Spät in der Nacht verabschieden wir uns voneinander, da Petter bereits vor dem Frühstück abfährt und Sonja und Alexander den ersten Bus zur nächsten Mietwagenstation nehmen möchten. Tamino macht wie ich keine Anstalten, von Aufbruch zu reden. Im Gegenteil: Als wir im Zimmer sind und im Bett liegen, fragt er mich: »Musst du auch früh los?«

»Nein, und du?«

»Auch nicht. Ich könnte einen Tag länger bleiben.«

»Heißt das, du würdest dich freuen, wenn ich das ebenfalls könnte?«

»Hm.« Er sieht mich an. »Ja, und ich möchte auch gerne wissen, ob wir uns wiedersehen. Ich mag dich, Rune. Sehr sogar.« Als ich still bleibe, bekommt er es in den falschen Hals und will sich wegdrehen.

»Stopp, Tamino, so war das nicht gemeint. Meinen Flug kann ich auf jeden Fall verschieben. Mir geht es darum, was du gefragt hast: ob wir uns wiedersehen. Das ist nicht so einfach, nicht, weil ich nicht möchte. Ganz im Gegenteil. Ich bin drauf und dran, mich in dich zu verlieben, wenn ich das nicht bereits tue. Da ist dieses warme Gefühl in mir, und der Sex, der ist wundervoll, traumhaft. Noch schöner aber ist es, mit dir zusammen zu sein, mit jemandem über die alltäglichen Dinge zu quatschen. Das konnte ich bisher nur mit sehr wenigen Menschen und nie habe ich mit einem von ihnen im Bett gelegen. Verstehst du? Das ist absolutes Neuland für mich, und dann ist da noch …«

»Was?«

»Du weißt, dass ich devot bin, Tamino, du hast das längst bemerkt und ich habe es dir erzählt, aber ich stehe zum Teil auf Dinge, die schräg sind, und habe keine Ahnung, wie du damit umgehen willst, und zu guter Letzt ist da mein Beruf. Der Sport. Ich werde, solange ich Profispieler bin, nie zu dir stehen können, werde dich verleugnen müssen, mit Frauen zu Veranstaltungen gehen, sie küssen, und wenn ich aus der Nummer nicht rauskomme, ohne dass sie Verdacht schöpfen, werde ich mit ihnen die Nacht verbringen müssen. Das ist für mich schon schwierig, aber für den Kerl an meiner Seite kann das nur schrecklich sein. Deshalb war ich still. Es geht nicht darum, ob ich dich wiedersehen möchte. Ja, auf jeden Fall! Aber ich kann dir im Augenblick keine Beziehung schenken, sie öffentlich mit dir ausleben, etwas, was du dir gewiss wünschst. Und ich liebe meinen Sport – noch. Klar kann es sein, dass ich nicht mehr mag, verletzt werde, du mir wichtiger wirst oder es jetzt bereits bist, nur … ich liebe das, was ich tue. Im Moment …«

»Geht es nicht. Ich habe verstanden. Du liebst mich?«

»Hm, wäre dir das unangenehm?«

»Bist du verrückt? Also?«

»Ja … vermutlich. Ach was, natürlich tue ich das, auch, wenn ich dich noch nicht lange kenne. Du bist hier drin.« Ich deute auf mein Herz.

»Rune, du stehst also auf die richtig harten Dinge? Auf solche Sachen, die ein Master gerne mit jemandem ausleben würde, die er aber ohne ausdrückliche Erlaubnis des Subs niemals umsetzen würde? Ich meine, denkst du, es stört mich, den Master, dass du so bist, oder bist du der Meinung, dass ich als dein Freund Anstoß daran nehme, dass du auf diesen Sex stehst? Und, Rune, seien wir mal ehrlich: Du bist gekommen wie nie zuvor, als wir miteinander Liebe gemacht haben. Vielleicht kompensierst du den Stress damit, arbeitest ihn damit ab. Keine Angst, ich will dich nicht therapieren. Ich glaube, dass du tatsächlich Erfüllung darin findest, allerdings bin ich mir sicher, dass du diese auch bei einem Partner finden würdest, wenn er nicht so drauf wäre. Du bist sehr sensibel. Viele sehen in dir nur den harten Kerl, der diszipliniert ist, doch ich vermute, dass in dir nicht nur ein schwuler und verletzlicher Mann steckt, sondern einer, der, wenn er den richtigen Partner gefunden hat, an seiner Seite aufblüht. Sex wird immer eine Rolle spielen, auch das Devote in dir. Nur den Schmerz … ich glaube nicht, dass du ihn immer brauchen wirst. Das ist etwas, das mit der Art zu tun hat, wie du lebst. Du bestrafst dich dafür, zu feige zu sein. Nenn mich einen Arsch, wenn ich so direkt bin, aber das bin ich immer, auch als Master. Und wenn du im Moment diesen Schmerz, diese Demütigung brauchst, kannst du sie unendlich gerne von mir haben. Nur sollte sich das ändern, Rune, sag es mir und ich werde damit ebenfalls kein Problem haben. Also, liebst du mich?«

»Ja.«

»Geil.«

»Geil?«

»Hm. Was diesen Teil angeht, musst du keine Sorge haben. Das ist nichts, was mich stört oder ängstigt. Ich kann dir das, was du brauchst, durchaus geben, auch, wenn ich dir das die letzten Tage nicht gezeigt habe, Rune. Das andere, du hast recht: Es liegt in erster Linie bei mir, ob ich damit werde umgehen können. Aber wenn ich es nicht versuche, dann kann ich es nie herausfinden, und dich einfach so gehen zu lassen, bringe ich nicht übers Herz. Du bist anders als alle Jungs, die ich bisher näher kennengelernt habe, mit denen ich gefickt habe oder eine Beziehung eingegangen bin, wobei das nicht besonders viele waren, möchte ich anmerken. Geschlafen allerdings, oh ja, ich habe Erfahrung, aber das kommt dir ja nur zugute.«

»Oder auch nicht.«

»Wie meinst du das?«

»Ich lebe auf einem Glasberg, aber …«

»Du meinst, wenn man mich mit dir sieht und der andere weiß, dass ich schwul bin, könnte man Schlüsse ziehen.«

»Richtig. Tamino, auch mir ist klar, dass ich es nicht ewig geheimhalten kann. Nur …«

»Im Moment möchtest du noch spielen.«

»Unbedingt, ich brenne dafür, ich liebe es. Unser Team ist gut. Doch ich will dich auch nicht ziehen lassen.«

»Wenn wir es versuchen, Rune, und es kommt heraus, kommst du damit klar oder wirst du mir indirekt die Schuld geben?«

»Niemals, das werde ich auf keinen Fall, ich muss und werde damit zurechtkommen, wenn du mir versprichst, dass wir vorsichtig sind. Ich würde sehr gerne noch ein paar Saisons spielen. Wenn das nicht klappt, werde ich es überleben und gewiss nicht am Hungertuch nagen. Schläfst du jetzt endlich mit mir? Bitte, Tamino, ich brauche dich.«

»So was von gerne.«

# Case

Ich bekomme eine SMS von Rune, mit dem ich seit drei Jahren regelmäßig in eine Session gehe.

»Master Case, darf ich am Donnerstagabend vorbeikommen?« Ich überlege nicht lange. Rune ist Rune und ich kann auch nicht verraten, wer Rune ist. Nur so viel sei erwähnt: Ich musste eine Erklärung unterzeichnen, die es in sich hat. Als er zum ersten Mal zu mir gekommen ist, war er ein bisschen sehr blass um die Nase. Ich habe ihn damals nicht erkannt, und auch heute weiß ich sehr wenig von ihm, allerdings einiges mehr und so viel, dass ich seine Karriere zerstören könnte, wenn da nicht dieses Schriftstück wäre. Das wiederum ist bescheuert, denn ich würde so etwas nie tun, niemals. Dieser Rune ist ein ganz besonderer, einsamer Mann. Nie zuvor habe ich einen wie ihn getroffen. Na ja, bis ich auf Elay getroffen bin. Anscheinend ziehe ich solche Jungs an. Ich schmunzle. Rune mag ich und ihm gebe ich zu gerne, was er braucht und will, aber Elay, der berührt mein Herz. Und das hat noch nie jemand geschafft. Dieses Gefühl ist sehr schön.

»Sicher, Rune, ich erwarte dich pünktlich«, schreibe ich zurück.

»Danke, Master Case.« Meine Gedanken wandern zurück zu diesem ersten Mal, als Rune zu mir gekommen ist. Er war so unsicher, und das war im

Nachhinein, als ich mich interessehalber durchs Internet gewurstelt hatte, nicht verwunderlich. Er war damals dreiundzwanzig, aber ein Kerl von einem Mann, wirkte, was den Körperbau angeht, viel älter, also da war nichts von dem Twink, den ich erwartet hatte. Rune stand da vor mir, fast eins neunzig groß, aber in seinen Augen war diese Sehnsucht, die mich sofort in den Bann gezogen hat. Er muss damals wie auch heute keine Angst davor haben, dass ich irgendjemandem etwas verraten könnte – trotz dieses Vertrags. Da stand er also, unsicher, was er tun sollte, was ich von ihm erwartete. Allerdings so hoffnungsvoll.

Irgendwie hat Elay schon recht, wenn er sagt, dass ich eine Art Beichtvater bin. Stimmt in diesem Fall nicht. Rune bezeichne ich als Freund, von dem keiner weiß. Auch Tjaden oder Raven kennen Rune nicht beziehungsweise nur den anderen Rune. Nicht den Mann, der geduldig vor mir kniet und wartet, bis ich meine Aufmerksamkeit auf ihn lenke.

Also Dienstag. Ich freue mich darauf. Sein letzter Besuch liegt, wenn ich mir das so überlege, relativ lange zurück.

Der Aufzug öffnet sich und zu meinem Erstaunen treten zwei Männer heraus: Rune, der ein Sweatshirt mit Kapuze trägt, und ein gemischtrassiger Mann, der wahnsinnig gut aussieht. Eine tolle genetische Mischung. Okay, ich bin ehrlich, er schaut verdammt gut aus, ein Leckerbissen, wobei Rune auch nicht hässlich ist. Ein Blick in seine Augen sagt mir alles. Ich erkenne den Master in ihm.

»Hallo Rune, du bringst Besuch mit?«

»Case. Ja, ich …«

»Lass mal, Schatz. Hallo Case, mein Name ist Tamino. Klasse Name, ich weiß. Lach nicht. Das kommt aus dem Griechischen und jetzt bin ich wieder stolz auf den Namen, denn er bedeutet ›Herr‹.« Ich lache und sage: »Ich mag dich. Besser als die Bedeutung meines Namens, wenn wir schon dabei sind. Case bedeutet ›Box‹.« Tamino grinst. Rune verzieht sein Gesicht ebenfalls zu einem Lachen. Ich rede weiter.

»So stolz, wie du die Bedeutung verkündest, gehe ich davon aus, dass ›Herr‹ das bedeutet, was du damit ausdrücken möchtest.« Er zwinkert und lächelt.

»Kann man so sagen.« Ich wende mich Rune zu.

»Heißt das, du willst dich von mir verabschieden und nicht mehr zum Einkaufen kommen?«

»Nein … ich … warum?«

»Er will sagen, dass er mich dir vorstellen wollte. Er hat mir von dir erzählt und ich bin neugierig auf dich. Du sollst verschwiegen sein und einen guten Schlag haben. Runes Augen beginnen zu glänzen, wenn er von dir spricht. Das hat mich, wie gesagt, neugierig auf den Kerl gemacht.« Leise fährt Rune dazwischen.

»Ich habe mich in Tamino verliebt, Case. Er und ich, wir haben noch nicht … Es ist kompliziert, schwierig und ich kann mich nicht outen. Das weißt du. Denn dann bin ich erledigt, aber ich liebe ihn.«

»Du willst mir jetzt sagen, dass du diesen Kerl noch nicht in deinem Bett hattest? Bist du bescheuert? Muss ich an deiner geistigen Gesundheit zweifeln?« Tamino lacht laut auf.

»Nein, Case … ach, ihr macht es mir aber auch schwer.«

»Sicher, sonst wäre es ja geradezu langweilig. Das heißt also, ihr habt Spaß im Bett. Bedeutet es weiter, dass du nicht Cases Sonderbehandlung haben möchtest, dass Tamino nun übernimmt?« Rune ist restlos überfordert. Ich schmunzle und sehe, dass Tamino komplett auf meiner Wellenlänge liegt und sich an Runes Verlegenheit gänzlich aufgeilt.

»Nein, Case.« Unvermittelt folgt aus dem Mund von Tamino: »Wer sagt das?« Rune sieht erstaunt zu ihm.

»Tamino?«

»Natürlich will ich das sehen. Ich möchte zuschauen.« Runes Mund ist vor Entsetzen, aber auch vor Überraschung geöffnet. Er flüstert: »Tamino?« An mich gerichtet spricht dieser weiter.

»Oder magst du keine Zuschauer? Mich würde interessieren, wie er regiert, was er mag. Du kennst ihn. Ich will sehen, wie er erzogen beziehungsweise ausgebildet wurde.« Ohne darauf einzugehen oder Rune anzublicken, sage ich in einem Tonfall, der Rune anzeigt, dass nicht mehr Case, sein Freund, sondern Case, sein Dom, zu ihm spricht: »Zieh dich aus. Du weißt, was ich von dir erwarte, geh in das Zimmer und sammle dich. Versuch, dich zu beruhigen. Ich unterhalte mich mal kurz mit Tamino. Geh, Rune.« Er sieht zu seinem Freund. Als dieser nickt, läuft er in Richtung SM-Zimmer.

»Ihr beide seid in dieser Form also noch nicht zusammen gewesen?«

»Nein. Rune weiß, dass ich ein Dom bin, wir haben darüber geredet und im Bett habe ich das Sagen, aber weiter sind wir noch nicht. Rune hat Bedenken, dass ich ihn nicht mehr will, wenn ich erkenne, auf was er steht, dass er nicht der Sonnyboy ist, den er in den Medien spielt, was totaler Quatsch ist, denn es gibt nichts Besseres, als einen Sub zum Partner zu haben. Oder?«

»Richtig. Aber kommst du als Dom damit klar, dass du nur die zweite Geige spielst, damit, im Hintergrund zu agieren, nicht offiziell sein Kerl zu sein? Und dann die Frauen?«

»Ich kann es dir noch nicht sagen, Case. Allerdings werde ich ihn, egal, wie es zwischen uns läuft, nicht verraten.«

»Rune muss immer die Kontrolle haben. Im Privaten, aber vor allem im Beruflichen. Zusätzlich die Angst, sich zu verplappern oder eine falsche Äußerung zu machen, diese Selbstkontrolle und Disziplin, die er jeden Tag aufs Neue auf sich nimmt, stressen ihn. Er braucht ein Ventil dafür bzw. eine Möglichkeit, ganz er selbst zu sein. Vor ein paar Jahren kam er zu mir. Er hat viel gelernt seit dieser Zeit, wobei er instinktiv vieles richtig gemacht hat. Ich habe herausgefunden, dass er sich am besten fallen lassen kann, wenn er keinerlei Kontrolle hat, er fixiert ist und seine Sinne zum Teil ausgeschaltet sind, er einfach mal alleine ist.«

»Du lässt ihn eine Maske tragen?«

»Ja, meistens, und ich fessle ihn zusätzlich. Auch wenn ich ihn schlage, ist er fixiert.«

»In diesem Fall scheinst du ihn gut einschätzen zu können.«

»Tu ich, das ist nicht schwer, wenn du ihn kennst. Sieh einfach zu. Komm, lassen wir ihn nicht zu lange warten. Gib mir ein Zeichen, wenn du übernehmen willst.«

# Rune

Ich zittere und bin unruhig. Er will zusehen! Mich sehen, wenn ich so bin! Mit so meine ich, dass ich der Mann bin, der ich in meinem tiefsten Inneren bin. Tamino kennt mich so noch nicht. Na ja, das ist nicht ganz richtig. Er hat ziemlich schnell erkannt, dass ich devot bin. Im Bett hat er die Führung übernommen, mich nicht gefragt. Das war Sex, unendlich toller Sex, liebevoller Sex, aber auch einfach heftiger Schwulensex zwischen zwei Männern, die es gerne eine Spur härter mögen. Nur das hier … Mir ist natürlich klar, warum ich ihm von Case erzählt habe, und auch Tamino hat kapiert, um was es mir geht. Dieser Kerl ist zu intelligent, zu scharfsinnig. Deshalb … ich sollte mich ausziehen und vorbereiten. Case wird mich nicht schonen und die Vorstellung, dass Tamino zusieht, macht mich, wenn ich ehrlich bin, nicht unruhig. Es wird sich herausstellen, ob er mich immer noch mag, wenn er erkennt und mit eigenen Augen sieht, wer ich wirklich bin, und auch, ob er damit klarkommt. Ich verlange so viel von ihm. Als ich nackt bin, hole ich die Maske, halte sie in den Händen wie den größten Schatz, den es gibt, was sie auch irgendwie ist. Nachdem Case sie mir das erste Mal übergestülpt hatte, musste ich stundenlang vor mich hin schluchzen. Die Gefühle, die ich während der Session, die nur von kurzer Dauer war, zumal ich mich an das Tragen der Maske gewöhnen musste, waren unbeschreiblich. Ich fühlte mich wie neu geboren, als ich Case am frühen Morgen verließ. Case ist Tamino sehr ähnlich. Er ist zudem der verschwiegenste Mensch, den ich kenne, der beste Freund, den ich habe und der erste richtige Master, den ich in meinem Leben hatte, bei dem ich mich getraut habe, mich zu öffnen. Case ist der Mann, der mich in den letzten Jahren gelehrt hat, ein Sub zu werden. Er hat mich angeleitet, mit einer unendlichen Ruhe und Sicherheit.

Nach diesem ersten Erlebnis mit ihm, an jenem Tag vor so vielen Jahren, bin ich regelmäßig zu ihm gegangen – bis vor einigen Wochen, als ich Tamino auf meinem Urlaubstrip in Norwegen getroffen habe. Ich hole die Manschetten aus der Schublade und knie mich neben das Bett, so wie Case es von mir erwartet, und sammle mich, blende alles andere aus. Auch das klappt – wider Erwarten, denn es ist länger her, seit ich bei ihm war, und es ist viel passiert. Ich zittere bei dem Gedanken daran, dass ich gleich ich sein darf, alles hinter mir lassen kann.

Rune kniet, wie ich es von ihm möchte, neben dem Bett. Seine Maske und die Manschetten liegen vor ihm. Er ist unruhiger als sonst, doch er wirkt nicht gestresst. Ich trete zu ihm und berühre seine Schulter. Er lehnt sich leicht gegen meine Hand.

»Rune, so unruhig? Versuch, dich, wie du es gelernt hast, auf dich und auf mich zu konzentrieren. Tamino ist mit im Raum und wird uns beobachten. Ich möchte, dass du dich nur auf dich und mich konzentrierst. Verstanden?«

»Ja, Master Case.«

»Schön.« Immer noch berühre ich ihn und lasse den Körperkontakt nicht abbrechen.

»Möchtest du mich richtig begrüßen, so wie es sich gehört?« Unvermittelt dreht er sich um und beugt sich über meine Füße, um diese zu küssen. Er bleibt unten, bis ich ihn berühre, um ihm zu signalisieren, dass er sich aufrichten darf.

»Setz dich auf das Bett und halt deine Arme vor dich.« Routiniert befestige ich die schweren Ledermanschetten an diesen und an den Fußfesseln. Als ich fertig bin, frage ich nach: »Sind sie nicht zu fest?«

»Nein, Master Case.« Ich beschließe, es ihm nicht leicht zu machen.

»Zum Strafbock, Rune.« Er zittert, denn das mag er nicht besonders, stellt sich jedoch ohne weitere Aufforderung an ihn und wartet auf mich.

»Rune, deine Beine auseinander.« Ich berühre seinen Rücken beruhigend und streichle ihn sanft.

Als er so steht, wie ich es erwarte, beuge ich mich zu seinen Füßen, um die Manschetten am Strafbock zu befestigen, komme danach hoch, ohne den Körperkontakt zu ihm abzubrechen, fahre langsam mit meiner Hand seinen Fuß hoch, über seinen Schenkel, stoppe an seinem muskulösen Hinterteil, um ihn dort zu massieren, und wandere höher, bis ich wieder vor ihm stehe.

»Rune, leg dich hin, du weißt, wie ich es haben möchte.« Er zittert nur kurz, atmet einmal durch und beugt sich über den Bock. Seine Hände hängen nach unten. Ich knie mich vor ihn und blicke in seine Augen.

»Liegst du gut, Rune?«

»Ja, Master Case.«

»Bist du bereit?« Er schließt die Augen, sammelt sich, atmet einige Male tief durch, um danach seine Augenlider zu öffnen und mir zu antworten: »Ja, bin ich, Master Case.«

»Du weißt, dass du keine Angst haben musst?«

»Ja, Master Case.«

»Ich lasse dich nicht alleine, keine Sekunde, werde dich die komplette Zeit beobachten. Mit dem Paddel werde ich dich aufwärmen und danach die Lederpeitsche nehmen. Rune, ich werde sehr stolz auf dich sein. Wann ist dein nächstes Spiel?«

»In einer Woche.« Er sieht mich mit glänzenden Augen an, hat Tamino völlig ausgeblendet, ist vollkommen auf mich und auf das, was ich gleich tun werde, fixiert. Ich stülpe ihm die Ledermaske über, kontrolliere, ob sie richtig sitzt. Rune ist nun blind und hört nichts mehr. Seine Atmung ist nicht eingeschränkt. Die Nase und der Mund liegen frei, jedoch trägt er eine Art Trense, die es ihm nicht erlaubt, zu reden. Sie ist ziemlich sperrig und das Schlucken erschwert. Außer einem Stöhnen wird kein Ton seinem Mund verlassen. Er ist mir nun völlig ausgeliefert. Ich vergewissere mich, dass er keine Panik bekommt. Seine Atmung jedoch ist gleichmäßig, ruhig. Routiniert zurre ich die Lederschnüre an seinem Kopf fest. Das ruft ein beklemmendes Gefühl hervor, wie ich aus Erfahrung weiß. Das Leder presst sich fest gegen die Haut und Panik kann ausbrechen. Rune liegt still da. Er ist im Tunnel. Sein Puls und seine Atmung sind gleichmäßig. Ich nehme meine Hände weg und beobachte ihn, gehe ein paar Mal um ihn herum. Er hört es nicht, spürt es vermutlich auch nicht. Nach drei, vier Minuten stillen Daliegens verlässt ihn sein Zeitgefühl. Er wird seine Beine intensiv spüren, seine Muskeln werden wehtun. Alles fokussiert sich auf den eigenen Körper. Diese Erfahrung ist sehr elementar. Es ist noch keine Unruhe in ihm. Leise hole ich das Paddel und die Peitsche, Gleitgel und Kondome und lege alles in der Nähe bereit. Ich werde es brauchen. Oder Tamino. Eher wir beide. Er wird unruhig. Mit der Hand streichle ich seinen Rücken, fahre an seinem Körper entlang, lasse ihn meine Anwesenheit spüren. Ich umfasse zärtlich seinen Schaft, der wundervoll hart ist, massiere ihn genussvoll. Danach nehme ich das Gleitgel und verteile es auf seinem Penis und mehr noch in seiner Poritze. Er wird bei meinen Streicheleinheiten geiler und ein erstes Stöhnen verlässt seinen Mund. Mit einem Finger dringe ich langsam in ihn ein, behutsam, bis der Muskelring nachgibt, dringe immer tiefer in ihn, allerdings ohne den Hotpoint auch nur ansatzweise zu berühren. Als ich zufrieden bin, er weich ist, nehme ich einen zweiten Finger dazu und dehne Rune weiter. Erneut verlässt ein Stöhnen seinen Mund, Speichel tropft, von der Trense. Es sieht verrucht aus, geil und heftig. Ein dritter Finger sorgt dafür, dass seine Oberschenkel zu zittern beginnen. Er steht kurz vor einem Orgasmus. Den jetzt zu erleben, erlaube ich ihm natürlich nicht. Rune weiß das. Da er mich nicht darum bitten kann, muss er durchhalten. Seine Po-Muskeln spannen sich nun rhythmisch an. Ich gönne mir den Genuss, ihn noch etwas in seiner Lust leiden zu lassen. Nach ein paar weiteren Stößen mit den

Fingern ziehe ich mich zurück, nehme das Paddel, das von nun an ebenfalls stetig und mit gleichmäßigem Schlag auf seinen Hintern prallt. Zuerst Lust, jetzt der Schmerz. Er kann nicht ausweichen, da er gut fixiert am Strafbock hängt. Jeden meiner Hiebe muss er annehmen, und es sind viele. Als sein Hinterteil rot genug ist, höre ich auf und spiele wieder mit seiner Lust. Sein Penis tropft. Noch gönne ich mir nicht den Genuss seines heißen Hinterns, warte ab. Erneut nehme ich das Paddel und schlage fester zu, so fest, bis sein Stöhnen mir zeigt, dass es genug ist. Ich lasse das Paddel auf den Boden fallen, greife mir ein Kondom, ziehe es mir über und deute Rune kurz an, was folgen wird. Behutsam, doch auch kraftvoll dringe ich in ihn ein. Mit der anderen Hand umfasse ich seinen Penis und errege ihn. Da er keine Erlaubnis hat, abzuspritzen, wird dieser Ritt perfekt. Ich trage heute keinen Cockring, da Tamino ja noch mitspielen wird. Bald lasse ich mich fallen und spritze tief in Runes heißen Arsch, streichle ihn und umfasse seine Hüfte. Seine Gefühle müssen jetzt fast Amok laufen, sein Atem ist definitiv schwerer und angestrengter. Einen Moment lasse ich ihn zu sich kommen, danach aber löse ich mich von ihm. Ich streichle seinen Kopf, fahre mit meinem Finger seine Lippen nach. Er leckt sie mit seiner Zunge ab. Diese ist zwar nur eingeschränkt benutzbar, aber es geht. Ich öffne eine Klappe an seinem Ohr, flüstere ihm zu: »Du machst das so gut, einfach nur perfekt. Nun werde ich dir wehtun, richtig wehtun. Lass dich gehen. Keine Anspannung, nichts, lass dich fallen, es ist alles erlaubt, Rune. Verstanden?« Er nickt und ich verschließe die Maske wieder, nehme ihm den Gehörsinn erneut weg, stelle mich hinter ihn und lasse ihn abermals einige Minuten ausharren. Jetzt, da er weiß, dass Schmerz eintreten wird, foltere ich ihn. Unvermittelt schlage ich zu. Es ist pervers, ja, und viele meinen, unmenschlich. Das, was ich hier mit Rune anstelle, können viele Menschen nicht nachvollziehen. Ein Großteil würde dafür plädieren, dass Rune in die Psychiatrie gehört und darüber reden muss, weshalb er meint, dergleichen zu brauchen. In meinem Falle wäre der Knast der Platz, den sich einige aussuchen würden. Das ist mir bewusst. Diese Menschen, diese Devoten, die Hilfe benötigen, gibt es. Rune jedoch gehört nicht dazu. Er ist devot und zieht aus dieser Art von Session unendliche Kraft und Befriedigung, auch, wenn viele es nicht verstehen. In meinen Augen ist genau dies engstirnig, denn die meisten Menschen ziehen Befriedigung aus Sex, zwar aus Blümchensex oder aus Sex in der Missionarsstellung, aus einem Blowjob, völlig egal. Wir in der Szene üben aber eben diese Art von Sex aus. Er ist klasse, gibt sich mir hin. Sein Stöhnen ist der Wahnsinn, auch die Art, wie er auf mich reagiert. Ich bin nicht zimperlich. Rune jedoch lässt sich fallen. Es dauert nicht allzu lange und ein Zittern wandert durch ihn hindurch, das seinen kompletten Körper erfasst. Er spritzt ab, und selbst durch die Maske hört man seinen erlösenden Schrei. Tamino steht nun neben mir. Er nimmt mir die Peitsche ab, berührt seinen Freund beruhigend am Hinterteil, streichelt seinen mit Striemen übersäten Rücken und entlockt ihm erneut ein Stöhnen. Er ist nassgeschwitzt. Sein Duft ist intensiv, er riecht nach Schweiß, nach Mann und Sperma. Ich ziehe mich zurück und lasse die beiden diese Session beenden. Tamino schenkt ihm noch einige Hiebe, wie ich deutlich vernehme. Danach ist es ruhig. Wenig später folgen Geräusche, die ich nicht erklären muss. Ich trete in meine Küche und bereite ein leichtes Abendessen vor, rufe Elay an, der sofort abhebt. Wir unterhalten uns einige Minuten. Er erzählt mir von seinem Tag, fragt unvermittelt: »Wie war die Session?«

»Kannst du hellsehen?«

»Nein, kann ich nicht. Du hast mir gestern doch erzählt, dass ein spezieller Freund zu Besuch kommt.«

»Tut mir leid.«

»Was?«

»Dass ich es dir nicht gesagt habe, nicht richtig, aber das ist etwas speziell und ich darf nicht darüber reden, auch nicht mit einem Freund. Ich musste einen Vertrag unterschreiben. Ich werde ihm von dir erzählen, dann kann er entscheiden. Elay, wenn du das nicht willst, sag es, ich höre damit auf.«

»Sicher nicht, Case! Schlaf gut und genieß den Nachhall. Bis bald.«

»Wirklich? Bis bald?«

»Sicher. Ich habe es dir doch versprochen.« (Wer die Geschichte von Elay und Case erfahren möchte: The endless love – Elay ist bereits zu haben.)

Rune und Tamino tauchen zwei Stunden später auf. Rune ist still, in sich gekehrt, seine Augen jedoch leuchten in dieser ganz speziellen Weise. Das zeigt mir, dass alles gut ist. Beide setzen sich auf einen Barhocker. Rune stöhnt kurz. Tamino sieht sofort zu ihm. Ein nach oben gerichteter Daumen und ein Lächeln beruhigen ihn jedoch, und auch seine Augen leuchten. Sie trinken und essen etwas, verabschieden sich jedoch wenig später.

»Case?«

»Ja, Rune?«

»Danke. Ich bin etwas überfordert und kann heute nicht reden. Dürfen wir morgen Abend noch mal zu dir kommen?«

»Natürlich. Ist wirklich alles in Ordnung?«

»Keine Angst, alles ist perfekt, nur muss ich … ich muss das verdauen.«

»Bis morgen, ihr zwei. Kommt gut nach Hause und lasst euch nicht erwischen.«

So ist das mit Rune und Tamino. Nur wenige wissen von den beiden. Sie kommen öfter zu mir und benutzen meinen SM-Raum. Manchmal spiele ich mit, oft nicht, und manchmal quatschen wir einfach nur. Wir werden Freunde. Gute Freunde.

# Tamino – Leben im Untergrund

Was Rune in Norwegen nicht wusste, ist, dass ich es mir leisten kann, nicht zu arbeiten. Mein Studium als Jurist habe ich vor allem durchgezogen, um meiner Mutter und unseren Freunden beistehen zu können. Noch immer werden dunkelhäutige Menschen diskriminiert. Nicht nur in Deutschland, vor allem international. Doch ich gebe es zu, im Augenblick bin ich nicht besonders fleißig. Dies wiederum kann ich mir leisten, darf mir aussuchen, welche Mandate ich annehme, und das sind ausschließlich welche, die mich interessieren oder die ich annehmen möchte, weil es mir eine Herzensangelegenheit ist. Mein Vater verdient als Opernsänger ordentlich und konnte meiner Mutter ein tolles Leben finanzieren. Seit einigen Jahren ist es genau andersherum. Sie finanziert ihn und mich, was meine Familie jedoch nie an die große Glocke gehängt hat. Sie leben ihr Leben weiter wie immer. Natürlich reisen sie und geben Geld aus, allerdings nicht so viel, wie sie könnten. Ihre Familie ist vor vielen Jahren aus Südafrika geflohen. Meinen Ur-Großeltern und meinen Großeltern wurde dort alles genommen. Quasi über Nacht wurden sie enteignet, mit der fadenscheinigen Begründung, dass ja ein Kaufvertrag bestehe. Zur damaligen Zeit besaßen sie eine große Ranch. Sie waren, wie es so schön heißt, vermögend, und das gefiel vielen weißen Siedlern nicht besonders. Zu dieser Zeit waren Schwarze Menschen zweiter Klasse und dass sie Besitz hatten, war vielen ein Dorn im Auge. Ihre Lösung war einfach: Sie erschossen den Großvater meiner Mutter und ihren Vater, damit die Frauen die Ranch aufgeben und sie zu einem Spottpreis verkaufen mussten. Mit dem wenigen Geld flohen sie nach Deutschland und bauten sich hier eine neue Existenz auf. Vier Frauen, drei Generationen. Meine Ur-Großmutter arbeitete bis zu ihrem Tod als Putzfrau, wie auch ihre Mutter – das alles nur, um meiner Tante und meiner Mutter eine ordentliche Schulbildung und eine Ausbildung zu ermöglichen. Sie lebten zu viert in einer winzigen Wohnung, bis meine Mutter auszog. Aber es ging. Als meine Mutter in der Oper arbeitete, traf sie dort auf Vater. Die beiden verliebten sich und heirateten. Endlich war da ein Mann im Haus, der sich kümmerte, dem das Schicksal der Frauen nicht am Arsch vorbeiging. Er informierte sich, wollte wissen, wie diese Ungerechtigkeiten, die Morde gesühnt werden konnten. Mit seinen finanziellen Mitteln beauftragte er eine Anwältin, die sich des Falls annahm. Sie erreichte nach vielen Jahren und viel Geld, dass meine Großmutter ihren Besitz, die Ranch, zurückbekam. Das wiederum gestaltete sich unheimlich schwierig, denn zwanzig Jahre bringen

Veränderungen mit sich. Die Ranch gibt es nicht mehr. Diese wurde zum Abbaugebiet deklariert und es wurden und werden dort seit Jahren Platin und Diamanten zutage gefördert. Die Anwältin musste gegen einen Goliath ankämpfen, bekam trotzdem recht. Es wurde ein Vergleich geschlossen: eine Zahlung von x Euro, zudem ein Minianteil an der Firma, die die Förderung der Steine und des Metalls übernimmt. Dieser Minianteil jedoch ermöglicht es uns, ein unbeschwertes Leben zu führen. Nach dem Tod meiner Großmutter ging alles an meine Tante und meine Mutter über, und diese wiederum hat mir bereits einen Großteil überschrieben, ebenso meine Tante, die kinderlos geblieben ist. Sie genießt ihr Leben. Und ich – wie gesagt: Ich muss nicht mehr arbeiten. Aber der Erfolg der Anwältin hat mich darin bestärkt, Jura zu studieren und ebenfalls Gutes zu tun, was mir in einigen Fällen gelungen ist. Es hat mich aber auch viel Kraft gekostet, sodass ich mir diese Auszeit gönnen darf und kann. Deshalb – ich genieße die Zeit hier mit Rune. Wir wohnen im Prinzip bei mir. Das Apartment, das ich mir gemietet habe, liegt nur wenige Straßen von seiner Wohnung entfernt. Es ist nur noch für Freunde, Party und Frauenbesuche vorgesehen. Somit kann und sollte nichts passieren. Ich liebe diesen Mann, den ich nicht ausschließlich für mich alleine haben kann. Ich muss ihn mit zig Tausenden Fans teilen. Und das ist gut so. Rune ist ein verflucht guter Spieler. Er und Stormy bilden ein cooles Team. Er ist nicht nur sein bester Freund, sondern auch meiner geworden, Brian ebenfalls. Der wiederum ist mir sehr ans Herz gewachsen. Mit ihm kann ich mich unterhalten, wenn es mal wieder wehtut. Brian versteht es. Er ist in derselben Situation wie ich, was Stormy angeht. Allerdings ist das Ausmaß in seinem Falle noch schlimmer, denn Brian kann sich nicht outen. Wenn er von seinen Brüdern, vor allem von seinem Vater spricht, ist wenig Liebe zu spüren, vielmehr sind große Angst und Panik in seiner Stimme wahrzunehmen. Ob er recht hat oder es sich nur einbildet, dessen war ich mir zu Beginn nicht sicher. Als ich seinen Bruder jedoch kennenlernte, wenn auch nur flüchtig, verstand ich ihn. Er tut mir leid, sehr sogar, denn er ist auf eine andere Art gezwungen, sich zu verstecken, was nicht sein sollte. Bei keinem von uns. Dass wir uns haben, hilft. Rune ist ein wundervoller Mann und Partner. Ich könnte mir keinen besseren vorstellen. Die Sessions mit ihm sind hart, jedoch nicht nur. Meist gehen wir zu Case, der uns netterweise sein Zimmer bereitstellt. Woanders hinzugehen, ist schwer. In New York. In München lerne ich Peter kennen und dort dürfen wir in den privaten Zimmern Spaß haben, ohne Probleme zu bekommen. Meine Eltern lieben Rune und haben ihn nach nur einem Abend in ihr Herz geschlossen, auch wenn sie nicht unbedingt einverstanden damit sind, wie wir unseren Alltag leben, dass wir unsere Liebe verstecken. Sie leben in Künstlerkreisen, haben dort viele Freunde und Bekannte, kennen viele gleichgeschlechtliche Paare und hatten und haben damit noch nie ein Problem gehabt. Was sie stört, ist, dass wir selbst von der Regierung so viele Jahre diskriminiert wurden, man uns nicht zugesteht, Verantwortung zu übernehmen, wir keine guten Väter seien, was eindeutig gegen alle Alleinerziehenden oder Witwer geht. Darauf kommen viele Verfechter aber nicht. Als das Gesetz zur gleichgeschlechtlichen Eheschließung endlich durch war, konnten sie es richtig krachen lassen. Eine Hochzeit nach der anderen, und auf jeder Party wurde gefeiert bis zum bitteren Ende. Ich weiß, dass sie sich so etwas für mich wünschen. Sie sind jedoch glücklich, als wir ein Jahr später im Stillen zum Rathaus gehen und uns trauen lassen. Tamino Nussbaumer und Roland Merkling. Es waren weder seine Eltern dabei, noch meine. Wir haben ihnen davon erzählt, wollten aber keine Aufmerksamkeit auf uns lenken. Nun sind wir ein Ehepaar und ich könnte nicht glücklicher sein. Selbstverständlich, wenn wir unsere Liebe allen zeigen dürften, das wäre schön. Diese Entscheidung überlasse ich Rune. Das habe ich ihm versprochen. Er wiederum ist seit diesem Tag mit keiner Frau mehr im Bett gewesen, hat keine mehr ins Schlafzimmer mitgenommen. Irgendwann wird ein windiger Journalist tiefer graben. Ich hoffe, mein Mann ist dann für die Veränderung bereit.

Das zweite Jahr beziehungsweise das erste Jahr unserer Ehe ist grandios. Beruflich läuft es für ihn spitzenmäßig, er wird mit jedem Jahr besser. Ich selber konnte zwei Mandanten zu ihrem Recht verhelfen, was ohne meine Unterstützung, sei es rechtlicher oder finanzieller Art, nie möglich gewesen wäre. Das macht meinen Beruf so schön: Ungerechtigkeiten zu verhindern versuchen und das auch oft schaffen. Es gelingt nicht immer, dafür gibt es zu viele Grauzonen, was mir bewusst ist. Viele Anwälte nutzen genau das aus. Es ist auch ihr Beruf, das Beste für ihre Mandanten herauszuholen. Nur ich könnte das nicht. Das würde mich zerbrechen. Die wenigen Male, die ich in die Pflicht genommen wurde und Schuldige verteidigen musste, haben mir gereicht. Ich habe immer mein Bestes gegeben, aber der schale Geschmack im Mund blieb lange Zeit. Am Wochenende geht's ins Stadion. Brian nimmt mich mit. Stormy und Rune haben keine Ahnung. Es soll eine Überraschung sein. In diesem Jahr müssen sie Meister werden. Es fehlen nur wenige Punkte oder ein Sieg. Ich verstehe die Regeln immer noch nicht völlig. Deshalb ist es für mich nicht schlimm, wenn ich nicht mit ins Stadion kann. Brian aber hat dem Trainer das Versprechen abgeluchst, dass wir gleich hinter der Mannschaft sitzen dürfen. Der Bereich ist Sponsoren, wichtigen Personen und Familienmitgliedern oder Managern vorbehalten. Am Samstag eben auch uns.

Als ich an diesem Tag nach Hause komme, steht Rune mit bleichem Gesicht am Fenster und blickt nachdenklich hinaus.

# Erpressung

Die Bilder sprechen eine deutliche Sprache und der Text dazu … es ist so weit und wird passieren. Mir ist nicht übel bei dem Gedanken, auch nicht schlecht, irgendwie bin ich erleichtert, dass es vorbei ist. Es tut weh und die Tage werden schlimm werden, doch ich hatte wundervolle Jahre, stand im Mittelpunkt, konnte das tun, was ich immer tun wollte: spielen. Zudem ist mein Privatleben perfekt, seit Tamino Teil meines Lebens ist. Er versteht sich mit Stormy und Brian hervorragend, aber er ist offiziell nach wie vor nur ein Bekannter, obwohl wir längst verheiratet sind. Dass dies irgendwann jemandem auffallen würde, war vorherzusehen. Nur warum gerade jetzt? Und wer steckt dahinter? Ich muss nicht lange nachdenken, denn ich weiß, wer der Übeltäter ist. Leider. Brian wird das nicht gefallen, jedoch bin ich mir sicher, dass es Mason ist. Er will die Nummer eins werden und der Quarterback sein, mit dem die New York Bulls die Meisterschaft gewinnen, und das werden wir in diesem Jahr. Wenn nicht alles schiefläuft und wir nicht jedes der drei letzten Spiele verlieren oder die Nummer zwei in der Tabelle alle gewinnt, ist der Titel unser. Und an wen wird man sich dann in den Geschichtsbüchern erinnern? An den Quarterback, der im Endspiel gespielt hat, der die Meisterschale hochgehalten hat. Gewiss nicht an den, der die meisten Punkte vorbereitet, der die Teams geführt hat. Es steckt ein klares Kalkül hinter dem Zeitpunkt. Nur hat Mason die Rechnung ohne mich gemacht. Wenn es so sein soll, dann werde ich zurücktreten, aber nicht, weil er mich erpresst und mich bloßstellen will. Er möchte mich vernichten, Rache nehmen dafür, dass die Fans mir immer zujubeln, ich der Liebling bin. Aber das lasse ich nicht zu. Diesen Erfolg schenke ich ihm nicht. In diesem Fall werde ich es sein, der die Bombe hochgehen lässt. Morgen ist Heimspiel. Wenn wir das gewinnen, ist es nur noch durch unsere eigene Dummheit möglich, den Titel zu verlieren. Morgen Nachmittag werde ich spielen und die Stunden genießen, und am Schluss ein paar Worte an die Fans zu richten. Tamino steht hinter mir und umarmt mich.

»Du siehst nachdenklich aus. Was ist los, Rune?«

»Hier. Das lag in der Post. Es ist vorbei.«

»Was?«

»Mein Leben als Quarterback, als Star, als Liebling der Fans.«

»Was meinst du?« Ich reiche Tamino den Umschlag.

»Das ist ja ungeheuerlich. Wo haben sie die Fotos her? Um was geht es da? Darum, dich zu diffamieren?«

»Keine Ahnung, wo sie gemacht wurden. Wir küssen uns, und nichts anderes interessiert die Medien und die Fans. Es ist nicht schlimm. Es nimmt mir nur die Entscheidung ab. Ich hätte gerne die letzten Spiele gespielt, gemeinsam mit dem Team den Titel geholt. Das wäre einfach nur toll gewesen, aber ich bin auch müde und verliebt, denke seit einigen Wochen darüber nach, aufzuhören oder zumindest nach der nächsten Saison. Es gibt dich jetzt in meinem Leben und du bist mir wichtig. Wenn ich mir vorstelle, was wir alles erleben könnten … Wir haben die nötigen Mittel und können reisen, wohin wir wollen, uns ein Nest bauen. Ich werde nicht zulassen, dass er die Macht erhält, mich zu outen, ich mache das selber. Morgen Abend nach dem Spiel.«

»Was? Rune, red keinen Quatsch! Du musst es Cole sagen und deinem Anwalt. Hast du eine Ahnung, von wem das kommt?«

»Ja, habe ich. Es wird Mason sein. Beweisen lässt sich das nicht. Allerdings ist er es ziemlich sicher. Er grinst mich seit Tagen immer so wissend an oder spuckt abwertend neben mir auf den Boden. Ich kann ihn nicht leiden, konnte ich noch nie, und das beruht auf Gegenseitigkeit. Er hat nun einen Grund mehr, mich zu hassen. Brian tut mir wahnsinnig leid, solch einen Bruder zu haben, wobei der Rest der Familie nicht besser ist. Keine Ahnung, wie so ein guter Mensch dabei herauskommen konnte. Brian meinte scherzhaft, dass er vielleicht nachforschen sollte, ob er nicht im Krankenhaus verwechselt wurde. Nur war dem nicht der Fall. Er sieht seiner Mutter wie aus dem Gesicht geschnitten ähnlich. Ich spreche zu den Fans, Tamino. Diese Genugtuung, dass er es ist, der meine Karriere beendet, lasse ich ihm nicht.«

»Willst du dir das wirklich antun? Das wird schrecklich. Sie werden dich ausbuhen und, keine Ahnung, es wird schlimm. Möchtest du wirklich einen solchen Abgang? Solch ein Ende? Du liebst den Sport. Alles an ihm, deine Fans, einfach alles! Bisher war das doch dein Leben.«

»Stimmt. Jetzt bist das aber du. Wenn ich mich oute, und das ist nach diesen Fotos unumgänglich – Cole oder wer auch immer wird das nicht verhindern können –, wenn ich vor die Fans trete, treffe ich Mason, denn damit rechnet er nicht. Er hätte im Leben nicht so viel Mut. Ich lasse mir das nicht nehmen. Tamino, ich möchte es sein, der es ihnen sagt. Ich stelle mich ihrer Wut, auch wenn ich sie nicht verstehen werde, sie mich in die Knie zwingen wird, ich gewiss heulen werde, wenn sie mir ihre Trikots mit meiner Nummer entgegenwerfen.«

»Sie werden dir wehtun, Rune. Mit Worten und Gesten. Und willst du dir das tatsächlich antun? Wir könnten in einen Flieger steigen und weit weg sein, wenn der Shitstorm über dich hereinbricht.«

»Nein, das möchte ich nicht, ich bin kein Feigling.«

Nur vierundzwanzig Stunden später hasse ich mich für diese Worte. Warum nur war ich zu stolz, auf meinen Mann zu hören, warum habe ich nicht auf Tamino gehört? Warum nur? Alles … alles wäre anders gekommen, wenn ich meinen Sturkopf nicht durchgesetzt hätte. So aber ist nichts mehr, wie es war.

# Die Katastrophe

Mason rempelt mich bereits in der Kabine an. So ein Arsch! Seit unserem ersten Aufeinandertreffen können wir uns nicht leiden. Manchmal gibt es solche Antipathien, obwohl ich gewiss kein Mensch bin, der andere ausgrenzt. Doch bei Mason und seiner Familie, mit Ausnahme von Brian, geht gar nichts. Seit Jahren die Nummer zwei hinter mir zu sein, kann natürlich anstrengend sein, will ich nicht abstreiten. Nur könnte er ja das Team wechseln. Komischerweise tut er das nicht, oder aber es ist so, dass er von keinem anderen Team einen besseren Vertrag erhält. Brian hat mir das zugeflüstert. Ich halte mich zurück, komplett, bin die Ruhe selbst. Seit ich die Entscheidung getroffen habe, dass dieses Spiel vermutlich mein letztes sein wird, genieße ich es nur. Lasse mir das nicht nehmen. In der Kabine schwört uns der Trainer auf das Spiel ein. Wir haben heute kein leichtes vor uns. Der Gegner steht an Tabellenposition drei, hat keine Chance mehr auf den Titel, wird es uns allerdings aufgrund dessen nicht einfacher machen. Das wissen wir. Wir Quarterbacks reden noch zu den Spielern, heizen sie auf und schlagen uns danach ab. Als wir auf das Spielfeld rennen, sind wir alle begierig darauf, das Match zu gewinnen. Der Lärm, der uns entgegenschallt, ist mit nichts zu vergleichen. Ja, genau deshalb liebe ich diesen Sport, liebe es, Profi zu sein. Dir jubeln gefühlt Hunderttausende Menschen zu, Millionen an den Fernsehgeräten. Das kann einem zu Kopf steigen, was bei mir aber nie der Fall war. Ich war eher ehrfürchtig, dankbar dafür, dass mir diese Gunst erwiesen wird. Im Endeffekt bin ich nur ein Mensch wie sie. Trotzdem macht es mich stolz, dass viele unsere Klubfarben tragen und zahlreiche Kinder das Trikot mit meiner Nummer. Kurz werde ich bei dem Anblick wehmütig, lasse mich aber nicht runterziehen, sondern genieße jede verfluchte Minute des Spiels. Als ich an der Bank ankomme, sehe ich Brian, der mit Tamino auf den Ehrenplätzen sitzt. Ich gehe zu ihnen und begrüße sie.

»Du hast mir gar nicht verraten, dass du kommst.«

»Freust du dich etwa nicht?«

»Mehr, als du denkst. Aber das ist Zufall, oder?« Nur Tamino kam im Moment wissen, was ich meine, denn Brian sieht nicht so aus, als ob er weiß, von was ich rede.

»Richtig. Es sollte eine Überraschung sein. Wenn ihr heute gewinnt, habt ihr die Meisterschaft quasi in der Tasche, und da, meinte Brian, sollten wir hier sein.«

»Du hier, Brian?«, werden wir bissig von Mason angesprochen.

»Ja, Bruder, was dagegen, dass ich deinem Team zujubele, wenn es vermutlich Meister wird?«

»Wie bist du an die Karten gekommen?«

»Das geht dich einen feuchten Dreck an, aber ich kann dir sagen, auf sehr legale Weise. Dein Trainer hat mir welche besorgt. Zufrieden?« Ein Schnauben deutet an, was er davon hält, nämlich nichts. Stormy tritt zu uns und zwinkert ihm liebevoll zu.

»Super, dass ihr hier seid. Alles in Ordnung?« Mir ist Taminos Blick durchaus bewusst und ich weiß selber, dass ich es Stormy und Brian sagen muss, sie sind unsere engsten Freunde. Ich nicke Tamino zu, deute ihm an, Brian zu erzählen, was los ist.

»Los, Stormy, wir werfen uns ein.« Auf dem Weg zum Feld kläre ich ihn über die Situation auf. Er ist sichtlich geschockt, aber Profi genug, um so zu tun, als ob nichts wäre. Ihm sind die Blicke und die Kameras sehr wohl bewusst.

»Du musst das melden.«

»Nach dem Spiel. Stormy, lass mich dieses Match genießen. Ich werde zum Schluss ein paar Worte an die Fans richten. Habe das mit dem Techniker besprochen, ein Mikro wird später bereitliegen.«

»Sie werden dich … willst du das wirklich?«

»Nein, aber ich muss es tun. Ich werde mich nicht mehr verstecken, und erpressen lasse ich mich schon gar nicht.«

»Sind die beiden deshalb heute hier?«

»Brian und Tamino?«

»Ja.«

»Nein, das war absoluter Zufall, sie wollten uns damit überraschen. Jetzt lass uns kein Trübsal blasen, sondern den Jungs aus Ohio gehörig den Arsch versohlen, indem wir haushoch gewinnen. Einverstanden?«

»So was von.« Das Spiel ist der Wahnsinn, ein Hin und Her. Jeder macht Punkte, es ist ausgeglichen und anstrengend. Die Jungs sind bald schon fertig und es dauert lange. Sehr lange. Am Ende ist es Stormy, der den entscheidenden Punkt macht – ein Manöver, das wir erst wenige Male geübt haben, heute aber ausführen, und es klappt. Der Ball ist da, wo er hingehört: hinter der Ziellinie. Der Jubel im Stadion ist frenetisch. Die Fans feiern uns, als ob wir den Super Bowl gewonnen hätten. Es tut gut. Unter all dem Trubel gehe ich zur Bank und hole das Mikro. Tamino sieht mich an, deutet mir an, dass alles gut wird und er hinter mir steht. Durch den Lärm hindurch fragt er noch einmal nach: »Willst du dir das wirklich antun?« Ich lasse die Chance, die nächsten Minuten ungeschehen zu machen, verstreichen. Mein Stolz oder meine eigene Dummheit ist schuld daran. Nur ich bin schuld. Mit dem Mikro trete ich zum Spielfeld. Anscheinend hat die Kamera mich im Visier, denn ich sehe mich bald in Großaufnahme auf der großen Stadionleinwand.

»Ich würde gerne etwas sagen, etwas, was euch vielleicht nicht gefallen wird oder womit ihr nicht einverstanden sein werdet. Trotzdem bin ich der Meinung, dass ihr es erfahren solltet, und zwar von mir. Ausschließlich von mir. Zuvor aber möchte ich euch mitteilen, dass ihr die besten Fans seid, das hier das allerbeste Team ist. Ich war jeden Tag stolz darauf, für euch spielen zu dürfen, habe mich gerne gequält und dem Training ausgesetzt, weil es mein Leben ist. Ich habe keine Sekunde gezögert, als man mir das Angebot gemacht hat, hier in New York zu spielen, und das, obwohl es zum damaligen Zeitpunkt bessere gab. Ich wollte hier spielen. Ihr seid irgendwie meine Familie geworden. Auch in den Jahren darauf blieb ich. Wie gesagt, Angebote gab es genug, doch ich wollte hier für euch spielen. Vielleicht war es dumm oder einfältig, ich aber nenne es Treue. Treue den Fans, dem Team und dem Klub gegenüber.« Ich hole tief Luft, bin kurz still, sammle mich.

»Was ich in all den Jahren aber nicht war, ist vollumfänglich ehrlich zu euch und zu mir. Ich habe euch getäuscht und angelogen. In einer einzigen Sache. Diese wiederum knallt mir jetzt um die Ohren. Ich werde erpresst, und am Montag können alle im ganzen Land und vermutlich auf der sportbegeisterten Welt lesen, was ich euch verschwiegen habe: dass ich ein Doppelleben geführt habe.« Im Stadion ist es urplötzlich mucksmäuschenstill.

»Ich bin schwul, verheiratet mit einem Mann und glücklich. Die Beweisfotos werdet ihr am Montag in den Zeitungen und Medien zu sehen bekommen. Ich wollte dem zuvorkommen und es euch persönlich sagen. Danke, dass ihr all die Jahre zu mir …« Ich kann nicht weitersprechen. Als meine Worte zu allen durchgesickert sind, setzt ein wütendes Pfeifkonzert ein. Ich blicke auf die Tribünen und sehe, wie enttäuscht und aufgebracht die Männer sind. Auf der Leinwand erkenne ich, wie Väter ihren Kindern die Trikots mit meiner Nummer ausziehen, gerade so, als ob sie nun auch schwul würden, nur, weil sie mir zujubeln. Es ist, wie Tamino angekündigt hat und wie mir bewusst war: schlimm. Die Wut stachelt sich richtiggehend auf, und urplötzlich rennen einige Ultras vom Spielfeld auf mich zu. Der Mob wird größer und die Helfer versuchen gewaltsam, die aufgebrachte Menge zurückzuhalten. Die Spieler verschwinden in den Kabinen und der Trainer ruft mir zu, dass ich abhauen solle. Ich aber bin wie erstarrt. Stormy steht plötzlich neben mir.

»Komm mit, die werden sich wieder beruhigen. Das war mutig.«

»Sieh nur: die Kinder. Die Idioten überrennen die Kinder. Sind die noch ganz dicht?«

»Nein, sind sie im Moment nicht.« Tamino ist plötzlich auch an meiner Seite, ebenso Brian.

»Wir sollten verschwinden, meint ihr nicht?«

»Du hast recht, Brian, lasst uns gehen.« Kaum ausgesprochen, werde ich an der Schulter nach hinten gerissen und eine Faust landet in meinem Gesicht.

»Du schwule Sau! Was erlaubst du dir? Ich habe dir zugejubelt, einer Schwuchtel!« Bevor der Schläger ein weiteres Mal meinen Kopf trifft, drückt Tamino mich zur Seite und bekommt den Hieb ab, taumelt und fällt auf den Rasen. Im selben Moment wird der Verrückte überwältigt. Tamino aber liegt still am Boden, ich beuge mich zu ihm.

»Schatz, er ist weg. Soll ich dir hochhelfen?« Er jedoch reagiert immer noch nicht.

»Tamino? He, was ist los?« Ich knie mich zu ihm. Er sieht mich an.

»Ich liebe dich, Rune. Vom ersten Augenblick an habe ich dich geliebt, verzeih mir.«

»Das weiß ich doch, jetzt komm hoch. Hat er dich so übel erwischt?« Im selben Moment verlieren seine Augen ihren Glanz und er wird schlaff.

»Tamino! Was …« Brian sieht zu uns und ist alarmiert. Ich aber bin völlig von der Rolle.

»Was ist mit ihm?« Ich beuge mich zu ihm und bemerke im selben Moment, dass er nicht mehr atmet, dass er einfach nur daliegt und … ich beginne, ihn zu beatmen. Was passiert hier? Er hat eine Faust abgekommen, aber diese Reaktion, das ist … Ich versorge ihn mit Luft, Brian hilft mir und bald sind Sanitäter da, die mich von ihm wegziehen. Was ich nicht mitbekomme, ist, wie still es plötzlich ist, dass die Kamera auf uns zeigt, wir auf der Leinwand zu sehen sind. Und dann … dann … hören die Sanitäter auf und schütteln den Kopf. Sie …

»Warum hört ihr auf? Was soll das? Macht weiter!« Ich kämpfe mich zu Tamino vor und will wieder Luft in ihn pumpen, will nicht akzeptieren, was da vor sich geht. Ich lasse es nicht zu. Er war doch gerade noch bei mir. Und dann bricht der Schmerz über mich herein und ich schreie ihn laut hinaus. Ich zerbreche förmlich daran, halte Tamino im Arm, wiege mich vor und zurück und weine. Ich habe noch nie, noch nie im Leben etwas Schlimmeres gespürt. Dieser Schmerz ist so brachial, so allumfassend, dass es nicht möglich ist, ihn jemandem zu beschreiben, der ihn selber noch nie gespürt hat, und keinem, wirklich niemandem wünsche ich ihn. Ich habe keine Ahnung, wie lange ich da auf dem Rasen sitze. Mein Zeitgefühl ich wie weggeblasen. Irgendwann ist die Polizei da und weitere Ärzte. Auch vom Team stehen wieder viele auf dem Spielfeld und blicken entsetzt zu uns. Man versucht, mich von Tamino wegzubringen. Ich lasse es nicht zu. Erst Stormy schafft es. Er dringt zu mir durch.

»Rune. Du musst ihn gehen lassen. Tamino muss jetzt einen anderen Weg gehen. Ich weiß, dass du das nicht möchtest und niemals verstehen wirst. Das tun wir alle nicht. Aber die Beamten müssen ihre Arbeit aufnehmen. Du willst doch, dass aufgeklärt wird, was passiert ist, oder?«

»Ich bin schuld, nur ich. Wenn ich auf ihn gehört hätte. Ich … er wollte mit mir wegfahren … ich bin schuld.«

»Das bist du nicht. Bitte, Rune. Verabschiede dich von ihm. Du musst mit mir mitkommen. Du musst, so schwer es dir auch fällt, einen anderen Weg gehen. Es gibt keinen Gemeinsamen mehr. Tamino ist tot. Er wird nie mehr zurückkommen.« Es dauert gewiss nochmals eine kleine Ewigkeit, bis ich in der Lage bin, mich von ihm zu lösen. Mir ist nicht richtig bewusst, dass das Stadion leer ist, dass nur noch Spieler und Verantwortliche hier sind, und natürlich Polizei und Ärzte, wobei sich diese mehr um mich sorgen als um Tamino. Für ihn können sie nichts mehr tun. Ich verschließe mich, schütze mein Herz. Der Schmerz, der darin wütet, ist unbeschreiblich. Ich will nicht weg, muss aber, denn Stormy hat recht: Ich werde Taminos Weg nicht gehen können. Alles ist vorbei. Sein Leben, mein Leben ist kaputt, denn er ist nicht mehr hier. Der Sport, alles verloren in Sekunden, nur, weil ein anderer deinen Platz einnehmen will. Im Moment habe ich nicht einmal die Kraft, Hass zu empfinden, ich bin wie taub. Eine Marionette. Stormy bringt mich zu den Duschen, zieht mich aus, hilft mir, denn ich bin selber zu nichts mehr in der Lage, nehme nichts wahr. Vor meinem inneren Auge läuft nur immer wieder dieser Film ab. Immer wieder. In Endlosschleife. Und ich kann ihn nicht rechtzeitig stoppen. Die ganze Zeit sage ich mir, dass ich schuld daran bin. Nur ich alleine. Stormy gibt mir Konter, nur höre ich nicht, was er sagt. Es sickert nicht in mein Bewusstsein. Er fährt mich nach Hause, das nie mehr mein Zuhause sein wird. Trotzdem will ich dorthin, lege mich ins Bett. Der Geruch von Tamino ist noch da, frisch von letzter Nacht, als ich in seinen Armen geschlafen habe und aufgewacht bin. Dann bekomme ich lange Zeit nichts mehr mit. Ich blende alles aus, habe kein Zeitgefühl mehr. Alles ist weg, dunkel und tot.

Tamino lebt nicht mehr, wird nie mehr zurückkommen. Ob und wann oder wie ich immer mal wieder ins Bad komme, kann ich nicht nachvollziehen. Was ich wahrnehme, ist, dass Menschen in der Wohnung sind. Wer? Keine Ahnung. Ich bin zu nichts in der Lage. Meine Energie, meine Kraft, alles ist weg. Ich liege nur im Bett und trauere.

# Freunde

Völlig entsetzt sitzen wir im Wohnzimmer von Tamino und Rune. Er liegt im Bett und steht neben sich. Erst, als Cole eintrifft, stellen wir uns die Frage, was wir tun sollen, dürfen oder sogar müssen. Rune ist nicht in der Verfassung, auch nur eine Entscheidung zu treffen. Cole übernimmt es, Runes Eltern anzurufen. Diese reagieren wie jeder, völlig geschockt, machen sich unverzüglich auf den Weg zu Taminos Eltern, um ihnen die schreckliche Nachricht zu überbringen, und werden mit ihnen ins nächste Flugzeug steigen, um Abschied zu nehmen. Dieser erste Schritt ist getan. Was mir Sorgen macht, ist Brian. Er hat sich nicht gemeldet, gibt sich eine Mitschuld an dem, was passiert ist, da sein Bruder der Auslöser war. Ich hoffe, er macht keine Dummheiten. Im Moment kann ich hier nicht weg. Auch, wenn Brian nicht ans Telefon geht. Ich werde mich in Geduld üben müssen, bis er sich meldet, was er zum Glück bald macht.

»Wie geht's ihm?«

»Komm her, Brian, du solltest nicht alleine sein.«

»Er wird mich nicht sehen wollen, Thomas.«

»Im Moment bekommt er überhaupt nichts mit, aber ich will dich sehen und brauche dich, so wie du auch mich.«

»Wenn ich die Karten nicht besorgt hätte, dann …«

»Hätte, wäre, wenn … Brian, weder du noch Rune seid schuld. Einzig der Mann, der zugeschlagen hat. Niemand sonst.«

»Aber …«

»Nicht aber. Es ist nicht akzeptabel, jemanden zu schlagen. Niemals. Obwohl die Folgen in diesem Fall mit Sicherheit nicht absehbar waren, er ihn gewiss nicht umbringen wollte, ist es absolut nicht zu rechtfertigen, jemanden zu schlagen. Komm her, Liebling. Ich brauche dich. Ich muss dich festhalten, um zu wissen, dass du bei mir bist. Ich …«

Der Fernseher läuft. Auf allen Kanälen ist Rune zu sehen, in seinem Schmerz. Das ist der Aufhänger schlechthin. Brian trifft zum Glück wenig später ein, mit einem Veilchen der Extraklasse, und ich meine noch Reste von Blut an seiner Nase zu erkennen.

»Was ist passiert?«

»Nichts.«

»Brian?«

»Mason. Ich habe ihn zur Rede gestellt, ihm vorgeworfen, dass er daran schuld ist, dass er ein schlechter Mensch ist und dass ich ihn hasse, ihn nie mehr wiedersehen möchte, dass ich ab heute mein eigenes Leben führen werde, ohne die Familie, und ich mir Schutz suche, sollte sich irgendjemand nochmals bei mir melden oder mir Böses wollen.«

»Du hast es ihm erzählt?«

»Ja. Zum Schluss habe ich gesagt, dass ich, sein Bruder, ebenfalls schwul bin und einen Mann liebe, dass ich richtig bin, wie ich bin, und ein guter Mensch bin, ein Amerikaner, dass ich der Familie jeden Cent für meine Ausbildung zurückzahlen werde. Ich hoffe und bitte dich, dass du mir das Geld leihst. Ich will mit ihnen nie mehr etwas zu tun haben.«

»Ach, Brian.«

»Stehst du zu mir? Liebst du mich?« Ich schließe ihn in meine Arme und halte ihn fest.

»Wenn dir was passiert … Ich weiß nicht, was ich dann tun würde. Ich habe keine Ahnung, wie Rune das überlebt. Das ist so brutal.«

»Ich vermisse ihn jetzt schon.« Es klingelt und ein bleich wirkender Mann steht in der Tür.

»Ich habe es im Fernsehen gesehen. Ich bin ein guter Freund von den beiden. Darf ich eintreten? Wie geht es ihm?«

»Hey, ich bin Stormy. Ihr kennt euch? Er hat nie von dir erzählt, aber … Er liegt einfach nur da.«

»Weiß man denn schon mehr?«

»Nein. Wir machen uns Sorgen. Er liegt, ohne eine Reaktion zu zeigen, im Bett, weder weint noch flucht er, die Wut bestimmt ihn.« Rune bekommt nichts von alledem mit. Er liegt völlig fertig und unbeteiligt da, als ob er in einer anderen Welt wäre. Keiner kann zu ihm durchdringen.

Am späten Sonntagabend treffen Sven, Arne und Taminos Eltern ein. Auch Cole und Runes Anwalt sind anwesend. Sie sprechen mit Taminos und Runes Eltern, verschwinden danach eine Zeit lang. Arne, der ja Arzt ist, geht unendlich behutsam mit Rune um, kann ihn allerdings ebenfalls nicht dazu bewegen, das Bett zu verlassen. Niemand schafft es.

Taminos Eltern, die sich in ihrer Trauer unterstützen und Halt geben, planen gemeinsam mit Sven die Beerdigung, auch, wenn Rune dies tun sollte, er ist nicht dazu in der Lage. Am Montag gehen tatsächlich die Bilder von ihm und Tamino durch die Medien. Sie haben kein Verständnis gezeigt und sie nicht unter Verschluss gehalten. The Show must go on. Es ist ekelhaft. Das wiederum denken auch viele Fans und vor dem Stadion stehen interessanterweise zahlreiche Blumen und Kerzen. So mancher hat nachgedacht und ist zu sich gekommen, so scheint es mir zumindest. Vielleicht aber sind es nur diejenigen, denen es sowieso nichts ausgemacht hätte, Menschen, die wie wir tolerant sind. Taminos Eltern sind einverstanden damit, dass New York seine letzte Ruhestätte wird. Ich denke, dass dies auch seinem Wunsch entspräche, wobei er nichts mehr dazu sagen kann. Ein Notar hat sich noch nicht gemeldet. Es soll eine kleine Feier werden, wobei das relativ ist. Das Medieninteresse ist riesig, und es werden gewiss viele Schaulustige mit dabei sein wollen. Cole ist der Familie hier eine Stütze und kann Hilfestellung leisten. Als Rune auch am Dienstag noch nicht wieder er selbst ist, hat Case eine Idee. Sie ist gewiss unkonventionell, aber gut. Die beste überhaupt. Medikamente könnten helfen, aber er verweigert ja alles.

# Tjaden

»Hallo Tjaden.«

»Case?«

»Ich benötige deine Hilfe. Es ist nichts Einfaches und wird auch bei dir Spuren hinterlassen, vieles aufwühlen. Ich würde dich aber nicht darum bitten, wenn es mir nicht absolut wichtig wäre.«

»Was ist passiert?«

»Hast du in letzter Zeit die Nachrichten verfolgt?«

»Jaaa … Du kennst Rune, wusstest, dass er schwul ist und … Case, du kanntest auch Tamino, seinen Mann?«

»Schuldig in allen Punkten. Ich bin hier bei Rune. Wir sind alle sehr besorgt um ihn. Keiner dringt zu ihm durch. Er liegt seit Tagen im Bett, verweigert sämtliche Unterstützung und Nahrung. Etwas trinken, mehr ist nicht drin. Seine Väter sind untröstlich. Taminos Eltern sind hier und ein paar andere Personen. Tjaden, du bist mir eingefallen, weil du ihn verstehst. Wir alle hier können mitfühlen, haben aber letztlich keine Ahnung, wie es in ihm aussieht. Wir müssen die Trauerfeier von ihm absegnen lassen. Angesetzt ist sie für Freitag. Wenn er etwas ändern möchte oder weiß, ob Tamino für diesen Fall etwas verfügt oder Wünsche geäußert hat, müssen wir das wissen. Wir fühlen uns hilflos. Es ist wie damals bei dir. Zumindest stelle ich es mir so vor. Ich mache mir Sorgen. Würdest du kommen?

Und, Tjaden, mir ist bewusst, um was ich dich bitte.«

»Natürlich kommen wir.«

»Ihr werdet unten erwartet. Seid mir nicht böse, aber ihr werdet etwas unterschreiben müssen. Runes Anwalt wird euch sonst nicht zu ihm lassen.«

»Kein Problem. Schick mir eine SMS mit der Adresse, wir fahren gleich los. Ich muss mich nur noch kurz duschen, bin voller Farbe.«

»Danke, mein Freund.«

»Noch konnte ich nicht helfen.«

»Du kommst, das ist Hilfe genug, denn ich weiß, wie schwer dir das fällt. Du musst es nicht leugnen. Henry ist in deinem Herzen und wird dort immer seinen Platz haben, auch wenn Raven nun an deiner Seite ist.«

»Bis bald.« Ich lege auf, und gefühlt alle im Raum sehen zu mir.

»Er kommt.«

# Tjaden

»Tjaden?«

»Das war Case, wir müssen … Raven, hältst du mich bitte für einen Moment fest?«

»Natürlich. Was ist passiert?«

»Rune.«

»Rune? Rune Miller?«

»Ja, Case kennt ihn und kannte Tamino. Rune ist voller Schmerz, niemand kommt an ihn ran. Case hat mich gebeten, es zu versuchen.«

»Willst du das? Und schaffst du es? Das wird wehtun, Liebling.«

»Das wird es. An meiner Liebe zu dir ändert sich aber nichts, nur weil ich noch mal um Henry weine.«

»Ich weiß. Lass uns zu ihm fahren.« Es dauert etwas, bis wir die von Case zugesendete Adresse erreichen. New York in der Rushhour hat so seine Tücken. Zum Glück gibt es in dem Gebäude eine Tiefgarage, die auch Besucher des Hauses benutzen dürfen. Ansonsten wäre es klüger, ein Taxi zu nehmen. Das sollte mal jemand Raven vermitteln, der immer, wenn es geht, selber fährt. Mir macht es nichts aus. Ich übe mich in Geduld, wenn es mal wieder dauert, bis mein Geliebter einen geeigneten Parkplatz für seinen Edelschlitten findet. Raven ist kein Angeber, wahrlich nicht, allerdings hat er einen Autotick. Es stört mich nicht, denn es gibt gewiss

Schlimmeres. Was meine Gedanken zu Rune führt. Selbst ich, der sich mit Sport nicht wirklich auskennt, hat von Rune Miller gehört. Wer nicht in New York? Er ist häufig in den Klatschblättern und Zeitungen vertreten. Oft mit den hübschesten Frauen an seiner Seite. Er ist skandallos, zumindest habe ich nie etwas in diese Richtung vernommen. Dass er schwul sein und zudem mit Case bekannt ist, lässt vermuten, dass er ein Dom oder womöglich devot ist. Da Case mich und nicht Raven darum bittet, mit ihm zu sprechen, tippe ich auf devot. In der Tiefgarage werden wir von einem Mann erwartet. Runes Anwalt. Er bittet uns beide, einen Vertrag zu unterzeichnen, der unser Stillschweigen über das, was wir erfahren, sichert. In Anbetracht dessen, dass ich helfen möchte, mutet das skurril an. Doch ich verstehe es. Nach dem Erpressungsversuch, der diesen Todesfall letztendlich zur Folge hatte, umso mehr.

Als wir oben im Apartment ankommen, begrüßt uns Case. Er ist bleich und sichtlich betroffen, scheint die beiden sehr gut zu kennen.

»Hallo Case.«

»Danke, dass ihr gekommen seid. Kommt, ich stelle euch vor. Das sind Arne und Sven, die Daddys von Rune, und sie sind beide sehr besorgt. Arne ist Arzt, aber Rune lässt nicht zu, dass er ihm nahe kommt.« Er wendet sich einer Frau zu, die blass, aber tapfer zu uns sieht.

»Das hier ist Taminos Mum.«

»Ich bin Daba. Danke, dass ihr gekommen seid. Tamino würde nicht wollen, dass sich Rune selber wehtut. Er hat ihn geliebt, mit jeder Zelle, und Rune ihn, das konnte jeder sehen. Ihn verloren zu haben, mein Baby beerdigen zu müssen, das lässt mich vor Schmerz fast ohnmächtig werden, doch ich kann es nicht ändern. Ich habe aber auch nicht die Kraft, Rune zu trösten. Taminos Dad noch viel weniger. Er war unser Sonnenschein, unsere Zukunft, die jetzt für immer der Vergangenheit angehören wird. Tjaden … ich darf dich doch so nennen?«

»Natürlich.«

»Wir haben vor wenigen Minuten erfahren, weshalb unser Sohn sterben musste, und wenn es auch nur einen winzigen Trost spenden könnte oder kann, dann ist es die Tatsache, dass Rune sich dafür nicht die Schuld geben darf. Es hätte jeden Tag passieren können. Jede Stunde. Tamino hätte morgens tot im Bett liegen oder vor Gericht umfallen und tot sein können.«

»Was hatte er denn? Die Medien sprechen von einer Schlägerei.«

»Richtig. Er hat eine Faust auf den Kopf bekommen und das Aneurysma in seinem Hirn ist geplatzt. Arne hat uns erklärt, dass dies, so hart es klingt, über kurz oder lang der Fall gewesen wäre. Tamino hatte nie eine Chance. Eine Operation wäre nicht möglich gewesen. Der Eingriff hätte ungeahnte Folgen nach sich ziehen können. Behindert dazuliegen, dies hätte er nie gewollt. Das lindert nicht den Schmerz, den wir fühlen, und lässt uns trotzdem fragen: Warum er, warum das? Aber es ist eine Erklärung, mit der wir leben können. Tamino so jung zu verlieren, ihn überhaupt zu verlieren, das … das tut unheimlich weh. Rune aber weiß noch nichts davon, er …«

»Er ist voller Angst davor, den Schmerz erneut zu spüren, ihn zuzulassen. Wo ist er? Lasst uns bitte alleine, egal, was passiert. Ich rufe euch, wenn ich Hilfe benötige.«

»Er ist im Schlafzimmer, Tjaden.«

»Weiß er, dass ich komme, Case?«

»Nein.« Er führt mich zu einer verschlossenen Tür.

»Lass mich bitte alleine, Case.« Innerlich wappne ich mich ein paar Minuten. Wenn ich diese Türe öffne, wird der Schmerz über mich hereinbrechen. Ich liebe Raven, aber Henry ebenso, und der wurde mir genommen. Mein Leben mit ihm wurde mir gestohlen. Langsam öffne ich die Tür und die Trauer hüllt mich in Sekunden ein. Rune liegt im Bett.

Keine Reaktion ist zu erkennen. Er hat die Augen geöffnet, sieht aus dem Fenster, hält ein Kissen im Arm. Vermutlich das von Tamino. Er versucht, den Geruch aufzusaugen, damit sich dieser in sein Gedächtnis einbrennt, er ihn festhalten, hierbehalten kann, was nicht gelingt. Bereits nach diesen wenigen Tagen ist er verschwunden, ausgelöscht, übertüncht von anderen Gerüchen. Dieser letzte Anker, die Verbindung wird gekappt oder ist es längst. Rune muss weinen, schreien, den Schmerz zulassen, und wenn er noch so wehtut. Er muss raus, braucht Raum und Zeit. Ohne ihm Gelegenheit zu geben, mich wegzuschicken, ziehe ich meine Schuhe aus und setze mich auf den Stuhl an seinem Bett. Am liebsten würde ich mich zu ihm legen, damit er meine Wärme spürt, aber ich berühre ihn nicht. Noch nicht. Rune nimmt mich wahr, auch wenn er so abweisend ist. Und dann beginne ich, von Henry zu erzählen, von mir, von dem, was ich erlebt habe. Meine Geschichte. Ich weine und trauere, bin erstaunt, wie sehr es mich mitnimmt. Als ich fertig bin, ist es draußen dunkel. Rune hat nicht ein einziges Wort gesagt. Aber er hat zugehört. Seine Atmung hat ihn verraten. Heiser flüstert er: »Wie kann man damit leben?«

»Gar nicht, dachte ich damals. Ich wollte nicht mehr leben, und wenn du Raven fragst oder eine andere Person, die einen lieben Menschen verloren hat, wird diese dir dasselbe sagen. Trotzdem aber geht jeden Morgen die Sonne auf. Das Herz klopft, deine Lungen arbeiten und Sauerstoff dringt in deinen Körper, er verlangt Nahrung.«

»Aber wie … ich kann nicht ohne ihn … ich bin schuld. Wie soll ich mit dieser Schuld leben? Ich bin doch schuld!« Erste Schluchzer verlassen seine Kehle.

»Rune, du bist nicht schuld daran. Der Mann, der zugeschlagen hat, ja, er hatte Schuld, denn er hätte niemals Gewalt anwenden dürfen. Tamino aber wäre irgendwann, so schlimm es klingt, trotzdem gestorben. Er war krank.«

»Was?«

»Dein Mann, er hatte ein Aneurysma. Das wurde bei der Obduktion festgestellt, und zwar an einer Stelle, die nicht operabel war oder nur mit schwerwiegenden Folgen für Tamino. Deine Liebe trug diese Bombe in sich und sie hätte zu jeder Zeit hochgehen können. Du willst das jetzt nicht hören, und es ist im Moment kein Trost, aber später, wenn es leichter wird – und das wird es, Rune. Lass den Schmerz zu. Weine, schreie, schlage um dich. Sei wütend auf den Mann, der zugeschlagen hat, auf den Erpresser, auf die homophoben Fans. Einfach auf alle. Weine und gebe diesem Schmerz den Raum und Platz, den er braucht. Rune, du wirst nicht alleine sein. Deine Freunde sind bei dir, deine Familie, ich, und wir helfen dir. Ich habe mich damals fast zerstört, habe lange gebraucht und noch länger, um mit Henry zu reden, an seinem Grab. Ich habe ihm nicht die letzte Ehre erwiesen, was mich heute noch schmerzt, denn ich war zu feige, zu verletzt und auch zu wütend auf ihn, weil er mich zurückgelassen hat, obwohl er nichts dafür konnte.«

»Es tut so weh.«

»Richtig, Rune. Lass es raus. Ich bin bei dir, und wenn du willst, halte ich dich, lege mich zu dir, nicht, um Taminos Platz einzunehmen, sondern, um Trost zu spenden. Lass es einfach geschehen.« Plötzlich brechen die Dämme. Rune nickt mir zu, dreht sich, als ich liege, zu mir und klammert sich an mich, weint, zittert, schluchzt um seine große Liebe, um seinen Mann, um sein verlorenes Leben mit ihm. Ich streichle ihn am Rücken, gebe ihm Halt und weine mit ihm, weiß ich doch am besten, wie heilsam diese Tränen sind und wie unendlich nötig. Ich weiß auch, dass es nicht die letzten sein werden. Lange Zeit nicht. Doch es werden weniger werden. Jedes Mal wird der Schmerz ein Stückchen mehr verschwinden. Die Leere im Herzen allerdings zu füllen, dazu wird es jemand Besonderen benötigen. Irgendwo da draußen ist dieser jemand, da bin ich mir sicher. Der Morgen naht. Rune ist eingeschlafen. Als die Sonne langsam aufgeht, kommt er zu sich.

»Ein neuer Tag.«

»Richtig. Ein neuer Tag beginnt, Rune. Ein weiterer Tag ohne Tamino. Ohne Henry. Wir leben beide und dürfen hier liegen und das Wunder erleben.«

»Wer bist du eigentlich?«

»Ein guter Freund von Case und gerne auch von dir.«

»Hm.«

»Er hat mir nichts über dich erzählt, Rune, aber ich kann mir vorstellen, weshalb er dich und Tamino kennt. Vermutlich kaufst du gerne bei ihm ein. Seine Gürtel sind von guter Qualität.« Rune lächelt, um sich nur Sekunden später darauf zu besinnen, dass er das nicht sollte.

»Warum lächelst du nicht mehr? Glaubst du wirklich, dass Tamino von dir verlangt, immerzu traurig zu sein? Was würdest du denn denken, wenn du an seiner Stelle wärst? Er sollte um dich trauern, und das tust du, aber er sollte auch wieder leben, und das tust du. Oder?«

»Du bist ein besonderer Mensch, Tjaden. Weißt du das?«

»Haben mir bereits mehrere gesagt, und das soll jetzt gewiss nicht überheblich klingen. Mein Mann würde mir sonst den Arsch versohlen.«

»Er wird mir so fehlen und ich weiß nicht, wie ich die kommenden Tage überstehen soll.«

»Vielleicht mithilfe von deinen Eltern, mit Freunden, und wenn es gar nicht anders geht, Rune, mithilfe von Medikamenten. Sie können den Schmerz dämpfen, wobei ich glaube, dass es für dich besser ist, wenn du ihn zulässt. Du bist ein Kämpfer, ein Mensch, der Kontrolle haben will, der aber hin und wieder abgeben muss. Vielleicht lässt du Case diesen Part in den nächsten Tagen übernehmen. Er wird dir helfen und dir wird dieser dominante Zug von ihm, das Abgeben, guttun. Und sag mir jetzt nicht, dass du noch nie in den Genuss von seinen Künsten gekommen bist, das würde ich dir nicht glauben.«

»Sind Taminos Eltern auch hier?«

»Ja. Seine Mutter ist eine starke Frau. Sie trauert so sehr wie du. Sein Vater steht völlig neben sich, aber seit sie die Information haben, dass ihr Sohn längst hätte tot sein können, sind sie dankbar für die Zeit mit ihm. Lass uns aufstehen und duschen, danach gemeinsam zu ihnen gehen.«

»Bleibst du?«

»Wenn du das möchtest, sehr gerne.«

»Auch … auch die nächsten Tage?«

»Auch das, wenn du mich brauchst und an deiner Seite wissen willst.«

»Das … das wäre sehr nett von dir. Du bist mir eine Stütze, weil ich mich bei dir nicht schäme und keine Angst haben muss, dass ich dir zu viel aufbürde. Du kanntest Tamino nicht. Wenn ich mich bei Case oder meinen Vätern ausweine, dann … Ich … Danke, Tjaden! Ich …« Wieder verlassen Tränen seine Augen und es dauert eine weitere halbe Stunde, bis er sich so weit im Griff, dass er mit mir ins Bad gehen, sich duschen und rasieren kann. Seine roten, verweinten Augen, die ihm im Spiegel entgegenblicken, lassen ihn erkennen, wie mitgenommen er ist, wie verletzt und wie traurig. Als wir jedoch ins Wohnzimmer treten, atmen alle erleichtert auf und Rune wird in den Kreis seiner Familie aufgenommen. Raven und ich selber stehen etwas abseits, bis diese ersten Minuten vorbei sind.

# Abschied

Ich bin ein Wrack, was normal und menschlich ist. Arne möchte mir Medikamente geben, was ich ablehne. Tamino wäre entsetzt. Ich will ihm meine Trauer nicht verweigern. Das hört sich total bescheuert an, und dass ich das denke, bedeutet sicher, dass Tjaden recht hat, dass jeden Tag die Sonne aufgehen wird, nicht ich gegangen bin, sondern mein Geliebter, mein Mann, der Mensch, der mir so viel bedeutet hat, mit dem ich noch so viele Dinge erleben, alt werden wollte. Tjaden hat es geschafft, mich zum Weinen zu bringen, und das war gut. Heilsam möchte ich es jetzt noch nicht nennen, aber es hat mir den Druck, der auf meinem Herzen, auf mir gelegen hat, etwas genommen und mich langsam und vorsichtig wieder atmen lassen. Taminos Eltern sind so voller Trauer. Ihnen abzusprechen, dass Tamino ihnen so viel bedeutet hat wie mir, ist nicht möglich, denn er war ihr Baby, ihr Kind, auch als Teenager und Mann. Sie kennen, kannten ihn besser als jeder der hier Anwesenden. Deshalb habe ich es ihnen überlassen, wie sie Abschied nehmen möchten. Bis auf ein paar Kleinigkeiten habe ich allem zugestimmt. Es soll in erster Linie für sie richtig sein. Nur für sie. Wenn sie einen großen Abschied wollen, bekommen sie ihn. Wenn er klein sein soll, auch. Mir persönlich wäre klein lieber, doch das wird schwer bei dem, was in den Medien abgeht. Das alles wird von diesem dumpfen, schrecklichen Schmerz überlagert. Der Kloß in meiner Kehle tut so weh, dass es mir schwerfällt, zu schlucken oder auch nur zu atmen. Alles ist eine Last, mit Schmerz behaftet, und jedes Mal tritt das Bild von Tamino vor meine Augen und mein Blickfeld beginnt, sich einzutrüben. Stormy und Brian sind in diesen Stunden und Tagen bei mir, Case ebenso. Dass sich Brian zurückhält, ist mir lange nicht bewusst. Sie, meine engsten Vertrauten, lassen mich nicht alleine. Das ist es, was in mein Bewusstsein sickert. Die Trauerfeier wird am Freitag stattfinden. Samstag geht nicht, das würde ich Stormy niemals antun. Es ist Spieltag. Keine Ahnung, ob der Trainer ihn spielen lassen wird oder nicht. Aber wenn, dann wäre er vertraglich dazu verpflichtet und könnte Taminos Beisetzung nicht besuchen. Diese Frage stellt sich nicht, wie mir Cole erzählt. Denn sie möchten ihm alle das letzte Geleit geben. Erstaunlich, wie ich finde, und vielleicht auch wieder nicht. Das alles berührt mich irgendwie nur sehr wenig. Erst, als wir am Friedhof ankommen und ich die vielen Menschen, die Reporter und die Übertragungswagen der Fernsehsender erkenne, wird mir bewusst, dass dies ein Medienereignis ist. Wir werden von Security geschützt und in die Kirche gebracht. Diese ist bis auf den letzten Platz gefüllt. Zum ersten Mal sehe ich mich in vollem Bewusstsein um und spreche Cole an.

»Das ist … Damit hätte ich nie gerechnet. Wer hat sie eingeladen? Und … Danke.«

»Keine Sorge, Rune. Kümmer dich nicht um die Organisation oder das Drumherum. Dazu hast du mich. Geh mit deiner Familie und deinen Freunden deinen Mann beerdigen. Ich bin für den Rest zuständig.«

»Wo sind Stormy und Brian?« Cole ist still.

»Cole?«

»Stormy, er sitzt hinten bei Brian.«

»Wieso hinten?«

»Brian ist … Rune, Brian ist völlig am Ende. Ist dir denn nicht aufgefallen, dass er sich die letzten Tage im Hintergrund gehalten hat? Er hat Angst, dass du ihn nicht sehen willst, ihn nicht in deiner Nähe erträgst, wenn du zu dir kommst. Er hat Panik davor, deine Wut zu spüren zu bekommen.«

»Aber warum …?«

»Kannst du dir das denn nicht denken?«

»Wegen Mason. Er glaubt, dass ich ihm eine Mitschuld gebe, weil er sein Bruder ist, habe ich recht?« Cole zuckt die Schultern.

»Wo sitzen sie?«

»Hinten rechts. Soll ich sie holen?«

»Nein, das mache ich selber.«

»Rune, nicht! Das ist nicht gut, du bist dort mitten drin im Trubel.«

»Lass mich.« Suchend gehe ich die Reihe entlang, bis ich Brian erblicke. Er hat ein Veilchen, was mir in den letzten Tagen nicht aufgefallen ist. Habe ich ihn überhaupt wahrgenommen? Mir wird von Sekunde zu Sekunde mehr bewusst, wie sehr ich neben mir stand. Heute, an diesem traurigen Tag, bin ich wieder im Hier und Jetzt. Der Schmerz ist derselbe, aber mein Geist ist wieder klar. Tamino, mein Mann, ist tot. Er wird nie mehr zurückkommen, niemals mehr. Auch spielen werde ich nicht mehr. Dieser Abschnitt meines Lebens ist vorbei. Ich muss mir Zeit nehmen, um damit umzugehen zu lernen. Mein Tamino ist tot. Der Sport … der ist mir nicht mehr wichtig, ist völlig in den Hintergrund gerückt. Ich bin wieder alleine, wie die vielen Jahre zuvor. Neben Brian sitzen Personen, die ich im Moment nicht beim Namen nennen kann, die mich aber anscheinend kennen. Sie wollen mich umarmen und trösten oder keine Ahnung was … Ich bin vielleicht etwas grob.

»Lassen Sie das. Ich möchte bitte vorbei.« Erst, als ich bei Brian stehe, sieht er überrascht auf.

»Rune?« Er steht auf.

»Soll … soll ich gehen?«

»Wieso denn, Brian? Ich dachte, du bist mein Freund. Wer bitte hat dich geschlagen? Entschuldige, dass ich das die letzten Tage nicht wahrgenommen habe.« Stormy steht ebenfalls auf, berührt Brian aber nicht, obwohl er seinen Trost brauchen könnte, wie ich sehr genau wahrnehme. Er hat sich jedoch noch nicht geoutet und ich bin der Letzte, der ihn bloßstellen würde. Wenn die Zeit gekommen ist, wird er das selber tun.

»Du Idiot.« Ich ziehe ihn an mich. Mir ist egal, ob Kameras auf mich gerichtet sind. Brian schüttelt es. Da sein Bruder das Ganze ins Rollen gebracht hat, kann ich durchaus verstehen, weshalb er der Meinung ist, dass ich mit ihm nichts mehr zu tun haben möchte. Doch Brian ist mein Freund. Warum sollte ich ihm böse sein?

»Hat Mason dich geschlagen?«

»Ja. Ich habe ihm gesagt, was ich von ihm und der Familie halte, dass ich mit ihnen nichts mehr zu tun haben will, dass ich …«

»Du hast es ihm erzählt.« Er nickt an meiner Schulter.

»Kommt mit. Ich will meine Freunde an meiner Seite wissen. Denn ich weiß nicht … ich weiß nicht, ob ich das durchhalte. Hier in der Kirche ist noch alles irgendwie wie im Kino, aber nachher … Auf dem Friedhof, da brauch ich euch. Bitte kommt mit mir nach vorne.« Als ich mich umdrehen will, erblicke ich noch weitere Personen, mit denen ich im Leben nicht gerechnet hätte, die jedoch ebenfalls viel zu weit weg sitzen. Sie gehören weiter nach vorne, zu mir, sie sind meine und waren Taminos Freunde. Alleine, dass sie hier sind, macht mich sprachlos.

»Geht schon mal nach vorne, ich muss noch jemanden begrüßen.« Im Moment habe ich keine Ahnung, wo ich diese Kraft herhabe und auch nicht, wann sie wieder erschöpft sein wird. Doch sie ist da und ich bin froh darüber.

»Hallo Peter, Val. Das …« Ich kann nicht aussprechen, denn Peter zieht mich einfach nur an sich.

»Rune, mir fehlen die Worte, das tut mir so leid. Wolf hat es in den Sportnachrichten gesehen. Wir sind sofort hergeflogen, konnten dich aber nicht erreichen und ans Telefon … ich meine, du hast nicht auf Anrufe reagiert, was ich verstehe.«

»Kommt mit nach vorne. Hier gibt es zu viele Ohren und ich weiß nicht, wie lange ich durchhalte.« Ein Raunen geht wieder durch die Bänke, als ich mit ihnen in den Altarraum trete, vorbei an der Security, die die Dreistigkeit besitzt, mich aufhalten, Peter und Val den Zugang verweigern zu wollen, da sie keine Karte vorweisen.

Mir war nicht klar, dass es so etwas gibt und für mich und die Menschen, die ich an meiner Seite haben möchte, ebenfalls gilt. Als er Peter und Val aufhält, bröckelt meine Fassade. Peter spürt das zum Glück und spricht leise mit dem Mann, damit die Menschen um uns herum diesen Disput nicht mitbekomme. Zum Glück ist Cole aufmerksam und zügig bei uns, teilt dem Herrn mit, wen er da vor sich hat.

»Tut mir leid, Rune.« Ich sage nichts, denn jetzt ist jede Kraft von mir gewichen. Meine Füße fühlen sich plötzlich an wie Gummi, da der Priester in diesem Moment die Kirche betritt, gefolgt vom Sarg. Er ist mit wundervollen Blumen geschmückt. Ein großes Bild von ihm wird von einem Helfer hereingetragen und neben den Sarg gestellt. Ich habe es in Norwegen gemacht. Es zeigt Tamino in Tolltunge, als die Sonne hinter ihm aufging und ist mein Lieblingsbild von ihm. Mich erwischt es kalt, obwohl mich Taminos Mum nach einem Bild von ihm gefragt hat, das mir gefällt. Peter und Stormy begleiten mich nach vorne. Von der folgenden Stunde bekomme ich nichts mit. Ich bin in der Vergangenheit, sehe das Foto von Tamino vor mir und gehe in Gedanken die letzten beiden Jahre, die ich mit ihm erlebt habe, durch. Mir wird irgendwann bewusst, dass ich die Hand von Taminos Mum halte.

Ihr geht es gewiss ähnlich wie mir. Nein, es muss für sie um ein Vielfaches schlimmer sein, denn Tamino war ihr Baby. Sie hat ihn geboren, ihn im Arm gehalten, ihn getröstet, wenn er geweint hat oder traurig war, mit ihm gelacht, ihm sicherlich durch den ersten Schwips geholfen – all die Dinge, die Sven und Arne mit mir durchlebt haben. Der Priester spricht die letzten Worte. Ich habe nichts mitbekommen. Bin nicht gläubig, nicht mal in der Kirche, doch Tamino war zumindest, wie er immer sagte, ein Kind Gottes, obwohl er in der Kirche nicht unbedingt willkommen war. Seiner Mum war es wichtig, und was tut man nicht alles, wenn man seine Eltern glücklich machen möchte. Vielleicht war ich deshalb in Gedanken woanders, während die Messe für die Personen war, denen der Abschied in dieser Form wichtig ist. Ich schlucke, denn jetzt folgt der Teil, der mir Angst macht. Ich bin mir sicher, dass der Schmerz wieder brachial über mich hereinbrechen wird. Als ob meine Väter das spüren würden, stehen sie neben mir, haken sich bei mir ein und wir gehen gemeinsam dem Sarg nach. Mein Wunsch war es, dass nur der engste Kreis zum Grab gelassen wird, die Menschenmassen hinter einer Absperrung Abschied nehmen können. Ich möchte nicht mein verheultes Gesicht in Großformat im Fernsehen oder auf einer Zeitschrift sehen. Und mich nur wegen der Medien zusammenzureißen, das bringe ich nicht fertig. Warum auch? Auf dem Weg aus der Kirche ist alles still. Meine Hände sind eiskalt. In dieser Holzkiste liegt mein Geliebter, der Mann, neben dem ich vor wenigen Tagen morgens glücklich aufgewacht bin, mit dem ich Sex hatte, den ich geküsst habe und dessen Stöhnen Musik in meinen Ohren war. Unwillkürlich verlässt ein Schluchzer meine Kehle. Ich schäme mich nicht dafür. Das hier ist schlimm. Grausam und unbegreiflich. Arne beugt sich zu mir.

»Liebling, schaffst du es?« Ich kann nur nicken, denn was ist die Alternative? Sitzen bleiben? Vor der Kirche sind Menschenmassen, die von Securitys zurückgepfiffen werden. Mir ist das fast zu viel. Was soll das? Sie kannten ihn doch nicht. Warum sind sie hier? Nur, um mich trauern zu sehen? Sie mögen mich doch gewiss nicht alle. Das ist pervers, aber ich kann es nicht ändern, lediglich durchstehen, versuchen, sie alle auszublenden. Auf dem Weg zur letzten Ruhestätte müssen wir durch den Friedhof, der wie ein kleiner Park angelegt ist. Hier ist es schön, viele Bäume und viel Grün. Tamino würde es gefallen, auch, wenn er, so vermute ich, seine letzte Ruhestätte am liebsten in Norwegen oder in Afrika hätte. Ich bin froh, dass seine Eltern entschieden haben, ihn hier bei mir zu lassen. Denn New York wird immer mein Zuhause bleiben, auch wenn ich hier das Liebste verloren habe. Hier ist meine Heimat, mehr noch als Hamburg. Auf dem Weg zum Grab sind überall Blumengestecke und Kerzen verteilt. Taminos Mum wollte es so und ich habe wirklich allem zugestimmt. Kurz bevor wir das Grab erreichen, sehe ich jedoch aus den Augenwinkeln, wie ein Security einen Mann mit drei Kindern zurückhält. Er ist ziemlich grob, was mir überhaupt nicht gefällt, vor allem, da der Mann einen Kinderwagen schiebt und zwei kleine Jungs bei sich hat. Dann wird er zurückgeschubst und fällt rückwärts auf den Boden. Jetzt drehe ich durch. Tamino ist wegen genau so etwas gestorben und der Mann wird auf seiner Beerdigung vor den Kindern so behandelt. Obwohl alle Augen auf mich gerichtet sind, löse ich mich von Arne und Sven und gehe auf die kleine Gruppe zu. Der Mann steht gerade auf und schimpft leise vor sich hin.

»Was soll das? Ich will nur mit den Kindern Blumen auf unser Grab legen, mehr nicht. Ihr könnt uns das nicht verbieten. Was geht mich die Beerdigung an? Sie interessiert mich nicht und wir stören nicht. Hier liegen viele andere geliebte Menschen, die besucht werden möchten.«

»Tun Sie nicht so, Sie wollen doch nur ein Foto! Jetzt gehen Sie und machen Sie keine Probleme.

Heute können Sie keine Blumen dorthin legen, wenn es stimmt. Kommt morgen wieder.«

»Das … das ist unverschämt!« Der Mann zittert und sieht wirklich nicht gut aus. Vergrämt wirkt er, wie die Person, die mir heute Morgen aus dem Spiegel entgegengeblickt hat. Ich wende mich an den Mann von der Security.

»Was ist hier los? Was bitte soll das?« Er sieht zu mir, die Kinder blicken ebenfalls ängstlich in meine Richtung.

»Ich habe meine Befehle, darf hier niemanden reinlassen.« Leise, um keine Aufmerksamkeit zu erregen, sage ich: »Das hier ist ein Friedhof. Sie sollen keine Neugierigen und Presseleute in meine Nähe lassen, aber Sie sehen doch, dass dieser Mann einen nahen Angehörigen besuchen möchte. Das für sich alleine ist traurig, dass Sie ihn schubsen, jedoch ist ungeheuerlich.« Dann wende ich mich an den Mann.

»Bitte gehen Sie weiter. Entschuldigen Sie, dass Sie aufgehalten und geschubst wurden. Ich entschuldige mich wirklich … ich …« Plötzlich erinnere ich mich, weshalb ich überhaupt hier bin, und mein Blick wandert zurück. Ich drehe mich um und gehe zu den Wartenden.

»Alles in Ordnung, Rune?«

»Nein, nichts ist in Ordnung. Wird es nie mehr sein. Aber ich bin nicht so wichtig, als dass andere Menschen wegen mir nicht zu ihren verstorbenen Liebsten gehen dürften. Das hätte Tamino niemals gewollt.« Wir sind da. Das schwarze Loch in der Erde, in das wir ihn legen werden, nimmt mir für einen Moment die Luft. Ich schaffe das nicht. Zitternd greife ich nach einer Hand. Es ist die von Sven, der mich an sich zieht und mir Halt gibt. Der Priester spricht wieder irgendwelche Worte, doch ich sehe nur die Bienen, die um die Blumen fliegen, höre das Summen, das Leben verspricht, obwohl der Tod vor uns ist. Der schlimmste Moment für mich ist der, in dem der Sarg in die Erde gelassen wird. Es ist aber auch der Augenblick, in dem das Unvermeidliche Realität wird. Erde zu Erde, Staub zu Staub. Es ist vorbei. Ein Leben ist beendet. Eine Geschichte ist Vergangenheit. Der Priester geht und wir stehen alleine am Grab, trösten uns und lassen uns Zeit. Jeder nimmt sich die, die er braucht. Am Ende stehen nur noch ich und Taminos Eltern bei ihm, alle anderen haben sich zurückgezogen.

»Ich verspreche euch, ich werde ihn nie vergessen. Nie.«

»Das ist gut, Rune, aber vergiss ebenfalls niemals, dass du am Leben bist. Wenn der eine Mann auftaucht, der es wert ist, dass du ihm dein Herz schenkst, dann tu das. Tamino wird wissen, dass er immer bei dir ist. Du darfst wieder lieben, musst das tun, denn du bist ein liebenswerter Mensch, ein guter Mann, der nicht alleine bleiben sollte.« Nachdem Taminos Eltern gegangen sind, bleibe ich noch lange am Grab stehen, rede im Stillen mit ihm, verabschiede mich und verspreche ihm, dass ich ihn nie vergessen, ihn besuchen werde. Plötzlich höre ich Kinderstimmen und blicke auf. Der Mann von vorhin deutet einem der Jungen an, leise zu sein, sieht zu mir und geht zu einem frischen Grab, nur wenige Meter von dem entfernt, vor dem ich stehe. Er hat gewartet, bis alle gegangen sind. Ich schicke ihm ein geflüstertes »Danke« und trete zu den anderen. Die Ruhestätte von Tamino bleibt abgesperrt, bis der Totengräber seine Arbeit verrichtet hat. Erst danach dürfen die Massen von ihm Abschied nehmen, wenn sie es denn wollen und nicht einfach zufrieden waren, mich in meiner Trauer zu sehen. Dieser Gedanke ist zynisch, aber so denke ich zurzeit. Cole hat in einem exklusiven Hotel einen Saal gebucht. Dort gibt es einen kleinen Empfang, den ich bald verlasse. Mein Kopf brummt und ich bin körperlich am Ende. Case muss das erkannt haben, denn er kommt zu mir.

»Soll ich dich nach Hause fahren?«

»Das wäre nett, aber zuvor möchte ich noch mal zum Friedhof.«

»Das ist kein Problem, Rune.« Im Auto frage ich: »Ist es für Elay in Ordnung, dass du die letzten Tage quasi bei mir gewohnt hast?«

»Natürlich, Rune, du hast mich gebraucht.«

»Das ist so großzügig von ihm.«

»Du hättest das doch auch für mich getan, oder nicht?«

»Ehrlich gesagt, ich habe keine Ahnung. Doch … ich denke schon. Die letzten Tage waren für mich schrecklich, intensiv und vor allem habe ich erkannt und erlebt, was echte Freundschaft bedeutet. Nicht dieses ›Ich kenne Rune und bin sein Freund‹. Verstehst du? Selbstlose, echte Freunde, das … ich bin sehr dankbar dafür, dich zu kennen. Auch Stormy und Brian. Kann es sein, dass du Peter und Valentin kennst? Es kam mir so vor, aber ich konnte nicht weiter darüber nachdenken.«

»Ja, das tue ich. Die Welt ist klein. Ich erzähle es dir gerne mal, wenn es dir besser geht und es nicht mehr so wehtut. Wir sind da.«

»Wartest du?«

»Sicher.« Ich bin überrascht. Ein Meer von Blumen liegt auf dem Grab. Es waren tatsächlich viele da. In stiller Zwiesprache bleibe ich stehen, sende Tamino einen Gruß innigster Liebe und gehe in ein neues und ungewisses Leben ohne meinen Mann.

# Die Zeit danach

Im Leben nicht hätte ich gedacht, dass der Tod so viel Arbeit verursacht. Aber das tut er. Natürlich hilft mir mein Anwalt, trotzdem gibt es zahlreiche Dinge, die zu erledigen sind. Und dann ist da dieser Notartermin, mit dem ich zwar gerechnet habe, doch dass Tamino tatsächlich ein Testament hinterlassen hat, wusste ich nicht oder, anders gesagt, darüber haben wir nie gesprochen, obwohl ich selber meine Angelegenheiten nach unserer Hochzeit geregelt habe.

Die Presse stürzte sich einige Tage lang auf mich, aber dann hilft mir der Skandal eines Politikers, der mit einer leicht bekleideten Dame, die nicht seine alles geliebte Ehefrau ist, im Bett Gymnastik betreibt. Ich werde zu meinem Glück uninteressant. Stormy versucht am zweitletzten Spieltag, zusammen mit meinem Ersatz, das Spiel zu gewinnen, was nicht gelingt. Kevin muss sich erst in seine Rolle einfinden. Ein unglaublicher Druck liegt nach meinem Ausscheiden und Masons Rausschmiss auf ihm. Er soll mich vertreten und gewinnen. Die Meisterschaft ist greifbar. Nun wird es sich im letzten Spiel entscheiden. Dass Mason nicht mehr da ist, ist keine Genugtuung für mich, sondern nur gerecht. Er wird nie wieder spielen, für keinen Verein, auch, wenn er noch so gut sein sollte, was er ja nicht unbedingt ist. Sein Ehrgeiz hat ihn zurück nach Texas auf die Ranch seiner Familie geschickt. Was mit dem Schläger passiert ist, geht mir am Arsch vorbei. Ich will ihn weder sehen noch von ihm hören. Jeden zweiten Tag besuche ich Tamino auf dem Friedhof, immer kurz bevor es dunkel wird, und meistens bin ich fast alleine dort.

Taminos Eltern begleiten mich exakt zwei Wochen nach seiner Beerdigung zum Notar. Nur wir drei sind geladen. Zuerst verliest er einen persönlichen Brief von Tamino. Dieser ist heftig, emotional und überraschend. Er teilt seinen Eltern mit, wie sehr er sie geliebt hat und wie glücklich er sich schätzt, ihr Sohn gewesen zu sein. Auch ich werde erwähnt. Er schildert, wie sehr er mich liebt und wie unendlich glücklich er ist, mich kennen und lieben gelernt haben zu dürfen, und dann entschuldigt er sich bei uns. Er entschuldigt sich vor allem bei mir, was mich erschüttert. Doch ich verstehe es auch, und wenn es noch so wehtut.

»Rune, ich weiß, wie unglaublich du leidest, was ich dir mit meiner Liebe angetan habe, doch ich wollte dich, war so selbstsüchtig. Meine große Liebe, ich hätte im Leben nicht damit gerechnet, dass ich dort in Norwegen mein größtes Lebensglück finden würde. Den Mann, den ich liebe und dem ich so sehr wehtun werde. Ich wusste zu jeder Zeit, dass du mich liebst. Mir war dies mit jeder Faser meines Herzens bewusst, so wie ich auch dich liebe. Es war mir nicht möglich, dich wegzuschicken, ich war selbstsüchtig. Das war nicht richtig. Trotzdem habe ich es getan. Ich war in Norwegen, weil ich meine letzten Tage auf der Erde mit Erlebnissen füllen wollte. Ich wusste von der Bombe in meinem Kopf, habe es bei einem Routinecheck erfahren. Auch, dass sie scharf ist und jederzeit hochgehen kann und dass man nicht operieren kann, ohne dass ich bleibende Schäden davontragen werde. Das wollte ich nicht. Ein Pflegefall zu sein, nur noch sabbernd im Bett zu liegen, das konnte und wollte ich mir für mich nicht vorstellen. Deshalb habe ich mich, auch als Anwalt, zurückgezogen. Der Grund war gewiss nicht, dass ich zu faul, zu abgehoben bin. Ich wollte nur noch für mich leben, Dinge tun, die mir gefallen. Die Vorstellung, dass jeder Abschied ein Drama wird, nur, weil jeder denkt, dass er womöglich für immer ist, war mir zuwider. Euch, meinen Eltern, oder dir, Rune, die Sorge und Angst anzusehen, den Schmerz, mich gehen lassen zu müssen, hätte ich nicht ertragen. Ich wollte unbedarft leben, mit euch allen glücklich sein, Freude empfinden, euch lachen hören, all diese normalen Dinge, zu denen es nicht mehr gekommen wäre, wenn ihr davon gewusst hättet. Der Arzt gab mir höchstens ein Jahr. Als ich dich kennenlernte, dort in Norwegen, war es längst um und ich lebte noch. Das ließ mich hoffen. Da ihr heute diese Worte hört, war es wohl trügerisch, zu glauben, dass es viel mehr Lebensjahre würden. Rune, sei mir nicht böse, dass ich mit dir leben wollte, es dir, euch nicht erzählt habe. Das war meine Entscheidung und ich nehme sie auch auf meine Kappe. Wichtig ist, dass ich Zeit mit dir genießen, dich lieben durfte. Rune, leb, sei traurig, trauere um mich, aber nicht um ein verlorenes langes Leben, das war uns nicht bestimmt. Es gibt da draußen einen anderen Mann, der mit dir genau dieses führen wird. Ich war eine Episode und sie war wundervoll. Der Mann an deiner Seite wird ein glücklicher sein. Leb, Rune. Leb glücklich, lange und mit viel Liebe. Und nimm das Erbe an. Tu Gutes damit. Ich weiß, dass du das Geld nicht brauchst, ich weiß aber auch, dass du Gutes damit tun kannst. Wenn ich einen Wunsch äußern darf: Kümmer dich um meine Eltern. Sie sind gute Menschen und lieben dich.

Tamino.«

Wir sind still und ich sehe Taminos Eltern an, dass sie nicht die geringste Ahnung von Taminos Wissen um die, wie er es nennt, Bombe in seinem Kopf hatten.

Der Notar verliest das Testament. Ich werde zum Alleinerben bestimmt. Und das Vermögen ist – wie soll ich es sagen – der Wahnsinn. Die Anwältin von Taminos Familie ist sehr, sehr gut und mich überfordert die Summe geradezu. Doch er hat recht. Damit kann viel Gutes getan werden. Als er zu Ende gelesen hat, herrscht Ruhe.

»Sie möchten sich sicherlich erst einmal unterhalten. Darf ich Ihnen etwas zu trinken bringen?« Wir verneinen und er verlässt den Raum.

Taminos Mum ist es, die zuerst spricht.

»Er wusste es und wollte uns nicht die Freude im Umgang mit ihm nehmen. Er wollte nicht, dass seine letzten Tage mit uns von Trauer überschattet sind. Mein Sohn war ein sehr guter und großartiger Mensch.«

»Das war er. Ich muss das Geld nicht haben … ich …«

»Doch, es wird so gemacht. Er wusste, dass du es in seinem Sinne verwalten, Gutes damit tun wirst. Ich werde dir dabei helfen, wenn du mich brauchst. Aber erst trauere ich und nehme mir Zeit für mich. Auch du solltest das tun, dich nicht drängen lassen, keine voreiligen Entscheidungen treffen. Sobald bekannt wird, dass Geld zu verteilen ist, kommen die Ratten aus ihren Löchern gekrochen.«

»Versprochen. Ich werde mir in Ruhe etwas überlegen und das mit euch besprechen. Das Geld gehört euch.«

»Es gehört dir. Wir haben genug und niemanden mehr, dem wir es vererben können, deshalb hilft es, zu wissen, dass Gutes damit getan wird. Und das wird es doch, nicht wahr, Rune?«

»Auf jeden Fall.«

»Dann sollten wir jetzt gehen. Würde es dich stören, wenn wir nach New York ziehen, eine Weile hier wohnen? Nah bei ihm und dir?«

»Das ist eine wundervolle Idee. Weshalb sollte mich das stören? Ihr seid, auch, wenn Tamino nicht mehr an unserer Seite lebt, immer noch Teil meiner Familie. Ich mag und schätze euch, möchte euch nicht mehr missen.«

Wie gesagt, diese Tage sind anstrengend. Stormy und Brian, ebenso Case sind oft bei mir, lassen mich nicht in ein tiefes Loch fallen. Brian ist es, der mich mit einer weiteren Aufgabe konfrontiert, deren Bewältigung ich mir noch nicht zutraue. Doch er bittet mich inständig darum, sodass ich zusage. Vielleicht auch, um zu beweisen, dass ich mich trotz der Trauer und des Verlusts nicht verstecke, nicht unterkriegen lassen werde. Jetzt, da ich Kenntnis davon habe, dass Tamino wusste, wie es um ihn stand, er seine letzten Tage mit mir verbringen wollte, ich der Grund war, dass sie schön waren, ist mir leichter ums Herz. Es wäre wundervoll gewesen, wenn wir mehr Zeit gehabt hätten. Dem war nicht so, leider. In seinem Brief hat er mich aufgefordert, weiterzuleben. Deshalb sitze ich am letzten Spieltag quasi als Ehrengast hinter der Mannschaftsbank. Bevor das Spiel beginnt, gehe ich in die Mannschaftsunterkunft und werde sofort eingelassen. Stormy freut sich, dass ich gekommen bin, und die anderen, meine ich, sind angenehm überrascht. Mein Ziel aber ist Kevin, der mich vorsichtig betrachtet. Ich lege beide Hände auf seine Schultern und sage laut, damit auch die Jungs hören können, was ich ihm mit auf den Weg gebe: »Du bist der Quarterback, Kevin, der Boss auf dem Platz, der Spielführer. Du musst die Gegner das Fürchten lehren, ihnen in die Augen sehen, ohne den Blick zu senken. Zeig ihnen das Feuer, das in dir brennt. Du bist gut, sonst wärst du nicht in diesem Team. Du kennst alle Spielzüge und du hast sie dir eingeprägt. Lass dich nicht unterkriegen oder dir vom Gegner einreden, dass du nur die Nummer drei, der Ersatzmann bist, denn das stimmt nicht. Du bist heute die Nummer eins, der Mann, auf den alle sehen werden. Führ dieses Team zum Sieg, Kevin.

Du schaffst das. Zeig ihnen allen, wie gut du bist.« Ohne das Team anzuschauen, weiterhin Kevin fixierend, rufe ich laut: »Kevin ist der Boss. Er kann es! Tut, was er sagt, baut auf ihn. Denn, wenn ihr ihm seinen Platz verweigert, werdet ihr verlieren. Wenn ihr als Spieler eines Teams auftretet, die sich aufeinander verlassen und einander vertrauen, wird das da draußen ein Kinderspiel werden. Ich verlasse mich auf euch, und jetzt holt euch den Titel!«

Wenig später geht es los. Keine Ahnung, ob meine Rede gefruchtet hat oder sie auch sonst so gespielt hätten. Auf jeden Fall hat der Gegner keine Chance. Stormy spielt das Spiel seines Lebens, sammelt Punkt für Punkt und Kevin … Der Klub wäre bescheuert, wenn sie ihn nicht behalten würden. Er wird ein verflucht guter Quarterback, ist er bereits jetzt. Mit einer Portion Selbstbewusstsein ausgestattet, wird er unschlagbar. Als die letzten Sekunden heruntergezählt werden, ist der Jubel frenetisch. Nach acht Jahren wieder mal oben zu stehen, ist einfach nur der Hammer. Ein warmes Gefühl durchströmt mich, denn ich hatte meinen Anteil daran, meine Freude. Das Team war jahrelang meine Familie. Als es zur Siegerehrung geht, verlässt Kevin die Mannschaft und rennt zu mir.

»Kommt mit, Rune. Das ist dein Verdienst. Du hast das Team mit aufgebaut.« Er zieht mich auf das Spielfeld. Es ist für einen Moment still. Als der Pokal übergeben wird, schiebt Kevin mich nach vorne, zeigt eine Art der Größe, die ich ihm niemals zugetraut oder erwartet hätte, die Mason völlig fremd wäre.

»Du bist der beste Quarterback dieses Teams, Rune. Ohne dich hätten wir niemals gewonnen, deshalb ist es nur richtig, dass du diesen Pokal in Empfang nimmst. Geh. Hol ihn dir. Ich nehme mir den Nächsten.«

Der Jubel ist groß. In mir sind widersprüchliche Gefühle. Soll ich mich freuen oder nicht? Darf ich es? Ich strahle aber zum ersten Mal wieder und freue mich für das Team. Tamino ist nicht vergessen, gewiss nicht, aber, wie Tjaden sagte: Jeden Morgen geht die Sonne auf und das Leben weiter.

Nach ein paar Wochen zieht es Arne und Sven zurück nach Hamburg und ich bestehe darauf, dass sie fliegen. Mir geht es nicht gut, aber ich komme zurecht., habe gute Tage und schlechte, und das wird gewiss noch lange anhalten. Stormy und Brian überraschen mich mit der Bitte, ihr Trauzeuge zu werden. Stormy hat dem Team mitgeteilt, dass auch er einen Mann liebt, sich nicht mehr verstecken möchte, es aber nicht breittreten wird, es seine persönliche Angelegenheit ist. Er wird eine Anzeige in einer Zeitung schalten, sich ansonsten nicht dazu äußern. Ich bin gespannt, wie die Sportwelt darauf reagieren wird, ob sie sich auf ihn stürzen werden oder gelernt haben. Stormy will sich nicht mehr verstecken und wird, wenn es sein muss, das Spielen an den Nagel hängen.

Der Tag wird genau so, wie die beiden sich das vorgestellt haben, gemütlich, in Gesellschaft von Freunden. Mister und Mister Washington. Wenn Brians Familie das mitbekommt … Ich muss lächeln, denn es ist den beiden so was von egal. Wenn die Familie einen nicht mehr mag, ist es umso wichtiger, Freunde zu haben. Taminos Eltern könnten solch einen Hass auf das eigene Kind niemals verstehen. Sie haben ihren geliebten Sohn verloren und andere Menschen haben Kinder und verstoßen sie. Das muss man nicht kapieren.

# Schicksalhafte Begegnung

Jeden zweiten Tag gehe ich für einige Minuten zum Grab. Das wird weniger werden, ist mir bewusst, nur ist es mir an diesen Tagen ein Bedürfnis. Ich rede viel mit Tamino, über das, was die Tage über passiert, wie es mir geht, und lache auch über Dinge, die er sicherlich als lustig empfunden hätte. Heute bin ich nicht alleine. Normalerweise ist um diese Zeit wenig bis überhaupt nichts auf dem Friedhof los. Wie gesagt, heute ist es anders. Der Mann von der Beerdigung, den man nicht durchgelassen hat, sitzt auf dem Boden vor dem Grab und sieht von hinten so verloren und einsam aus, dass es auch mir schwer ums Herz wird. So ein großer Verlust. Wie schlimm es für ihn gewesen sein muss, den Kindern klarzumachen, dass die Mama nicht wieder zurückkommen wird. Dabei fällt mir auf, dass nur das Mädchen im Kinderwagen bei ihm ist. Je mehr ich mich nähere, desto stärker vernehmbar wird sein Schluchzen. Es zieht mich quasi zu ihm. Er bemerkt mich nicht. Die Kleine schläft tief und fest im Kinderwagen. Ich muss lächeln, so eine süße Maus. Dann richte ich meinen Blick auf den Grabstein und erstarre.

Maxwell Thourton-Walker, geliebter Mann und Daddy. Ich höre, wie der Mann vor mir zu ihm spricht: »Ich konnte mein Versprechen nicht halten, Max. Sie sind gekommen und haben die Jungs einfach mitgenommen. Du hättest sie hören sollen, wie sie geweint, geschrien haben. Sie waren völlig entsetzt und wussten nicht, was ihnen geschieht. Ich habe Angst um die beiden. Was soll ich nur tun, Max? Du hättest sicher eine Idee gehabt, aber mir sind die Hände gebunden. Keine Bank der Welt wird mir Geld für einen Prozess geben, gegen deine Familie sowieso nicht. Warum auch? Sie können den Jungs alles bieten, bis auf Liebe, aber das interessiert niemanden. Sie … was soll ich nur tun, Max? Das Geld aus der Lebensversicherung habe ich, wie wir es ausgemacht haben, für die Kinder angelegt, damit sie später aufs College können. Ich komme nicht mehr ran, will es auch nicht denn … ich will unsere Jungs wiederhaben!« Erneut schüttelt es ihn vor Verzweiflung. Ich aber habe nur verstanden, dass man ihm die Jungs weggenommen hat. Einem Vater die Kinder! Mein Schicksal! Es wiederholt sich genau hier in New York. Ich wurde meinen Vätern ebenfalls entrissen und weiß genau, was die Buben in diesem Moment durchmachen. Egal, ob es ihnen gut geht oder sie in luxuriöse Verhältnisse gebracht wurden, man hat sie der Familie, in der sie sich geliebt und daheim fühlten, entrissen. Ich lege meine Hand auf seine Schulter.

»Nicht erschrecken, ich bin es nur, Rune.« Natürlich zuckt er zusammen, sieht zu mir.

»Sie?«

»Was ist passiert?« Ich bleibe bei der persönlichen Anrede. »Du siehst so verzweifelt aus und …«

»Ich dachte, ich bin um diese Zeit alleine.«

»Ist auch meistens so. Wenn ich um diese Zeit Tamino besuche, ist es immer recht leer.« Er sieht zu der Kleinen.

»Sie schläft tief und fest. Wie heißt sie denn?«

»Nayla.«

»Schöner Name. Und die Jungs?«

»Louis und Leif. Sie sind Zwillinge. Sie …«

»Ich habe zugehört, verzeih, aber habe ich richtig verstanden, dass man sie dir weggenommen hat?«

»Hast du. Ihre Großmutter … Sie …«

»Moment.« Ich setze mich neben ihn und reiche ihm die Hand.

»Sollen wir uns nicht irgendwo anders unterhalten? Vielleicht kann ich dir ja behilflich sein.«

»Wieso? Ich meine, klar können wir das. Nur weshalb solltest du?«

»Ich erkläre es dir gerne, nur ungern hier. Also? Und wie heißt du eigentlich?«

»Eden Walker.«

»Dein Mann ist auch erst vor Kurzem von dir gegangen.«

»Ja, ist er, der Schmerz … es tut weh, aber ich konnte Abschied nehmen, das können viele nicht.« Als ich ihn fragend ansehe, ergänzt er: »Er hatte Krebs. Unheilbar. Wir … es war schlimm für ihn, mich und die Kinder, aber auch wiederum tröstlich, denn die letzten Tage waren für ihn eine einzige Qual. Er ist in meinen Armen eingeschlafen. Ich habe ihm versprochen, auf die Kinder achtzugeben, aber ich habe versagt.«

»Warte, erzähl es mir nachher. Wohnst du weit weg von hier?«

»Nein, es sind nur ein paar Häuserblocks. Ein Spaziergang von einigen Minuten.«

»Dann gehen wir zu dir. Nicht, weil ich dich in meiner Wohnung nicht haben möchte, aber wir müssten ein Taxi nehmen.«

»Kein Problem. Du darfst nur keinen Luxus erwarten, Rune Miller.«

Nur eine halbe Stunde später sitzen wir in der blitzblank aufgeräumten Wohnung von Eden. Wir haben unterwegs zwei Pizzen mitgenommen und Bier gekauft. Er legt die tief schlafende Nayla ins Bett und wir essen, während ich ihm erzähle, weshalb es mich so trifft, wenn man Kinder aus der Familie herausnimmt, und das gegen den Willen der Kinder. Er erfährt, wie ich zu Sven und Arne gekommen bin, und auch, dass man mich ihnen wieder entzogen hat, ich von dort, als ich es nicht mehr ausgehalten habe, abgehauen bin. Als ich meine Erzählung beendet habe, berichtet auch Eden Genaueres.

»Max ist mit siebzehn von zu Hause weggelaufen. Er hat die Strenge und das lieblose Leben nicht mehr ausgehalten. Seine Mutter ist eine Tyrannin. Jeder, der sich ihr widersetzt, wird vor die Tür gesetzt. Ich kenne sie nicht, weiß nur durch Erzählungen von Max von ihr und den Briefen vom Anwalt. Max und ich haben uns in der Highschool kennengelernt, uns allerdings bald aus den Augen verloren, da er immer wieder abhauen musste. Geld hatte er genug. Er hat seine Flucht von zu Hause durchgeplant. Erst auf dem College hier in New York sind wir uns durch Zufall erneut über den Weg gelaufen. Es war Schicksal. Ab dem Zeitpunkt waren wir zusammen, ein Liebespaar, später ein Ehepaar. Dass Max seine Homosexualität auslebt, wollten seine Eltern, vornehmlich seine Mutter, die in der Familie das Sagen hat, mit allen Mitteln verhindern. Es gab sogar Versuche, ihn auf offener Straße zu entführen, um ihn in ein Umerziehungslager zu stecken. Das hat uns unser Anwalt mitgeteilt. Es geschahen viele Dinge. Gerüchte über ihn oder mich und üble Nachrede waren noch das Harmloseste. Wir haben uns durchgekämpft, uns nicht unterkriegen lassen, doch das hat uns viel Geld und noch mehr Nerven gekostet. Indirekt gebe ich seiner Familie die Schuld, dass er erkrankt ist. Max' Familie lebt in Detroit und gehört dort zum sogenannten industriellen Adel. Sie sind mit Maschinenbau zu Geld gekommen. Heute sind sie Automobilzulieferer. Sie haben Geld bis zum Abwinken und glauben, ihnen gehöre die Welt. Schwul zu sein, passt nicht in ihr streng konservatives Weltbild. Max wurde in ein System gepresst und ist darin eingegangen. Erzogen wurde er von Nannys, die angehalten wurden, ihn bloß nicht zu verhätscheln. Er hat mir von seiner frühen Kindheit nicht viel erzählt, nur, dass sie schlimm war. Später kam er auf strenge private Eliteinternate. Es wurden nur beste Noten erwartet. Nur bestes Benehmen. Eines hat es gebracht: Max ist sehr schnell erwachsen geworden. Wie gesagt, mit siebzehn ist er ausgebrochen. Wir beide haben ohne die Unterstützung unserer Familien uns ein Leben aufgebaut, ich, weil meine Eltern früh starben und mir nicht viel hinterlassen haben, und Max, weil er mit seiner gebrochen hatte. Wir haben uns die letzten Jahre quasi versteckt, anscheinend nicht gut genug. Max hatte ein exzellentes Sprachengespür und hat als Französisch- und Spanisch-Übersetzer gearbeitet. Ich selber habe Literatur studiert und bin Dozent an der Uni. Es hat für uns immer gereicht, und für die Kinder ebenso. Die Leihmütter haben uns ein wundervolles Geschenk mit den dreien gemacht. Als die Zwillinge vier wurden, kam diese verfluchte Diagnose. Es war schlimm für Max und für mich ein Albtraum. Und der hört nicht auf. Wie können sie mir meine Kinder wegnehmen? Einfach so?«

»Gar nicht. Ich bin mir sicher, dass sie das nicht dürfen. Aber wie du selbst gesagt hast, mit Geld ist viel möglich. Ich helfe dir. Morgen frage ich meinen Anwalt, wer sich in Michigan mit der Rechtsprechung auskennt und wie wir die Jungs zurückholen können.« In mir ist plötzlich eine Energie, die mich antreibt. Die Trauer wird durch diese Kraft zurückgedrängt. Sie verschwindet nicht, doch wird sie an einen Ort geschoben, an dem sie nicht mehr so wehtut wie noch vor Tagen. Hier kann ich Gutes tun, wie Tamino es sich gewünscht hat. Ungerechtigkeit verhindern und dagegen ankämpfen. Dass ich mich Eden nah fühle, das schiebe ich auf die Tatsache, dass auch er vor nicht allzu langer Zeit einen Verlust erlitten hat. Seine Augen blicken zum ersten Mal, seit ich hier bin, hoffnungsvoll und mir stockt bei ihrem Anblick der

Atem. Es geht mir durch und durch. Anders, als ich für Tamino empfunden habe, aber da ist ein Funke, der überspringt. Wenn er ihn nicht gespürt hat, ist das verständlich. Ich allerdings habe den Moment wahrgenommen und fühle mich im selben Augenblick schuldig. Wie kann ich einen Mann attraktiv oder nett finden oder, mehr noch, gern haben, wenn Taminos Tod noch so frisch ist? Kurz gehe ich ins Bad, damit ich mich unter Kontrolle bringen kann, doch der Blick in den Spiegel zeigt mir einen veränderten Mann. Das Feuer in meinen Augen ist wieder da. Es war erloschen. Im Moment aber glänzen sie. Das ist gut. Ich habe eine neue Aufgabe und da ist auch Eden, den ich kennenlernen möchte.

# Ein neues Leben

Diese neue Aufgabe lässt meine Energie wieder aufleben und Energie hatte ich immer schon zu Genüge. Ich war seit Taminos Tod nicht ein einziges Mal trainieren oder auch nur joggen, nichts von alldem, war wie eingeschlafen, und das kann nicht gut sein. Wie soll mein Körper damit umgehen, von hundertzehn Prozent runter auf quasi null fahren zu müssen? Dass dies auf Dauer nicht klappen wird, sollte mir klar sein, aber ich war gelähmt, hatte keine Perspektive. Beruf weg, Mann weg, alles war von einem Tag auf den anderen vorbei. Wie soll man damit zurechtkommen? Und Sex? Das funktioniert schon mal überhaupt nicht, und das, obwohl selbst Case oder Peter vermutlich keine Skrupel hätten, mir diese Art des Friedens zu schenken, wenn auch vielleicht mit Bedenken. Doch ich habe im Moment keinerlei Bedürfnis danach. Noch nicht, ich bin nicht so dumm, zu glauben, dass es nicht kommen wird, dazu bin ich viel zu devot veranlagt, lechze zu sehr nach Schmerz. Doch Schmerz hatte ich in den letzten Wochen genug. Viel zu viel, kann mir nicht mal ansatzweise vorstellen, dass ich ihn erneut spüren möchte, auch nicht … egal. Ich schüttle mich, hänge mich ans Telefon, rufe meinen Anwalt an und erbitte einen Termin. Da er laut seiner Sekretärin heute vor Gericht ist, kann ich erst morgen zu ihm kommen.

Das gefällt mir nicht, denn jetzt, da ich etwas tun kann, werde ich, wie immer, ungeduldig. Die Energie muss anderweitig abgebaut werden. Ich beschließe, mein Training langsam wieder aufzunehmen, gehe für zwei Stunden an die Geräte. Wie schnell man doch seine Form verliert! Mir tut alles weh, als ich fertig bin. Tamino würde mich schimpfen, dass ich mich so vernachlässigt habe.

Am anderen Morgen fahre ich mit dem Taxi zur Kanzlei und erfrage dort, wer der allerbeste Anwalt für Sorgerechtsstreitigkeiten hier in der Stadt ist und was er von meinem Vorhaben hält, eine Help Foundation zu gründen. Wir reden einige Zeit und er verspricht mir, sich einzuarbeiten und die Gründung in Angriff zu nehmen. Das wird jedoch seine Zeit dauern. Er bedankt sich überschwänglich für mein Vertrauen in seine Kanzlei. Als ich ihn verlasse, bin ich erleichtert, dass ich tatsächlich eine Aufgabe habe, ob sie richtig für mich ist und endgültig, bleibt abzuwarten. Mein Handy klingelt. Es ist Brian, der mich darum bittet, mit ihm und Stormy Mittagessen zu gehen. Dass ich mich so gut wie lange nicht fühle, sage ich ihm nicht. Er scheint aus meiner Stimme herauszuhören, dass sich etwas geändert hat, und fragt nach: »Rune, was ist passiert?«

»Nichts. Weshalb?«

»Du klingst anders … nicht mehr so erschöpft und traurig.«

»Hab Geduld, ich erzähle es euch beim Essen. Einverstanden?«

»Natürlich.« Wenig später sitzen wir beim Italiener. Beide sehen mich neugierig an. Ich meine, eine gewisse Erleichterung wahrzunehmen.

»Ich wiederhole mich ungern, aber, was ist geschehen, Rune? Du wirkst energiegeladen, das ist überraschend und wundervoll. Also?«

»Eden.«

»Eden?«

»Ich habe ihn auf dem Friedhof kennengelernt und werde ihm nun helfen, seine Jungs zurückzuholen. Das ist im Moment in meinem Fokus. Sie sollen nicht leiden für etwas, wofür sie nichts können.«

»Seine Kinder?« Stormy und Brian sehen mich ziemlich seltsam an. Deshalb erzähle ich ihnen von meiner Begegnung mit Eden und unserem Gespräch. Brian spricht das aus, was auch ich denke.

»Wie können Erwachsene nur so böse sein?«

»Genau das.« Leise füge ich hinzu: »Es tut mir gut. Denkt ihr, Tamino würde das gutheißen?«

»Natürlich, Rune! Selbstverständlich würde er das.« Ich erzähle den beiden auch von meinem Vorhaben, eine Foundation zu gründen, Menschen zu helfen, erkläre, dass Eden im Prinzip der Erste sein wird. Sie sind begeistert. Ich vermute, vor allem deshalb, weil ich wieder am Leben teilnehme.

»Morgen werde ich persönlich beim Anwalt vorsprechen, in der Erwartung, dass er sich Zeit nimmt. Wenn ich telefonisch um einen Termin bitte, werde ich tagelang warten müssen, möglicherweise sogar Wochen.«

»Also, ohne deinen Eifer dämpfen zu wollen, muss ich dir sagen, dass du tagelang wirst warten müssen. Morgen ist Feiertag. Vergessen? Und ich denke, dass auch dieser Anwalt in ein verlängertes Wochenende fahren wird.«

»Mist, das habe ich nicht bedacht, ihr habt recht. In dem Fall werde ich meinem Kraftraum nochmals einen Besuch abstatten. Ich bin wie eingerostet. Doch ich konnte nicht … ich …« Trauer überkommt mich. Stormy und Brian berühren mich fast zeitgleich. Freunde. Der Moment geht vorbei. Schneller als die Tage zuvor. Ich reiße mich zusammen, verabschiede mich, fahre zurück zu meiner Wohnung und rufe Eden an, um ihm mitzuteilen, dass ich erst am Montag zu dem Anwalt werde fahren können. Er bedankt sich und wir reden eine Weile. Was sage ich? Es sind am Ende zwei Stunden. Danach gehe ich aufs Laufband. Die nächsten Tage verbringe ich damit, mir Gedanken darüber zu machen, wie ich mir die Foundation vorstelle. Ich möchte auch Taminos Eltern noch fragen. Was ich das ganze Wochenende habe, ist Muskelkater.

Am Montagmorgen fahre ich zum Anwalt und werde dort bzw. bei seiner Vorzimmerdame vorstellig, die verflucht gut ist, fast zu gut. Nur bin ich stur wie ein Esel und voller Energie. Sie kennt mich nicht und ich spiele die Promikarte nicht aus. Noch nicht. Erst, als ein Trainee oder Student mir fast ehrfürchtig die Hand reicht, mich begrüßt und etwas irritiert zu besagter Vorzimmerdame blickt, die nach seiner Reaktion nicht weniger aus dem Konzept gebracht zu sein scheint.

»Was dürfen wir für Sie tun, Mr. Miller?«

»Ich würde gerne mit Ihrem Chef sprechen.«

»Mit Mr. Truman?«

»Richtig. Nur scheint er keine Zeit zu haben. Seine Sekretärin will mich nicht ankündigen, geschweige denn, mir sagen, wann er Zeit für mich hätte. Da dachte ich, ich warte, bis er Zeit findet.«

»Sie … Sie warten hier? Seit wann?« Ein Blick auf die Uhr zeigt mir an, dass ich über eine Stunde hier verbracht habe, was ich ihm mit einem Lächeln mitteile.

»Warum haben Sie nichts gesagt? Ich meine …«

»Wie heißen Sie denn, Mr. …«

»Monk. Lachen Sie nicht. So heiße ich tatsächlich. Wenn Sie sich noch ein paar Minuten gedulden können, kümmere ich mich darum, dass Mr. Truman Sie umgehend empfängt.«

»Danke.« Er wendet sich zu einer Tür, hinter der ich besagten Anwalt vermute, und ignoriert den Vorzimmerdrachen, der ihm nachgeht und ihn daran hindern will. Nur wenig später tritt ein Mann Mitte fünfzig aus der Tür und kommt mir entgegen.

»Mr. Miller, entschuldigen Sie die Wartezeit. Aber Mrs. Moor ist sportlich nicht besonders versiert und liest anscheinend auch keine Zeitung.« Ein Seitenhieb in ihre Richtung. »Sie konnte nicht wissen, wen sie vor sich hat. Sie hätten sich zu erkennen geben sollen. Seien Sie ihr nicht böse. Bitte treten Sie ein. Möchten Sie etwas trinken? Kaffee?«

»Ein Wasser wäre nett.«

»Natürlich.« Er führt mich in sein Büro und Monk, ich muss grinsen, holt aus einem Kühlschrank eine kleine Flasche Mineralwasser, bringt sie mir mit einem Glas. Da er mich anscheinend erkannt hat, darf er bleiben.

»Was kann ich für Sie tun?«

»Für mich persönlich nichts, Mr. Truman. Wie Sie mitbekommen haben, ist vor einigen Wochen mein Mann verstorben.«

»Wer nicht? Das tut mir leid, Mr. Miller, mein aufrichtiges Beileid zu Ihrem Verlust.« Ich nicke und muss mich für einen Moment sammeln.

»Das ist jedoch nicht der Grund meines Besuches. Mein Mann hat mir sein Vermögen anvertraut, damit ich Gutes damit anstelle. Durch einen Zufall habe ich nun eine Ungerechtigkeit mitbekommen, die ich nicht akzeptieren kann und will. Deshalb mein Besuch bei Ihnen. Ich möchte kurz ausholen, Mr. Truman. In den kommenden Monaten werde ich eine Foundation gründen, die ich nach meinem Mann benennen werde. Die Tamino-Help-Foundation. Ich erhoffe mir Ihre Unterstützung, natürlich mit der Option, dass ich in den kommenden Jahren des Öfteren mit Ihnen zusammenarbeiten kann. Um die Bezahlung, Mr. Truman, müssen Sie sich keine Sorgen machen, das ist abgedeckt.«

»Was denken Sie von mir, Mr. Miller? Um was geht es denn?«

»Kurzfassung: Mr. Eden Walker, verwitwet. Sein Mann war Maxwell Thourton-Walker. Verstorben an Krebs vor einigen Monaten. Die beiden waren zehn Jahre verheiratet und haben drei Kinder. Nayla, knapp eineinhalb Jahre alt, die leibliche Tochter von Eden, und die Zwillinge Leif und Louis, fünf Jahre alt. Sie sind die leiblichen Kinder von Maxwell. Vor einer Woche wurden ihm die Jungs weggenommen und nach Detroit verfrachtet, zur Großmutter der Kinder. Ich möchte betonen, es gibt ein Testament, in dem Maxwell verfügt hat, dass die Kinder bei Eden bleiben sollen. Zudem war dieses Testament eigentlich nicht vonnöten, da die Kinder von ihnen adoptiert wurden und sie seit Jahren eine Familie sind. Weiter ist Maxwell mit siebzehn von zu Hause abgehauen und war nie mehr dort, hatte mit der Familie, die sehr vermögend ist, längst gebrochen. Wie ein Gericht es überhaupt zulassen kann, dass ihm die Jungs weggenommen werden, ist mir unbegreiflich. So viel Schmerz. Ich will, dass Sie Eden seine Kinder zurückbringen, und das schnell. Sehr bald. Denn leider weiß ich aus eigener Erfahrung, wie verwirrend und schrecklich es ist, wenn man urplötzlich aus der Familie, die man liebt, herausgerissen wird.«

»Da haben Sie mir einen interessanten Fall mitgebracht. Thorsten, an die Arbeit, finde alles über Maxwell Thourton-Walker und seine Familie heraus. Mr. Miller, teilen Sie Ihrem Bekannten mit, dass er mir sämtliche Unterlagen bringen möchte, die er hat. Gerne heute noch. Thorsten wird sich um ihn kümmern, sollte ich in einem Meeting stecken. Mr. Miller, ich vermute, Sie werden bei der Gründung der Foundation gut beraten? Wenn Sie

Hilfe benötigen, wenden Sie sich an mich, wir haben hier gute Leute.«

»Danke für Ihre Unterstützung und das Angebot. Wir stehen ganz am Anfang, aber ich werde meiner Anwaltskanzlei mitteilen, dass Sie Ihre Hilfe offeriert haben. Da mein Anwalt Sie mir empfohlen hat, muss er ja eine Menge von Ihnen halten. Mr. Walker gebe ich Bescheid, dass Sie seinen Fall übernehmen und er sich bei Ihnen melden soll.«

»Sehr gut.« Er reicht mir die Hand. »Wir werden das zu Ihrer Zufriedenheit erledigen, Mr. Miller.«

»Nicht zu meiner, zu Edens und vor allem zugunsten der Kinder.« Voller Energie trete ich aus dem Gebäude und rufe Taminos Eltern an, um ihnen von meinem Vorhaben zu erzählen und ihr Okay einzuholen. Ich möchte sie einbinden und ihr Einverständnis zu meiner Foundation erhalten. Sie finden die Idee prima. Nun muss ich mir in der Hinsicht also keine Gedanken mehr machen, was sehr erleichternd ist. Mit dem Taxi fahre ich nach Hause, ziehe meine Joggingschuhe an und renne durch die Stadt, bis ich völlig ausgepowert bin. Erst, als ich ganz aus der Puste bin, stoppe ich und finde mich vor dem Häuserblock wieder, in dem Eden lebt. Nach kurzem Zögern drücke ich auf den Klingelknopf. Er meldet sich Sekunden später.

»Ja, bitte?«

»Ich bin's, Rune, kann ich mit dir sprechen?«

»Sicher.« Vor der Tür komme ich zu mir, blicke an mir hinab. Durchgeschwitzt stehe ich da. Bin ich bescheuert? Weggehen funktioniert nicht mehr, denn die Tür öffnet sich. Er sieht mich lange an. Irgendwie anders oder mit anderen Augen. Ob er diesen Funken doch ebenfalls gespürt hat?

»Jetzt komm schon rein.«

»Ich habe gute Neuigkeiten. Der Anwalt, den ich kontaktiert habe, übernimmt deinen Fall. Du sollst ihm umgehend, also am besten gleich morgen, sämtliche Unterlagen vorbeibringen. Einfach alles, was mit dir und Maxwell, mit den Kindern und dem Zerwürfnis mit seinen Eltern zu tun hat. Hier ist seine Karte. Wenn er nicht erreichbar ist, melde dich bei seinem Assistenten. Lach jetzt nicht, er heißt Monk, Thorsten Monk.«

»Ist nicht wahr.«

»Doch. Hier ist seine Karte. Mr. Truman ist im Übrigen zuversichtlich.«

»Hoffentlich behält er recht mit seiner positiven Haltung. Ich wollte kommende Woche nach Detroit fahren … ich, Rune, ich überlege, ob ich nicht dort hinziehe, zumindest vorübergehend, damit ich in der Nähe der Jungs bin. Sie müssen denken, dass ich sie alleine lasse. Ich will mir nicht vorstellen, wie es ihnen geht. Aber …«

»Besprich das mit Mr. Truman. Wenn er dafür ist, nimm dir ein Hotelzimmer. Ich bezahle das.«

»Das … Rune, das kann ich nicht annehmen. Alleine, dass du den Anwalt …«

»Doch, genau so wird es ablaufen. Jedoch musst du mir versprechen, dass du alles mit Mr. Truman absprichst. Okay?«

»Ja, sicher. Und er kann mir wirklich helfen?«

»Davon gehe ich aus, Eden. Ich lasse dich jetzt mal alleine, muss noch duschen. Hältst du mich auf dem Laufenden?«

»Natürlich … Rune?«

»Ja? Wenn ich nach Detroit fliege … ich … meine … ach, vergiss es. Normalerweise kann ich solch ein Gestammel nicht leiden und jetzt bin ich selber derjenige, der es tut.«

»Na, dann mal raus mit der Sprache.«

»Würdest du mich begleiten? Nach Detroit?« Als ich nicht antworte, meint er: »Das war eine dumme Idee, sorry.«

»Nein, Eden, das ist es nicht. Ich bin mir nur nicht sicher, ob ich dazu schon bereit bin.« Eden ist klar, dass ich nicht den Flug meine.

»Aber das werde ich herausfinden müssen, meinst du nicht?«

»Hm.«

# Zwei hilflose Kinder

Drei Wochen später sitzen wir gemeinsam mit Mr. Truman im Flieger. Für Eden waren diese Tage die Hölle. Seit mehr als vier Wochen hat er keinen Kontakt mehr zu seinen Jungs. Der Anwalt hat jedoch immerhin erreicht, dass er die Jungs sehen darf, und zwar zweimal in der Woche. Man sieht ihm an, wie fertig er ist. Nicht nur die Trauer hat an ihm gezehrt, dass die Kinder weg sind, ist für ihn nicht weniger schlimm. Nayla schläft im Kindersitz, fest angeschnallt. Sie ist ein Goldstück. Ich habe mich in dieses zuckersüße Wesen verliebt. Sie zeigt überhaupt keine Scheu vor mir, kuschelt sich an mich und will auf meine Arme, wenn ich bei Eden bin. Noch etwas, was sich in den letzten Wochen eingebürgert hat: Ich bin mindestens dreimal in der Woche bei ihnen. Meist jogge ich im Park und nehme bewusst oder unbewusst die Route zu seiner Wohnung. Die Stunden sind immer angenehm, nett oder auch … keine Ahnung, ich kann es nicht benennen.

In Detroit angekommen, fahren wir mit dem Taxi ins Hotel. Eden ist ungeduldig und möchte am liebsten sofort zur Villa der Thourtons, was nicht geht, wir haben uns für morgen Vormittag angemeldet. Nayla spürt seine Unruhe und wird quengelig, was verständlich ist. Mr. Truman zieht sich zurück und überlässt es uns, die kleine Maus zu beruhigen, was uns bei einem Besuch im Park zügig gelingt. Später geht Eden mit ihr aufs Zimmer und ich sehe die beiden erst am Morgen zum Frühstück wieder. Außer einer Tasse Kaffee trinkt er nichts. Nayla jedoch löffelt eine Müslischale aus. Zwar geht einiges daneben, aber das stört weder Eden noch Mr. Truman, im Gegenteil, er lächelt sie an. Gegen elf stehen wir vor einem riesigen schmiedeeisernen Tor, das den Eingang zu einem beeindruckenden Anwesen bildet. Das Taxi fährt die lange Einfahrt bis zur imposanten Villa. Eine ziemlich streng, hart und unnahbar aussehende Dame empfängt uns. Eden murmelt: »Das ist Maxwells Mum, sie sieht ihm sehr ähnlich. Allerdings ist ihre Ausstrahlung eine gänzlich andere. Maxwell war der liebenswürdigste Mensch, den es gibt.« Wir steigen aus und stellen uns ihr vor.

»Guten Tag, Mrs. Thourton. Mein Name ist …«

»Ich weiß, wer Sie sind, und ich wünsche, dass Sie von hier verschwinden. Sie bringen die Jungs nur durcheinander mit Ihrer Anwesenheit. Ich bin strikt dagegen, dass Sie sie treffen.« Nun tritt Mr. Truman vor uns.

»Das mag sein, Mrs. Thourton, trotzdem werden Sie jetzt Mr. Walker zu seinen Söhnen lassen.«

»Seinen Söhnen? Reden Sie keinen Unsinn. Sie sind die Kinder meines Sohnes und nicht dieses schwulen Kerls, der meinen Sohn in eine Memme verwandelt hat …«

»Mit einem haben Sie recht: Es ist richtig, sie sind die leiblichen Söhne Ihres Sohnes. Aber sie sind auch die Söhne von Mr. Walker, mit dem Ihr Sohn verheiratet war. Wo sind die Kinder? Müssen wir das wirklich durch die Polizei klären lassen? Glauben Sie mir, wir zögern nicht, dies zu tun.« Sie dreht sich um und ich befürchte, dass sie uns die Tür vor der Nase zuknallen wird. Tatsächlich kommt sie aber mit Leif und Louis zurück. Beide sind exakt gleich angezogen – mit teuren Marken-Poloshirts, kurzen Hosen mit Hosenträgern, Strümpfen und schwarzen Lackschuhen. Einziger Unterschied ist die Farbe des Gürtels. Ihr Blick ist nicht zu deuten. Erst, als sie Eden sehen, wachen sie auf. Leif reißt sich von der Hand seiner Großmutter los und rennt zu ihm.

»Daddy! Daddy, da bist du ja!« Er weint und fällt stürmisch in seine Arme. Den scharfen Tonfall seiner Großmutter ignoriert er.

»Benimm dich, Leif, das ist kein Benehmen für einen Thourton!« Leif weint bitterlich in Edens Armen. Louis wiederum steht etwas abseits und blickt ängstlich zu seiner Großmutter, traut sich nicht, zu seinem Daddy zu gehen. Er tritt fast schüchtern oder ängstlich näher, wie mir, aber auch Eden auffällt.

»Louis, komm doch her. Was ist denn los mit dir?« Leif wiederum ist es, der zu ihm geht und ihn holt. Er fragt Eden: »Gehen wir jetzt heim?« Diese schreckliche Dame widerspricht.

»Ihr seid zu Hause, Leif, das habe ich euch gesagt. Hör auf, diese Männer vollzujammern.« Ich bin entsetzt über diesen Ton, das hier sind fünfjährige Kinder! Leise, ohne seine Großmutter anzublicken, fast nicht hörbar und deshalb umso schlimmer, murmelt er: »Sie hat Muh und Mäh kaputt gemacht.« Eden kniet vor ihm nieder.

»Was meinst du damit, Louis? Wie kaputt gemacht?« Leif ist es, der schluchzt: »Sie hat sie ins Feuer geworfen und gesagt, dass wir zu groß für … Ich will Mäh wiederhaben!« Jetzt heult er bitterlich. Louis aber kommt immer noch nicht in Edens Arme, steht steif nur einen Schritt vor ihm, was ich extrem seltsam finde. Wieder ist es Leif, der spricht. Er flüstert Eden ins Ohr, und ich, aber auch Mr. Truman erkennen, dass er blass wird.

»Was? Ist das wahr, Leif?« Dieser nickt und klammert sich geradezu an Eden, der mich bittend ansieht und mir zumurmelt: »Kannst du bitte Leif kurz halten, Rune? Leif, er ist ein lieber Freund.« Schnell trete ich mit Nayla zu ihm, gehe auf die

Knie und halte ihm meine Hand hin. Er ergreift sie und klammert sich an mich. Eden jedoch ist in Sekunden bei Louis und zieht ihn vorsichtig an sich.

»Geht es?« Er steht stocksteif da. Was nur ist hier los? Was hat Leif zu ihm gesagt? Eden löst Louis' Hosenträger und redet leise mit ihm. Mrs. Thourton will eingreifen, was Eden nicht zulässt.

»Was tun Sie da? Was fällt Ihnen ein, das Kind auszuziehen? Sie Perversling! Ich wusste doch, dass man die Kinder nicht bei Ihnen lassen darf. Was will man auch von einem Mann erwarten, der mit Männern ins Bett geht!« Sie will näher treten und Louis zu sich ziehen. Der jedoch beginnt, für uns alle sichtbar zu zittern. Eden stoppt sie harsch und verfällt ins Du.

»Bleib stehen! Genau dort! Und wag es nicht, näher zu treten.« Er zieht Louis vorsichtig das Poloshirt hoch und ich zische entsetzt. Am eigenen Leib habe ich erfahren, was dieser kleine Junge durchmachen musste, und koche vor Wut. Auch Truman ist empört. Leif kommt seinem Bruder zu Hilfe und erklärt, sich nach wie vor an mich klammernd: »Sie hat gesagt, er darf nicht in die Hosen machen, aber sie hat ihm den Pieselpieper, den Daddy für ihn gekauft hat, nicht gegeben. Sie hat gesagt, dass ein Mann nicht in die Hosen macht und dass er es lernen muss. Sie war gemein zu ihm.

Und heute Morgen war sein Bett wieder nass, aber nur ein bisschen, er hat gestern gar nichts getrunken und sie hat geschimpft mit ihm und dann hat sie gesagt, dass sie es ihm beibringen wird. Sie hat … Ich will nach Hause.« Leif heult nun herzzerreißend an meiner Schulter. Eden aber kocht vor Wut.

»Louis, Liebling, gehst du bitte auch zu Rune, zu deinem Bruder und zu Nayla? Er passt auf euch auf. Ich bin gleich wieder da.« Als er bei mir ist, steht Eden auf. Seine Ausstrahlung ist fast gefährlich zu nennen. Ich würde fast sagen, da steht ein Dom vor mir, was ja nicht sein kann. Bevor meine Gedanken weiter in diese Richtung abschweifen, beginnt Eden.

»Du wirst die Kinder nie, nie mehr anfassen, sie weder anrufen noch besuchen. Maxwell konntest du nicht brechen und bei meinen Kindern wirst du es ebenfalls nicht schaffen. Ich werde die beiden mitnehmen. Jetzt!« Sie antwortet ihm, ohne zu zögern: »Das sicher nicht, ich rufe die Polizei.«

»Tu das. Ich werde sie trotzdem mitnehmen, auch, wenn mein Anwalt vielleicht anderer Meinung ist. Ich werde sie keine Sekunde länger hier in diesem Haus lassen.«

»Die beiden sind verlogene Weichlinge! Ich werde dafür sorgen, dass sie Männer werden und nicht auf dumme Ideen kommen. Wenn sie so verhätschelt werden, können sie ja nur zu

Perverslingen heranwachsen.« Eden kocht und der Schlagabtausch ist nicht unbedingt für die Ohren von Kindern gedacht, doch da müssen die Kleinen leider durch.

»Pervers? Harte Kerle? Sie schlagen Kinder?! Das sind fünfjährige Jungs. Kleine Kinder!« Sie lässt sich nicht beirren, keift laut: »Sie sind nicht erzogen! Nässen sich ein … haben Kuscheltiere! Sie heulen sich in den Schlaf! Du verweichlichst sie. Das lasse ich nicht zu. Meine Enkel werden zu Männern erzogen. Sie müssen später eine Firma leiten und Mitarbeiter führen. Da können sie nicht weich sein. Sie müssen hart sein, Durchsetzungsvermögen besitzen. Das …«

»Halt deinen Mund! Richtig, Louis weint nachts, aber sein Daddy ist gestorben! Er nässt sich auch ein, aber das ist völlig normal und kommt öfter bei Kindern vor. Wir arbeiten daran, wie Leif sagte, mit einem Pieselpieper, den der Kinderarzt uns vorgeschlagen hat. Das bedarf des Trainings, aber es wird sich geben. Der Kleine ist ein sensibler junger Mensch, der Schlimmes durchgemacht hat. Sein Daddy war krank. Er hat uns verlassen und du faselst was von Härte und schlägst sie! Was bist du nur für eine Frau? Kein Wunder, dass Maxwell abgehauen ist!«

»Das waren ein paar Klapse!«

»Klapse? Er hat blaue Flecken an seinem Rücken. Da waren richtige Striemen zu sehen, die von einem Schlaginstrument stammen. Mit was hast du ihn geschlagen? Das … das ist ungeheuerlich, ich weiß nicht einmal, was ich dazu sagen soll. Und ihre Kuscheltiere … Du verbrennst ihre Schnuffeltierchen, die sie begleiten, seit sie Babys waren! Noch mal: Was bist du für eine Frau?« Sie baut sich ohne Angst vor Eden auf und will zu mir treten.

»Leif, Louis, kommt. Ihr geht jetzt auf eure Zimmer. Das hier lasse ich mir nicht gefallen, du redest völligen Unsinn.«

»Mr. Truman, sehen Sie weg oder gehen Sie, aber ich werde die Jungs jetzt mitnehmen. Ich lasse sie keine Sekunde mehr hier. Gehen wir. Rune, du brauchst dich nicht strafbar machen, ich werde alleine mit ihnen fahren …« Ohne ihn anzusehen, stehe ich auf und gehe mit den Kindern zum Auto.

»Kommt, Leif, Louis, steigt ein.« Ich schnalle Nayla an. Danach rede ich mit dem Taxifahrer.

»Sie fahren bis nach New York, nicht als Taxifahrer, schalten Sie das Licht aus. Das wird eine private Fahrt. Mr. Walker wird Ihnen die komplette Fahrt und die Hotelübernachtungen bezahlen. Dazu einen ordentlichen Bonus. Einverstanden?«

»Sie sind Rune Miller, nicht wahr? Die Schwuchtel.«

»Richtig. Ist das jetzt ein Problem?«

»Nein, ist es nicht. Dass Ihr Mann verstorben ist, das tut mir sehr leid. Diese Person dort …«

»Mrs. Thourton?«

»Hat sie den Jungs etwas angetan?«

»Ja, sie hat Louis geschlagen. Und das lassen wir nicht zu.«

»Ich ebenfalls nicht. Ich habe selber Enkelkinder.«

»Wenn es für Sie in Ordnung ist, bitte ich Sie, einen Kollegen zu der Villa zu rufen.«

»Kein Problem.« Eden spricht mich an.

»Rune?«

»Steig ein. Hier meine Kreditkarte. Der Fahrer fährt euch nach New York. Ihr könnt anhalten, wo und wie oft ihr wollt, aber zuallererst fährst du zu einem Krankenhaus und lässt Louis untersuchen. Nimm dir Hotelzimmer, keine schlechten, und zahl dem Fahrer genügend, es soll sich für ihn lohnen. Jetzt fahr los, bevor Mr. Truman auf die Idee kommt, sich das hier zu überlegen und dich nicht wegzulassen.«

»Aber …«

»Fahr!« Mit durchdrehenden Reifen fährt das Taxi los. Ich denke, Mr. Truman ist der Meinung, dass es zum Hotel fährt. Es ist besser so, sonst würde er vermutlich ausrasten und uns aufhalten wollen. Vielleicht aber auch nicht. Wenn Kinder geschlagen werden, reagieren viele Erwachsene doch richtig. Er sieht dem Taxi nach und nur wenig später steht Mrs. Thourton vor uns und wütet.

»Euch werde ich wegen Kindesentführung anklagen. Ich werde euch fertigmachen. Die Polizei wird in wenigen Minuten hier sein. Das ist …«

Es ist Truman, der sie stoppt.

»Halten Sie bitte für ein paar Minuten Ihren Mund, gerne, bis die Polizei hier ist.«

»Sie … Sie … ich werde unseren Anwalt benachrichtigen, glauben Sie mir, das wird Konsequenzen haben!« Sie geht ins Haus und schlägt uns die Tür vor der Nase zu.

»Wird es mit Sicherheit!« Truman wendet sich an mich.

»Wohin fährt er?«

»Nach Hause.«

»Das ist Blödsinn. Verdammt, Rune! Das ist dumm.«

»Ich werde nicht zulassen, dass die Jungs sich auch nur noch einmal in ihrer Nähe befinden.«

»Das mag sein, aber so treibt ihr sie geradezu in ihre Hände. Ruf Eden an. Er muss zum Hotel und dort auf uns warten. Mach schnell, lass uns vor das

Tor gehen. Vermutlich wird die Polizei gleich hier sein.«

»Vielleicht auch ein Taxi. Ich habe den Fahrer gebeten, uns einen Kollegen zu schicken.«

»Wirklich, Rune, das ist wichtig, Ruf ihn an! Jetzt.« Ich wähle Edens Nummer.

»Rune?«

»Du musst zum Hotel fahren.«

»Keine Chance, da werden sie …«

»Werden sie nicht, Truman meint, dass wir sie niemals kriegen, wenn du abhaust. Er hat einen Plan. Bitte vertrau ihm.«

»Tust du es?«

»Ja. Ich vertraue ihm. Bitte fahr zum Hotel. Bitte.«

»In Ordnung. Rune, ich werde die Kinder nicht aufgeben, niemals mehr in ihre Hände geben. Louis ist völlig verschüchtert. Er …« Leise sage ich zu ihm: »Das weiß ich. Eden, wir werden das nicht zulassen. Vertrau unserem Anwalt, ich tue es.«

Drei Stunden später sind wir alle im Hotel. Nayla schläft tief und fest in ihrem Kindersitz. Leif ist unheimlich anhänglich und klammert sich an Eden, der sich um Louis sorgt. Dieser sitzt apathisch und verschüchtert neben ihm und lutscht an seinem Daumen, was ihn zu beruhigen scheint. Als ich ihn hochhebe, um ihn auf den Schoß zu nehmen, bemerke ich, dass er sich wieder eingenässt hat. Der Kleine ist völlig durcheinander, gestresst und fiebert.

»Eden, er ist heiß.«

»Ich weiß, wir müssen zu einem Arzt. Leif, setzt du dich für einen Moment zu Rune? Ich möchte Louis eine frische Hose holen.« Der Junge klettert von Edens Schoß und kommt in meine Arme. Eden und Louis kommen nach wenigen Minuten wieder zurück. Zum Glück hat Eden mitgedacht und Klamotten für die Jungs mitgenommen. Als die Tür zur Suite aufgeht, zuckt der Kleine zusammen und wimmert, klammert sich ängstlich an Eden. Auch Leif dreht seinen Kopf zu meiner Schulter, nur, um nicht sehen zu müssen, wer hereinkommt. Es ist Truman, gefolgt von einem Mann, einer streng blickenden Frau und einem Polizisten. Eden sieht angespannt und fragend in seine Richtung, nimmt Louis auf den Arm und wartet ab.

»Eden, das ist Doktor Kellermann, er ist Kinderarzt und Kinderpsychologe. Er möchte sich Louis ansehen und mit den beiden reden. Du darfst selbstverständlich anwesend sein. Mrs. Troy ist vom Jugendamt und wurde von der Polizei benachrichtigt. Sie möchte sich über unsere Anschuldigungen Mrs. Thourton gegenüber informieren und wird entscheiden, ob sie die Kinder vorläufig in ihre Obhut nimmt.« Eden gibt sofort Konter.

»Das lasse ich nicht zu.« Die nette Dame vom Amt jedoch lässt sich nicht einschüchtern.

»Nicht Sie haben das zu entscheiden.« Der Doktor mischt sich leise, aber bestimmt in das Wortgefecht der beiden ein.

»Ruhe, alle beide. Die Jungs sind verängstigt und noch mehr Aufregung ist ganz gewiss nicht in ihrer beider Sinne. Gehen wir in das angrenzende Zimmer, Mr. Walker. Dort herrscht etwas mehr Intimität und Ruhe, was den Jungs gewiss guttut.« Eden nickt ihm zu und fragt an mich gerichtet: »Rune, bleibst du bei Nayla?«

»Natürlich.«

»Leif, Liebling, komm zu mir.« Er rennt die kurze Strecke regelrecht und klammert sich an das Bein von Eden, der langsam Schritt für Schritt mit den Kindern ins angrenzende Zimmer geht. Der Arzt und Mrs. Troy folgen ihm.

# Eden

Wenn ich äußerlich ruhig wirke, ist das nur Fassade. Ich bin ein zitterndes, angespanntes, nervöses Bündel Mensch. Ein Sub muss sich so fühlen, wenn er seinem Master gegenübersteht, wobei das nicht richtig wäre, denn Angst hat in einer solchen Beziehung nichts, aber auch überhaupt nichts zu suchen. Was denke ich nur? Als der Doc zu sprechen beginnt, reiße ich mich zusammen. Er geht in die Hocke und wendet sich zuerst an Leif.

»Du bist Leif, nicht wahr?«

»Hm.«

»Meinst du, Leif, dass du es schaffst, dich auf das Bett zu setzen, neben Louis, denn der hat, glaube ich, etwas mehr Angst als du. Euer Daddy wird neben euch Platz nehmen.« Als Leif sich löst und sich neben mir auf dem Bett niederlässt, lasse ich Louis vorsichtig neben ihn gleiten. Er lehnt sich dicht an mich. Nach wie vor glüht er, registriert allerdings lauernd jede Bewegung des Arztes.

»Leif, ich bin Tom. Meinst du, dass ich dich zuerst untersuchen kann? Weißt du, dann kann Louis zusehen und erkennen, dass ich nichts Schlimmes mache. Ich werde dir nicht wehtun, nur schauen, ob du vielleicht ein wenig Salbe brauchst oder ein Pflaster. Was meinst du, darf ich dir dein T-Shirt ausziehen?« Er sieht zu mir. Als ich ihn aufmunternd anblicke, nickt er. Tom löst vorsichtig die Hosenträger und den oberen Knopf des Poloshirts.

»Das ist aber ordentlich eng.«

»Grandma hat gesagt, das gehört sich so. Es kratzt und tut weh, aber wir durften es nicht anders anziehen.« Ruhig antworte ich ihm: »Jetzt ziehen wir es auf jeden Fall erst mal aus und danach kannst du deinen bequemen Schlafanzug anziehen. Ich habe ihn eingepackt. In Ordnung, Leif?«

»Hm.« Als Leif mit nacktem Oberkörper vor uns sitzt, kann ich zum Glück nichts erkennen. Tom hilft ihm noch, seine Hose auszuziehen. Dabei sieht er fast unauffällig nach, ob Leif Verletzungen am Po hat, was er mit einem kurzen Kopfschütteln verneint. Ich atme einmal tief durch, bis sich Louis meldet.

»Kriegt Leif ein Pflaster?«

»Wohin soll er denn eines bekommen, Louis?«

»An den Kopf. Er hat geblutet, als Grandma ihn geschubst hat.« Tom fragt leise nach: »Wann hat sie ihn denn geschubst?« Louis dreht sich an meine Brust, um Toms Blick zu entgehen, und nuckelt heftiger an seinem Daumen. Leise, fast zärtlich fragt er nochmals nach: »Louis, wieso hat eure Grandma Leif geschubst?«

»Er hat gesagt, dass sie mir nichts tun darf, dass ich nichts dafür kann.« Nun weint er. Die Tränen strömen nur so aus seinen Augen. Deshalb wendet sich Tom an Leif.

»Warum, Leif? Willst du mir den Grund nennen?«

»Louis hat nur ein bisschen in die Hose gemacht, nur ganz wenig und sie hat geschimpft und wollte …« Jetzt weint auch er. Tom nimmt ihn in den Arm, sieht gleichzeitig auf seinen Kopf und erkennt die Kruste. Er greift zu seinem Handy, um ein Foto zu machen. Erst, als sich Leif beruhigt, löst er sich von ihm.

»Das hast du gut gemacht. Jetzt ziehen wir dir deinen Schlafanzug an. Der ist sicher im Koffer, oder?« Tom blickt zu mir und ich nicke.

»Hilfst du mir, ihn zu suchen?« Kurze Zeit danach ist Leif angezogen.

»Was meinst du, Leif, möchtest du dich neben Louis setzen, damit er nicht so viel Angst hat? Du kannst ihm doch sagen, dass es nicht schlimm war, oder?«

»Ja.« Louis aber will sich nicht von mir lösen, er hat Panik. Es dauert, bis wir ihn dazu überreden können, sich das Poloshirt ausziehen zu lassen. Ich bin geschockt, obwohl ich es bereits gesehen habe. Das Ausmaß ist einfach fürchterlich. Die Vorstellung, dass diese Frau, die sich seine Grandma nennt, ihn misshandelt hat, ist unbeschreiblich. Ich bin ein friedliebender Mensch, aber diese Frau hasse ich. Tom sehe ich an, wie angespannt er ist. Trotzdem versucht er, liebevoll mit Louis zu sprechen, damit er keine Panik bekommt.

»Ich mache gleich Salbe drauf, Louis. Das tut sicher weh.« Nur für einen Moment zieht er auch ihm die Hose runter, und ich kann ein scharfes Einatmen nicht unterdrücken. Er macht rasch ein Foto und nimmt aus seiner Tasche eine Salbentube.

»Das tut nicht weh, Louis. Morgen wirst du fast nichts mehr spüren.« Er gibt etwas auf seine Hand und berührt Louis vorsichtig am Rücken.

»Louis, wer war das? Deine Grandma?« Er nickt nur.

»Und weißt du auch, warum sie das getan hat?« Leif antwortet für seinen Bruder: »Weil sie böse ist. Louis kann nichts dafür, dass das Bett nass war. Sie hat ihm die Pieselmaus weggenommen und gesagt, dass er das können muss. Louis hat Angst gekriegt und ich auch, und sie hat ihn geschlagen. Ich will gar kein Mann werden!«

»Leif, mit was hat sie ihn geschlagen?« Er sieht zur Hose und mir wird kalt. Ich beuge mich zum Boden und weise auf den Gürtel. Louis zuckt ängstlich zusammen und beantwortet damit bereits die Frage.

»Damit, Leif?« Er nickt, wird ganz blass.

»Und sie hat ihn auch … ihn auch mit der Hand geschlagen, weil wir geweint haben, als sie Muh und Mäh ins Feuer geschmissen hat. Ich will nach Hause, Daddy.«

»Wer sind Muh und Mäh?«, fragt der Doc nach.

»Das waren ihre Kuscheltiere.« An die Jungs gerichtet, sage ich liebevoll: »Wir werden neue kaufen. Ich weiß, dass es nicht mehr die beiden sind, aber wir gehen in einen tollen Laden und sehen uns dort um, welches Kuscheltier in eurem Bett ein neues Zuhause findet. Einverstanden?« Tom meldet sich: »Aber erst muss Louis gesund werden und lange, tief und fest schlafen. Holst du für deinen Bruder den Schlafanzug aus dem Koffer, Leif?«

»Klar.« Als auch er angezogen ist, drückt Tom ihm einen kleinen Becher mit Saft in die Hand.

»Damit geht das Fieber weg, Louis, und du wirst müde. Legt euch ins Bett und kuschelt euch unter die Decke. Ich muss mit eurem Daddy und Mrs. Troy etwas bereden.«

»Hm. Bleib hier. Daddy.«

»Moment.« Ich gehe zur Tür.

»Rune, kannst du bitte bei den beiden bleiben? Ich müsste was mit dem Doc und Mrs. Troy bereden.«

»Natürlich.« Er nimmt den Babysafe und trägt Nayla ins Zimmer, setzt sich zu den Jungs.

»Leif, Louis, ist es okay, wenn Rune bei euch bleibt, bis ich wieder da bin? Es dauert sicherlich nicht lange.« Beide nicken, und als Rune das Buch zur Hand nimmt, das ich auf dem Koffer liegen habe, weiß ich, dass es passt. Bereits beim Hinausgehen höre ich, wie er leise vorliest. Kaum ist die Tür geschlossen, sage ich: »Egal, was Sie mir nun erklären, ganz egal, wie die Gesetzeslage ist oder ob es mir verboten ist, meine Kinder zu mir zu nehmen. Ich werde sie niemandem anvertrauen. Wenn Sie meinen, hier irgendetwas klären zu müssen, tun Sie das alle miteinander, aber ich bleibe hier. Mit den Kindern. Und keiner wird sie auch nur anrühren oder sie mir wegnehmen. Dazu müsst ihr mich erst mal einsperren.« Herausfordernd sehe ich zu dem Polizisten und zu Mrs. Troy. Truman reißt das Gespräch an sich. Interessanterweise hat diese Frau noch nichts gesagt. Auch der Doc hält sich zurück.

»Mrs. Troy, darf ich Ihnen zuerst die Fakten darlegen? Bitte sehen Sie sich die Unterlagen an, bevor Sie sich eine endgültige Meinung bilden. Das hier ist die Heiratsurkunde von Mr. Eden Walker und dem verstorbenen Maxwell Thourton-Walker. Das hier sind die Verträge, die sie mit den Leihmüttern abgeschlossen haben. Diese sind rechtlich einwandfrei. Hier die Adoptionspapiere, die bestätigen, dass Eden und Maxwell die Eltern der beiden Jungs sind, ebenso die Eltern von Nayla. Das ist alles von einem Gericht abgesegnet worden. Dann liegt Ihnen hier die Sterbeurkunde von Maxwell vor. Und mit Erlaubnis von Eden Walker dürfen Sie auch den persönlichen Brief, den Maxwell seinem Mann hinterlassen hat, lesen und sein Testament. Er hat verfügt, dass seine Hinterlassenschaften zu jeweils 25 Prozent an seinen Mann und jedes Kind gehen. Zudem soll er die Verwaltung des Vermögens übernehmen, bis die Kinder achtzehn Jahre alt sind. Hier liegt ein Bericht von einem Psychologen vor. Die beiden haben sich, nachdem Maxwell die fürchterliche Nachricht erhalten hat, dass er sterben wird, einmal die Woche mit einem Psychologen getroffen, um die Kinder auf den Verlust ihres Daddys vorzubereiten. Ich kann bei so vielen Beweisen, all den Vorbereitungsmaßnahmen und der weisen Voraussicht nicht erkennen, weshalb man Mr. Eden Walker aus rechtlicher Sicht die Kinder wegnehmen sollte. Was mein Assistent Mr. Monk jedoch herausgefunden hat, und das ist etwas, was der hier anwesende Eden Walker ebenfalls noch nicht weiß, ist, dass Maxwells Vater vor zwei Jahren verstorben ist und seinen Sohn in seinem Testament als Alleinerben eingesetzt hat. Und jetzt wird es

spannend. Denn der Familie Thourton gehört die Mehrheit der Firmengruppe Thourton und Mr. Thourton hat nicht den Namen seiner Frau angenommen. Ihm gehört die Firma. Wieso und weshalb Maxwell darüber nicht in Kenntnis gesetzt wurde, ist mir schleierhaft. Auch ist es mir ein Rätsel, wie es die Anwälte und Mrs. Thourton hinbekommen haben, zwei Jahre lang die Geschäfte weiterzuführen, ohne dass ihr die Firma gehört. Vermutlich wurde sie kommissarisch eingesetzt. Als sie erfuhr, dass sie zwei Enkel hat, war das ihre Chance, dafür zu sorgen, weiterhin die Zügel in der Hand halten zu dürfen. Das, Mrs. Troy, ist die Ausgangssituation aus unserer Sicht. Wir werden mit allen rechtlichen Mitteln kämpfen und gewinnen. Jetzt aber wäre es interessant, zu erfahren, zu welchem Schluss Sie gekommen sind.«
Diese Neuigkeiten stressen mich, aber noch gespannter bin ich, was diese Frau jetzt von sich geben wird.

»Zuerst einmal, Mr. Truman: Ich lasse mich ungern einschüchtern. Vor Anwälten habe ich überhaupt keine Angst. Mir geht es alleine um die Kinder. Und das, was ich vor wenigen Minuten in diesem Zimmer erlebt habe, hat mich schockiert. Sie denken vielleicht, dass ich hart bin und oft ungerecht. Doch das ist nicht in meinem Interesse.

Viele Eltern tun ihren Kindern Schlimmes an, und ich bin verpflichtet, die Kinder oft gegen ihren Willen aus den Familien zu nehmen. Ich bin der Buhmann. In diesem Fall jedoch …«, sie macht eine Pause, »werde ich in aller Deutlichkeit meinem Vorgesetzten mitteilen, was ich von der Sache halte. Auf die Gefahr hin, dass ich gefeuert werde, denn mir scheint es so, dass hier viele die Augen verschlossen und etwas unterzeichnet haben, was sie niemals hätten unterzeichnen dürfen, auf Kosten der Jungs. Mr. Walker, selbstverständlich dürfen die beiden bei Ihnen bleiben. Ich gehe davon aus, dass Doc Kellermann zu demselben Ergebnis gekommen ist. Zudem werde ich eine Anzeige gegen Mrs. Thourton in die Wege leiten.« Mir kommen die Tränen und außer einem »Danke« bringe ich erst mal nichts raus. Truman jedoch ergreift nochmals das Wort.

»Mrs. Troy, eine Bitte hätte ich noch. Mrs. Thourton hat die Pässe der Jungs. Würden Sie uns diese kurzfristig besorgen, damit wir mit den Kindern in ihr gewohntes Zuhause zurückkehren können?«

»Gewiss.« Der Doc meldet sich nun zu Wort.

»Mr. Walker, Louis wird die nächsten Tage nicht fliegen können. Mit Fieber darf er in kein Passagierflugzeug steigen. Im Übrigen, es stimmt, ich habe keinerlei Bedenken, Ihnen die Kinder anzuvertrauen. Was ich Ihnen rate, ist, weiterhin mit Louis und Leif zu einem Psychologen zu gehen. Das würde ihnen und Ihnen selber guttun.« Ich kann nur nicken.

»Die Kinder sind beide traumatisiert. Vom Tod ihres Daddys, aber vor allem davon, dass man sie Ihnen entrissen hat, Sie es nicht geschafft haben, sie zu beschützen. Das hat Wunden gerissen und sie müssen wieder Vertrauen aufbauen. Es wird eine harte Zeit werden. Sie werden Ihre Nähe suchen, Sie ungerne gehen lassen und sicher nicht über Nacht bei anderen Menschen schlafen wollen. Sie werden Angst haben, dass sie nicht mehr zurückkommen. Zum einen, weil es ihrem Daddy bereits so ergangen ist, und zum anderen, weil sie fürchten, dass jemand sie mitnehmen könnte. Ein stabiles Umfeld wird elementar wichtig sein. Ein Kindergartenbesuch ist gewiss in der ersten Zeit nicht möglich. Dass Sie Ihrem Beruf nachgehen, wird schwierig werden. Sie sind vielleicht die kommenden Tage wieder äußerlich die Alten, doch tief in ihrem Herzen sind sie das nicht. Da ist eine Angst, die es auszumerzen gilt. Erst, wenn sie sich wieder sicher fühlen, werden sie auch wieder unbeschwert lachen. Das, was ihnen ihre Großmutter angetan hat, ist unverzeihlich. Mr. Walker, hier ist etwas Fiebersaft für Louis. Geben sie ihm morgen Abend nochmals davon. Die Salbe habe ich Ihnen auf den Nachttisch gelegt. Bitte die kommenden Tage morgens dünn auftragen und ziehen Sie ihm bequeme Kleidung an. Aber da muss ich mir bei Ihnen ja zum Glück keine Sorgen machen. Wir sollten jetzt gehen, damit Ruhe einkehrt.« Wenig später stehe ich mit Truman alleine im Zimmer.

»Gehen Sie schlafen, Mr. Walker. Wir haben in den kommenden Tagen noch Zeit, über die weitere Entwicklung zu sprechen. Wenn ich Ihr Vertrauen in dieser Angelegenheit weiterhin habe, würde ich den Spezialisten in meiner Kanzlei, was Erbschaften und Firmengeschäfte angeht, mit ins Boot holen. Denn ich vermute, und das soll nicht beleidigend klingen, dies übersteigt Ihr Wissen. Sie werden Profis benötigen, um an Ihre Rechte zu gelangen, und auch, um das Erbe Ihrer Kinder sowie Ihr eigenes bestmöglich zu verwalten. Das wird viel Zeit in Anspruch nehmen und extrem belastend werden, da Sie sich in erster Linie um das Wohlbefinden der Kinder kümmern sollten. Trotzdem hängen an Ihnen nun auch jede Menge Arbeitsplätze. Familien, die auf ihre Arbeit und den Lohn angewiesen sind. Das muss schnellstmöglich alles geregelt werden und Sie werden es alleine niemals bewerkstelligen können.«

»Sicher. Das überfordert mich. In meinem Fokus sind die Kinder und das Weitere … ich meine, wenn Sie mich unterstützen können oder Ihre Kanzlei, dann tun Sie das bitte. Nehmen Sie mir so viel Arbeit ab wie möglich. Ich vertraue Ihnen.«

»Gut, dann werde ich mich an die Arbeit machen. Schlafen Sie gut.« Wenig später trete ich leise ins Schlafzimmer. Rune und auch die Jungs schlafen tief und fest. Der Mann berührt etwas in mir. Doch ich bin dafür noch nicht bereit. Das mit Maxwell, es ist viel zu frisch, mein Herz blutet noch viel zu sehr. Und ich will nicht, dass Rune ein Ersatz für ihn ist. Er ist mehr, aber ich kann die Gefühle noch nicht zulassen, will der Trauer um Maxwell Raum geben. Ihm geht es sicherlich ähnlich. Denn sonst hätte er längst bemerkt, dass ich seine devoten Züge erkannt habe. Der Dom in mir hat dies trotz der Trauer sofort wahrgenommen. Doch ich muss mir eingestehen, dass ich für mehr als Freundschaft nicht bereit bin. Noch nicht.

# Ein Jahr später – Rune

Heute ist Taminos Tod ein Jahr her. Seine Eltern, meine und unsere Freunde, allen voran Stormy und Brian, sind da und wir stehen gemeinsam auf dem Friedhof. So viel ist passiert in diesem Jahr. So viel Schönes und Schlimmes – mit vielen Emotionen verbunden. Stormy und Brian waren mir zu jeder Zeit eine große Stütze. Auch, als ich wieder zu mir gekommen bin und Eden kennengelernt, ihm geholfen habe, seine Kinder zurückzubekommen. Die beiden standen immer an meiner Seite. Sie waren ebenfalls bei mir, als Eden sich zurückgezogen, mir deutlich gemacht hat, dass ich nicht mehr von ihm bekommen werde, zumindest nicht das, was ich mir vielleicht in irgendeiner Form, die ich selbst nicht benennen kann, erhoffe. Er hatte recht. Ich war nicht so weit. Wie auch? Die Wunde, die der Tod von Tamino hinterlassen hat, musste erst anfangen zu heilen. Meine neue Aufgabe hat mir dabei geholfen: die Gründung der Foundation. Ich habe mit meinem Anwalt zusammen eine Strategie entwickelt, Anwälte eingestellt und Kanzleien unter Vertrag genommen. Brian und Torsten Monk sind meine engsten Mitarbeiter. Sie begutachten die Fälle, befinden darüber, ob es Notfälle sind, ob wir helfen können und ob es rechtens ist, zu helfen. Erst danach holen wir Spezialisten mit ins Boot. Nach anfänglichen

Schwierigkeiten beginnt es zu laufen. Zurzeit werden die ersten Fälle bearbeitet und wir erhoffen uns Hilfe für die Betroffenen. Es tut gut, zu wissen, dass man helfen kann. Meine Arbeit ist nach den ersten Sitzungen weniger geworden. Ich kann mich wieder auf mich und auf den Sport konzentrieren, der mich nie völlig loslassen wird. Warum auch? Ich schaue regelmäßig bei den Trainingseinheiten vorbei und sehe mir fast alle Heimspiele an. Stormy ist in Höchstform. Wenn er das Glück hat, sich nicht zu verletzen, wird er die kommenden Saisonen einer der besten Spieler der Liga sein. Ich bin stolz auf meinen Freund. Er und Brian sind unendlich glücklich und sein Outing hat seiner Karriere nicht geschadet, was mich freut und an die Menschheit glauben lässt. Das alles erzähle ich Tamino im Stillen, während ich vor seinem Grab stehe. Ich bin tief in Gedanken in Zwiesprache mit ihm und habe nicht bemerkt, dass sich die anderen verabschiedet haben und ich alleine am Grab stehe. Unerwartet werde ich angesprochen.

»Hallo Rune.« Ich blicke auf und mir stockt der Atem. Gut sieht er aus. Völlig anders. Er ist wieder im Leben angekommen. Seine blauen Augen ziehen mich in ihren Bann und mein Mund wird trocken. Gefühle erwachen und brechen über mich herein. Gefühle, die ich unterdrückt, die ich nicht zugelassen habe. Hier, völlig unpassend, am Grab von Tamino schaffe ich es nicht mehr. Am liebsten würde ich … ja, was? Ich drehe mich zum Grab um.

»Es ist jetzt ein Jahr her. Ich kann es fast nicht glauben. Er ist immer noch in meinem Herzen, und doch weiß ich, dass er nicht mehr zurückkommt, dass ich weiterleben muss. Wie geht es dir, Eden?«

»So wie dir. Maxwell ist weg. Eine Leere ist dort, wo sein Platz war. Die Kinder, vor allem die Jungs, vermissen ihn. Doch sie vergessen. Der Schmerz nimmt ab. Ein Privileg der Jugend und vielleicht auch von der Natur so gewollt. Sie sollen nicht ewig traurig sein. Ihnen steht das Leben noch bevor. Ein hoffentlich schönes Leben.«

»Und uns?« Ich sehe Eden direkt in die Augen. Er ist still. Lange. Dann aber beugt er sich vor und unsere Lippen berühren sich. Leicht, zärtlich, aber sie berühren sich.

»Wir dürfen auch leben. Maxwell und Tamino würden das von uns erwarten, meinst du nicht?«

»Du hast dich nicht mehr gemeldet. Ich …«

»Wir waren noch nicht so weit, Rune, auch, wenn wir das vielleicht dachten. Das waren wir nicht. Es war zu schnell, viel zu schnell und es hätte niemals funktioniert.«

»Und jetzt wird es funktionieren?«

»Keine Ahnung, aber ich will dich … will dich kennenlernen und ich will dich spüren, will wieder leben und lieben. Ich werde Maxwell nie vergessen, er wird immer in meinem Herzen sein und ich werde ihn auch für die Kinder in meinem Leben behalten, das ist vollkommen richtig so, aber ich werde mir erlauben, mein Herz zu öffnen. Ich wusste vom ersten Moment an, dass du der Mann bist, der zu mir gehört. Frag mich nicht, weshalb das Schicksal es so wollte, doch ich wusste es und du hast es auch gespürt.«

»Du bist ein Dom. War Maxwell dein Sub? Habt ihr es ausgelebt?«

»Ihr?«

»Ja, haben wir, auf sexueller Ebene. Nie im Alltag. Wir waren Partner, gleichberechtigt. Wir haben uns geliebt und uns, was den Sex angeht, ergänzt. Keiner hat den anderen deswegen als weniger Mann betrachtet.« »Warum hätte das der Fall sein sollen?«

»Viele tun das.«

»Weil Männer oder Frauen mit ähnlichen Bedürfnissen, wie du sie hast, sich unterordnen und dadurch Genuss empfinden?«

»Ja.«

»Wir sollten zu den anderen gehen. Brian und Stormy sind bei den Kindern, aber ich will sie nicht zu lange alleine lassen. Es schleicht sich immer noch das ängstliche Glitzern in ihre Augen, wenn sie mich nicht sehen. Auch, wenn es besser geworden ist. Kommst du mit?« Abermals drehe ich mich zum Grab um, flüstere leise: »Ich mag ihn, Tamino. Aber das weißt du längst«, und folge ihm zu den anderen. Taminos Mum sieht uns neugierig entgegen.

# Ein Jahr später – Eden

Mit den Kindern laufe ich Richtung Friedhof. Wir gehen nicht mehr jeden zweiten Tag zum Grab doch regelmäßig. Es ist mir und auch den Kindern ein Bedürfnis. Für die Jungs ist es eine Art Routine, eine Regelmäßigkeit. Ihrem Daddy Blumen zu bringen, hat etwas, das ihnen Halt gibt. Das Jahr war schwierig und hat mich oft überfordert, nicht dass ich die Jungs wiederhabe, mich um sie kümmern musste und das war oft nicht einfach. Louis war völlig verängstigt und traumatisiert. Leif auch, jedoch ist er stärker. Louis hat das zarte einfühlsame Wesen von Maxwell. Er fühlt viel tiefer, nicht dass Leif oberflächlich wäre, das stimmt nicht, aber er ist robuster. Er kümmert sich um seinen Bruder. Verteidigt ihn gegen jeden, der ihn angreifen will. Der ihn auslacht oder schlecht über ihn spricht. Mein kleiner Kämpfer. Die ersten drei Wochen als die beiden wieder bei mir zu Hause waren, konnte ich keinen Schritt machen ohne sie. Erst langsam wurde es besser. Die Kuscheltiere, die sie sich aussuchten, haben geholfen. Leif hat Ice im Bett, einen kleinen Eisbären, und Louis findet man nirgends ohne seinen Affen, Monkey. Womit wir bald Erfolg hatten, war, dass Louis die Sache mit dem Einnässen in den Griff bekommen hat. Er ist gewachsen, hat sich entwickelt, dazu der Pieselpiepser, das hat ihm geholfen. Vermutlich auch die Routine, die mich als Daddy gefordert hat. Louis ist ein wundervoller Junge. Völlig anders als sein Bruder Leif, der auf seine Art etwas Besonderes ist. Und Nayla, sie wird die Herzen der Männer in Reihen brechen. Ihre dunklen Augen hat sie von meiner Mum, die so jung von uns gehen musste. Nayla ist ihr Ebenbild. Es ist schade, dass sie ihre Enkel nicht kennenlernen kann, sie wäre glücklich, da bin ich mir sicher. Ja und dann ist da noch Maxwells Mum. Ihr ging es in den letzten Monaten quasi an den Kragen. Ich bin mir keiner Schuld bewusst und mein Mitleid habe ich, was sie betrifft, gänzlich verloren, als ich Louis' Rücken gesehen habe. Da kann ich hart sein. Nein nicht hart, konsequent und mitleidlos. Truman hat mithilfe seiner Kanzlei Ordnung in vieles gebracht, was unverschämterweise nicht richtig lief. Maxwell wurde hintergangen und das zu Lebzeiten. Zwar ist er zum Zeitpunkt, als sein Dad gestorben ist, bereits schwer krank gewesen, aber er hätte zumindest bei seinem Tod gewusst, dass sein Dad ihn geliebt hat, so wie er ist, dass er sich bei ihm entschuldigt hat, durch diesen handgeschriebenen Brief und seinem Nachlass. Maxwell hätte in der Gewissheit sterben können, dass seine Kinder alle gut versorgt sind. Nie in finanzieller Not leben werden. Ich habe es ihm erzählt, am Grab und in meinen Träumen, und wo auch immer er ist, hoffe ich, dass er es gehört hat und seinen Frieden findet.

Wir, also die Kinder und ich, sind nun Miteigentümer einer Firmenholding, gehören zu einer alt eingesessenen Industriellenfamilie. Wie schwachsinnig sich das anhört! Dass Maxwell mir nicht erzählt hat, wie reich seine Familie tatsächlich ist, mir nicht vertraut hat, bedrückt mich doch etwas, denn er hatte ja nichts davon und wollte mit ihnen nie mehr zu tun haben. Wir besitzen nun zusammen vierzig Prozent der Firmenholding. Die restlichen sechzig teilen sich zig Investoren. Zu meinem Glück muss ich mir um das Tagesgeschäft keine Sorgen machen, denn davon hätte ich keine Ahnung, aber ich kann und muss Einfluss nehmen, werde zu Sitzungen hinzugezogen, die meine Zustimmung benötigen. Das ist völliges Neuland für mich und ohne ein Team von guten Anwälten, die mich beraten, nicht möglich. Doch ich lerne dazu. Jeden Tag. Truman hat mir einen Mann an die Seite gestellt, der mich quasi in diesem Bereich schult, damit ich Einblick in die Strukturen und in den Ablauf einer solch großen Firma bekomme. Ich gebe zu, es macht mir sogar Spaß. Es ist etwas völlig anderes, auf der Bank zu sitzen, als, wie im Unialltag der Fall, vor den Studenten zu stehen. Maxwells Mum ist gesellschaftlich am Ende, dafür habe nicht ich gesorgt, sondern sie selbst und letztlich Mrs. Troy vom Jugendamt, die den Skandal aufgedeckt hat. Sie tut mir nicht leid. Finanziell wird sie ihr Auskommen haben. Was sage ich? So viel wird sie gar nicht mehr ausgeben können. Dass sie nicht mehr auf Partys eingeladen wird und die Grand Dame spielen kann, wird für sie um einiges schlimmer sein. Als der Notar Truman und mir vorgelesen hat, was wir erben, bin ich ziemlich schockiert gewesen. Zu Beginn. Im Leben hätte ich nie damit gerechnet, einmal so viel zu besitzen, und auch heute noch erschlägt es mich völlig. Denn ich weiß überhaupt nicht, was ich damit tun soll. Ich habe noch keinen Dollar angerührt, wohne mit den Kindern noch in unserem Apartment, damit sie sich heimisch fühlen, obwohl es zu klein wird. Wir besitzen nun genügend Immobilien, auch hier in New York gibt es ein Penthouse, das ich mir aber noch nicht angeschaut habe. Des Weiteren sind da ein Anwesen in Florida, das sich nach etwas Größerem anhört, und das Anwesen in Detroit, das alleine für sich riesig ist und seit einigen Wochen leer steht, weil Maxwells Mum ausgezogen ist. Nicht, weil ich sie rausgeschmissen habe, was ich hätte tun können. Denn das Haus gehört uns. Nein, sie ist von sich aus gegangen. Es gibt noch einige weitere Objekte, die ich mir im Laufe der Zeit werde ansehen müssen, nur, um überhaupt zu erfahren, was uns gehört, aber das ist nicht das Wichtigste. Die Anwälte und Verwalter sollen sich darum kümmern. Genauso wie um das Aktienpaket, das mich völlig durcheinandergebracht hat. Aber ich ignoriere die Zahlen für den Moment. Es ist das Geld der Kinder. Natürlich kommt auf mich eine große Verantwortung zu, denn die Kinder müssen geschützt werden und auf das, was sie einmal ihren Besitz nennen dürfen, vorbereitet werden. Tja, und dann sind da die jährlichen Dividendenausschüttungen und Gewinnbeteiligungen. Noch weigere ich mich, das als real anzusehen. Wie gesagt, ich wohne noch in unserer 80 qm kleinen Wohnung. Doch hier kann ich nicht bleiben. Die Kinder müssen an ein Leben in einer Gesellschaft herangeführt werden, die ich nicht kenne, noch nicht. Auch für mich ist es Neuland. Wir werden Fehler machen, ich werde sie machen, die Kinder gewiss nicht. Doch eines weiß ich bereits jetzt: Sie werden gute Menschen. Ich lasse sie nicht vergessen, dass es nicht selbstverständlich ist, Geld zu besitzen. Ihnen wird nicht jeder Wunsch erfüllt. Ich will, dass sie Ziele habe, Freude entwickeln, wenn sie sich etwas erarbeitet haben, und das wird eine unheimlich große Aufgabe, denn sie können sich im Prinzip wirklich jeden Wunsch erfüllen. Aber ist das der Weg zu einem erfüllten Leben? Das alles hat mich in den letzten Monaten beschäftigt, bewegt und oft lag ich nachts wach und habe an meinen Mann gedacht. An Maxwell, habe von ihm geträumt, es fühlte sich meist real an. Ich saß mit ihm an einem Tisch, beide tranken wir ein Bier und ich erzählte ihm vom Tag, davon, was mich bewegt und versuchte, meine Gedanken zu sortieren. Vor ein paar Wochen veränderte sich dieser Traum. Maxwells Platz blieb immer öfter leer, er kam nicht. Und vor drei Wochen war er da, saß aber nicht bei mir am Tisch. Er hat zum ersten Mal geantwortet. Dieser Traum war so real …

»Lass mich gehen, Eden. Es ist in Ordnung. Geh zu ihm und liebe ihn.« Er lächelte mir zu und verblasste. Ich bin schweißgebadet aufgewacht und brauchte drei Wochen, um zu verstehen und zu akzeptieren, was mein Geist wohl bereits seit Langem irgendwie tief in mir beschlossen hatte. Da ist Rune.

Vor dem Grab von Tamino stehen mehrere Personen, auch Rune sehe ich. Gerade als ich mit den Kindern eine Runde weiterlaufen möchte, um nicht zu stören, sieht einer der Männer hoch und kommt auf mich zu.

»Hi, ich bin Brian, du musst Eden sein.«

»Stimmt.« Ich blicke ihn fragend an.

»Heute ist Taminos erster Todestag. Wir haben uns hier getroffen. Seine und Runes Eltern, Thomas und ich. Du hast dich rar gemacht.«

»Ist das ein Vorwurf?«

»Nein, im Gegenteil.« Fragend sehe ich ihn an.

»Das war gut. Rune brauchte diese Zeit und du, denke ich, ebenfalls. Nenn mich frech oder besserwisserisch, ich denke, jetzt solltet ihr wieder leben. Du und Rune. Ich kann mir nicht vorstellen, dass eure Männer von euch verlangen würden, nicht mehr zu lieben. Und du hast bereits vor einigen Monaten in Rune etwas belebt. Er hat uns von dir erzählt und dabei haben seine Augen geleuchtet, gestrahlt. Deshalb …« Er sieht zum Grab. Dort steht nur noch Rune.

»Geh zu ihm. Ich passe auf deine Kinder auf.«

# Leben und dieses andere Verlangen – Rune

Der Kuss an Taminos Grabstätte war vielleicht zu viel, aber er hat etwas geweckt, und zwar in Sekunden. Diese zärtliche Berührung war der Wahnsinn, hat mich elektrisiert. Trotzdem konnte ich mich zusammenreißen, es genießen. Nachdem ich mich von Tamino verabschiedet habe, gehe ich zu den anderen. Eden an meiner Seite. Die Jungs lächeln mir zu und kommen freudig auf mich zugerannt, auch der zunächst etwas zögernde Louis. Nayla folgt ihren Brüdern. Sie fällt auf dem unebenen Kiesweg, noch nicht völlig trittfest, zweimal hin und will auf meinen Arm. Dass mich Taminos Eltern betrachten und sich traurig, aber auch liebevoll zulächeln, sehe ich nicht. Auch nicht, dass Arne und Sven sich zufrieden zunicken. Als die Kinder mich loslassen, gehen wir gemeinsam zum Parkplatz und symbolisch könnte man sagen, dass ein neuer Lebensabschnitt beginnt. Eden hält mich an der Hand, drückt sie und lächelt mich an. Wir fahren zu einem Hotel, in dem ich für uns einen Tisch reserviert habe. Der Ober wird kurz hektisch, als er erkennt, dass wir mehr Personen sind als angemeldet, lässt sich aber nicht aus der Ruhe bringen. Es wird ein gemütlicher und nicht so trauriger Mittag, wie ich ihn mir am Vormittag vorgestellt habe, im Gegenteil, durch die Kinder, Nayla, die bald zu Daba, Taminos Mum, auf den

Arm will und eigentlich bei jedem Streicheleinheiten abholt, wird es sogar sehr kuschelig. Stormy und Brian verstehen sich prächtig mit Eden, was mir wichtig ist, und als sie sich verabschieden, zwinkert mir Brian zu und murmelt: »Viel Spaß, mein Freund.« Stormy zieht ihn lachend mit sich. Es ist etwas seltsam, als ich mich von Taminos Eltern verabschiede, doch sie nehmen mich in den Arm und Daba flüstert mir zu: »Werde glücklich, mein Sohn. Nichts anderes ist wichtig.« Arne und Sven winken und dann sind wir alleine, na ja nicht ganz, denn da sind drei Kinder. Und die bemerken ziemlich schnell, dass da etwas anders ist, dass da einer ist, der ihnen ihren Daddy auf eine gewisse Art streitig machen will. Das Zubettgehen gestaltet sich schwierig. Mal weiß Leif etwas, mal Louis, und Nayla hat uns sowieso durchschaut. Sie möchte bei Eden im Bett schlafen, auch, wenn er das überhaupt nicht will. Lachend erkenne ich, dass genau das mein neues Leben werden wird, ich mir Eden erst verdienen muss und dass dies nur über die Kinder gehen wird. Zuletzt schlafen alle drei in dem Bett, in dem Eden mich und sich heute Nacht sehen wollte, wie mir durchaus klar ist. Wie gesagt, es kommt anders. Er öffnet nach getaner Arbeit, denn Kinder ins Bett zu bringen, ist Arbeit, eine Flasche Rotwein und wir setzen uns auf die Couch, reden lange, eigentlich die ganze Nacht hindurch. Als die Flasche leer ist, will Eden eine neue holen, aber ich halte ihn zurück. Mutiger, als ich bin, murmle ich mit Blick in seine Augen: »Mir wäre ein erneuter Kuss lieber.« Eden blickt mich mit diesen kristallklaren Augen an, beugt sich zu mir und küsst mich. Leicht, fast berührt er mich nicht. Sieht mich an. Wendet den Blick nicht von mir. Erst, als ich meine Lippen leicht öffne, um ihm Zugang zu gewähren, stöhnt er leise und erforscht meinen Mund. Langsam. Genussvoll. Ich schmecke den Wein auf seiner Zunge, vor allem aber ihn. Schnell liege ich auf der Couch und Eden ist auf mir. Wir küssen uns wie Ertrinkende, saugen uns aneinander fest, und doch ist da dieses Gefühl zwischen uns, das langsam wächst und stärker wird. Ihn zu spüren, wie er nackt auf mir liegt, wie seine Hände meinen Körper erforschen, seine Lippen mich berühren, er … unwillkürlich verkrampfe ich mich und komme. Einfach so. Das Kopfkino hat mir den Rest gegeben. Seine Lippen verlassen meinen Mund und zärtlich murmelt er mir ins Ohr: »Tztz … da hat es jemandem aber ziemlich gut gefallen.« Ich hauche nur ein leises »Hat es«. Er entgegnet mit Blick in meine Augen: »Schön, mir auch.« Seine nächsten Worte lassen mich wieder hart werden.

»Aber beim nächsten Mal, Rune, wirst du mich fragen, ob du kommen darfst. Nicht wahr?« Dass ich nur nicken kann, dürfte klar sein, dass Eden mich liebevoll angrinst, ebenfalls. Langsam löst er sich von mir und setzt sich neben mich auf die Couch.

»Erzähl mir von eurem Zusammensein, von deinen Wünschen, auf was du stehst, Rune. Auch, ob Tamino dein erster Master war oder wie du überhaupt dazu gekommen bist. Maxwell wusste es sehr früh, hat mir immer die Führung im Bett überlassen. Mir hat das gefallen, doch verstanden habe ich es erst, als er mich beim Sex in seiner Lust unbewusst aufgefordert hat, ihm auf den Arsch zu schlagen. Er hat sich dafür geschämt, es geäußert zu haben. Mich wiederum hat das zum Nachdenken gebracht und wir haben darüber geredet, uns informiert, erst im Netz, später auch mal über Online-Chats und in Klubs. Wir sind beide in diese Szene hineingewachsen und ich bin gewiss kein Profi, mich allerdings Anfänger zu nennen, wäre gelogen. Mittlerweile weiß ich, was ich mag, und dass man darüber reden muss. Sonst bleibt einer auf der Strecke, weil seine Wünsche und Sehnsüchte nicht erfüllt werden.« Leise hauche ich: »Und wenn du sie nicht erfüllen kannst, Eden, was dann?«

»Du hast Angst davor, dass du so schräg drauf sein könntest, dass mir das zu hart ist?«

»Ja.«

»Hattest du diese Angst auch bei Tamino?«

»Oh ja.«

»Und wie hast du sie überwunden?«

»Indem ich mit ihm zu dem Mann gegangen bin, der mich ausgebildet hat.«

»Du bist so richtig ausgebildet?«

»Na ja, was heißt richtig? Aber angelernt bin ich zumindest.«

»Maxwell war nicht mein erster Mann. Ich hatte Sex mit drei Kerlen, aber das waren nur kurze Intermezzos, es hatte nichts mit Liebe zu tun. Mit Maxwell, das war Liebe, Vertrauen und wundervoller, befriedigender Sex. Deshalb solltest du mich diesem Mann, der dich ausgebildet hat, vorstellen. Ich kann dir versprechen, dass ich dominant bin. Inwiefern ich dir damit genüge – keine Ahnung, werden wir herausfinden müssen, doch das ist auch spannend. Oder? Hattest du Sex seit Taminos Tod?«

»Nein, du?«

»Auch nicht. Ich konnte es mir noch nicht mal so richtig selber besorgen, es fühlte sich immer falsch an und oft ging es nicht, da die Kinder mit im Bett lagen.«

»Eden?«

»Ja.«

»Darf ich dir jetzt hier auf der Couch Freude bereiten?« Er sieht mich lange an, dann aber nickt er und die Beule in seiner Hose lässt mich vor Vorfreude mit der Zunge über meine Lippen fahren. Meine Hände zittern, als ich seine Hose öffne. Eden beobachtet mein Tun, ansonsten ist keine Regung zu erkennen. Ich weiß noch nicht einmal, ob er blinzelt. Sein Schaft allerdings, der steht stramm, als ich ihn aus dem engen Gefängnis befreit habe. Ich lasse mich mit Blick in seine Augen von der Couch gleiten und knie mich vor ihn, zwischen seine Beine. Ein leises Stöhnen folgt aus seinem Mund, mehr nicht. Langsam beuge ich mich über ihn, und als meine Lippen sich um seinen Schaft schließen, ist von Zurückhaltung in Sekunden nichts mehr zu spüren. Ein leises und doch ziemlich deutliches »Ich mach's wieder gut« lässt Taten folgen. Ausgehungert und einfach nur geil umschließen seine Hände meinen Kopf und drücken diesen auf seinen zu beachtlicher Größe angeschwollenen Penis. Tief drückt er mich nieder und ich erschaudere bei dieser Arroganz und Dominanz. Es hat mir gefehlt, so sehr. Eden spielt mit mir, dringt tiefer und weniger tief ein, holt sich Genuss. Als ich mit den Zähnen seinen Schaft entlang kratze, murmelt er: »Wehe, du wirst noch frecher, ich weiß genau, was du vorhast.« Er lässt mich kurz los und ich nutze den Moment, um fester an seiner Spitze zu saugen, mit der Zunge in seine Spalte zu fahren und ihn erneut tief aufzunehmen und zu schlucken. Sein Duft wird herber, seine Hoden ziehen sich zusammen und er kann bei dieser Behandlung nicht mehr länger widerstehen. Er beißt sich in die Faust, um einen lauten Schrei zu unterdrücken, und spritzt in mir ab. Sein Körper zuckt, und wenn ich es bis zu diesem Zeitpunkt nicht wahrgenommen hätte, wüsste ich ab diesem Moment, wie wunderschön dieser Mann ist. Erst, als jeder Tropfen seinen Schaft verlassen hat und ich geschluckt habe, löse ich mich langsam von ihm, nicht ohne den nun empfindlichen, weichen Schaft erneut mit den Zähnen zu kratzen. Ich lächle, als ich an seinem Mund angelangt bin und ihn küssen will.

»Das war frech.« Ich weiß sehr genau, was er meint, drücke meine Lippen auf seine und küsse ihn, er aber löst sich nochmals für einen klitzekleinen Moment.

»Das war wundervoll, Rune. Danke.«

»Dafür nicht«, wiederhole ich nun seine Worte.

Wir nähern uns einander, nicht langsam, aber auch nicht stürmisch. Sex haben wir auf dem Sofa, aber so richtig intim waren wir noch nicht. Das hat jedoch nicht nur mit den Kindern und der engen

Wohnung zu tun, es ist ein langsames Werben und Kennenlernen und wird dadurch umso besonderer. Natürlich kann ich DEN Tag oder, anders gesagt, DIE Nacht fast nicht mehr erwarten, nehme auch bei Eden immer öfter dieses unendliche Verlangen wahr, eins mit mir zu werden. Doch wir nehmen uns die Zeit. Und die Couch hat in der Zwischenzeit einiges zu erzählen, wenn sie denn könnte. Die Kinder gewöhnen sich zum Glück sehr schnell an meine Anwesenheit. Leif ist es schließlich, der mir die Frage der Fragen stellt.

»Wirst du unser neuer Daddy?« Okay, es überfordert mich kurz, aber mir war klar, dass etwas in der Art kommen würde.

»Komm mal her, Leif, und du, Louis, darfst gerne auch zuhören und dich zu uns setzen. Wisst ihr, ich werde gewiss nicht euer neuer Daddy werden, denn einen Daddy kann man nicht so einfach austauschen und eure Daddys sind Eden und Maxwell. Leider ist Maxwell sehr krank gewesen und kann nicht mehr bei euch sein. Ich kann und will ihn nicht ersetzen, aber wenn ihr wollt, werde ich euer allerbester Freund sein. Ich habe euren Daddy, Eden, sehr lieb. Und niemals nehme ich ihn euch weg. Das hat Maxwell doch auch nicht getan, oder? Es würde mir gefallen, wenn ihr mich gern habt, denn ich liebe euch. Ihr seid in mein Herz hineingeschlüpft, du, Louis und Nayla, aber auch euer Daddy.«

»Willst du denn mit ihm in einem Bett schlafen?«, fragt Louis leise.

»Ja, das würde ich sehr gerne tun.«

»Dürfen wir dann nicht mehr mit ins Bett?«

»Louis, ihr dürft immer mit uns kuscheln. Warum denn nicht? Was meint ihr, könntet ihr euch vorstellen, dass wir eine kleine Familie werden, in der auch euer Daddy Maxwell einen Platz hat?«

»Dürfen wir dich dann auch Daddy nennen?«

»Ihr könnt mich nennen, wie ihr wollt. So wie ihr das möchtet.«

»Daddy hat gesagt, dass wir vielleicht woanders hinziehen, in ein anderes Haus. Gehst du dann mit?«

»Ja, das werde ich, denn ich habe euren Daddy sehr lieb und möchte mit ihm zusammen sein, nicht mehr alleine sein. Versteht ihr das?«

»Hm.« Louis ist es, der erneut fragt, ängstlich.

»Wirst du auch krank werden und in den Himmel ziehen?« Diese Frage bringt mich an meine Grenze. Ehrlich. Wer denkt denn, dass ein Kind so was fragt?

»Louis, dein Daddy wollte nicht krank werden und sicherlich noch viele Jahre bei euch bleiben. Dasselbe gilt für Eden und für mich. Es gibt Dinge, die können auch Erwachsene nicht regeln oder sich kaufen. Was ich euch verspreche, ist, dass ich auf mich achtgebe und aufpasse, damit mir nichts geschieht. Einverstanden?« Beide nicken fast ehrfürchtig. Ich muss lachen, obwohl ich echt gerührt bin, vor allem, als mir auffällt, dass Eden uns beobachtet hat. Er wirft mir einen Luftkuss zu.

Dass die Wohnsituation so nicht bleiben kann und muss, da wir beide über die nötigen finanziellen Mittel verfügen, uns etwas Neues zu kaufen, ist klar. Wenn ich mir etwas im Leben niemals hätte vorstellen können, dann, dass ich so reich werde und mich gleichzeitig wie ein armer Schlucker fühle in Gegenwart von Eden. Es ist zum Lachen. Aber mit Maxwells Tod ist Eden tatsächlich zum Miterbe eines Vermögens geworden, von dem er vorher nur in der Zeitung gelesen hat. Er ist damit überfordert, meistert es, so finde ich, allerdings hervorragend. Die Verantwortung, die er für die Kinder hat, ist nicht kleiner geworden. Das ist auch ein Punkt, den wir an einem Nachmittag in der Kanzlei von Truman mit einigen seiner Anwälte und Vermögensberater besprechen. Eden will mich dabeihaben, mich einbeziehen und nicht alleine entscheiden. Daba hat uns angeboten, mit den Kindern für einen Nachmittag in den Zoo zu gehen. Auch etwas, das sich zum Positiven verändert hat. Sie blüht wieder auf, wenn sie sich um die Kinder kümmern darf, und diese nennen sie bereits Grandma, was ich wunderschön finde. Sie haben keine Angst vor ihr und bleiben gerne für ein paar Stunden in ihrer Obhut. Heute ist ein wichtiger Termin, denn endlich haben die Anwälte und Berater alles in Augenschein genommen und zum Teil umorganisiert, sodass sich Eden einen exakten Überblick verschaffen kann, was ihm und den Kindern nun gehört und welche Aufgaben in Zukunft anfallen werden. Er hat gelernt. Viel.

»Hallo Mr. Walker, Mr. Miller, schön, dass wir uns treffen. Möchten Sie etwas zu trinken? Kaffee oder …«

»Nein danke, Mr. Truman, beginnen wir lieber. Oder, Rune?«

»Klar.«

»In Ordnung. Mr. Walker, meine Kollegen und ich haben uns, wie Sie wissen, aufgeteilt, jeder hat einen Bereich übernommen und diesen analysiert und mit Ihrem Einverständnis optimiert. Zuerst wenden wir uns dem Aktienvermögen und den Firmenbeteiligungen zu.« Mir bleibt in den folgenden zwei Stunden die Spucke weg. Hier geht es nicht um Millionen, sondern um Milliarden, um Anteile an Firmen, die höchst rentabel sind. Maxwells Dad hatte ein gutes Gespür für Finanzen oder verflucht gute Berater. Dieser Anteil wird Eden und dadurch auch mir Arbeit bescheren. Es werden Entscheidungen getroffen werden müssen, die nicht nur für die Kinder gelten, sondern für viele Familien, die am Ende des Monats ihren Lohn erwarten. Zum Glück gehört Eden nur ein gewisser Anteil, und die Stimmrechte sind nur im Falle einiger Firmen richtig groß. Der zweite große Brocken ist die Firmenholding der Thourtons selber. Eden und die Kinder besitzen zusammen vierzig Prozent. Ich glaube, Eden ging bisher davon aus, dass dies nur sein Erbe sei, aber dem ist offensichtlich nicht so. Hier wird Eden am meisten Arbeit bevorstehen. Denn ihm gehört die Firma zu einem großen Teil, sein Anwalt versichert ihm, dass sie in guten Händen sei. Da Eden nicht halb so überrascht ist wie ich, nehme ich an, dass er von diesem Teil bereits wusste. Der letzte Anteil sind Immobilien.

»Mr. Walker, wir haben Ihnen hier eine Liste gemacht. Ein großer Teil ist vermietet und auch in Schuss. Die Verwalter der Mietobjekte haben uns ihre Berichte zukommen lassen. Natürlich gibt es schwarze Flecken, doch das werden wir hinbekommen. Ihr Schwiegervater hat sich in drei Hotels eingekauft, was in unseren Augen ein Fehler war. Vielleicht hat es ihm gefallen, doch wir möchten Ihnen raten, diese abzustoßen. Auch im

Hinblick darauf, dass Sie ja möglichst wenig Arbeit haben wollen. Dann gibt es, wie Sie wissen, das Stammhaus in Detroit und die Firmenanlagen, die an die Holding verpachtet sind. Weiter gibt es in Detroit mehrere größere Wohnblocks, die für die Arbeiter gebaut wurden und zum Großteil an diese vermietet sind. Sie wurden in den vergangenen Jahren saniert. In New York City besitzen Sie mehrere Büroetagen, die langfristig vermietet sind, hier gibt es ebenfalls wenig Handlungsbedarf. In Anbetracht Ihrer derzeitigen Wohnsituation sind für Sie die folgenden Objekte interessant: eine Penthousewohnung in der Nähe des Central Parks. Sie steht leer. Maxwells Dad hat sie für seinen Sohn erworben, den er hat suchen lassen. Das Apartment ist groß, wirklich sehr groß. Es verfügt über fast 400 qm und ist mit dem größten Luxus und den besten Sicherheitseinrichtungen ausgestattet. Es wurde von Mr. Thourton genutzt, wenn er geschäftlich in New York war, aber er hat von diesem Objekt seiner Frau nichts erzählt. Ich nehme an, Sie entschuldigen die Vermutung, dass er dort auch Damenbesuch empfangen hat. Hier sind die Schlüsselkarten und die Rufnummer des Sicherheitsdienstes. Ich habe Sie angekündigt. Des Weiteren ist da ein Anwesen in Florida auf Fisher Island, direkt am Meer. Es wird als Feriendomizil gekennzeichnet und ist den

Bildern nach zu urteilen, die ich gesehen habe, ein Schmuckstück. Auch hier habe ich Sie angekündigt. Mr. Walker, mir ist bewusst, dass dies alles Ihr Leben komplett durcheinandergebracht hat und noch tut, Sie fordert, aber Sie können sich aber auf uns verlassen. Wir werden Sie nur kontaktieren, wenn es unumgänglich und Ihre Anwesenheit erforderlich ist. Selbstverständlich dürfen Sie auch aktiver sein, wenn Sie das wünschen. Nur in Anbetracht dessen, dass Sie Kinder haben und nun wirklich über genügend Geld verfügen, können und dürfen Sie sich ein traumhaftes Leben aufbauen. Das steht Ihnen zu, Mr. Walker, bei all dem Schlimmen, das Ihnen widerfahren ist. Ihnen beiden. Es freut mich, dass Sie und Mr. Miller sich gefunden haben, der so großzügig ist, diese Foundation aufzubauen und anderen Menschen zu helfen, noch dazu unsere Kanzlei mit Aufträgen überschüttet. Deshalb wünsche ich Ihnen beiden das Allerbeste. Es wird nicht einfach werden, den Kindern ein freies unbeschwertes Leben zu ermöglichen und Bodenständigkeit zu vermitteln. Ich rate Ihnen dringend, sich mit Mr. Sheffield von der Sicherheitsfirma zu treffen, denn wenn es an die Öffentlichkeit gelangt, dass Sie ein Vermögen besitzen, werden Sie, und das ist die Schattenseite, Menschen an Ihrer Seite brauchen, die Sie schützen.

Sie und vor allem die Kinder. Bodyguards werden ein Teil Ihres Lebens sein.«

»Um es zusammenfassend zu sagen, Mr. Truman, ich und die Kinder sind nicht Millionäre, sondern Milliardäre und werden das Geld, wenn wir uns nicht komplett doof anstellen, nie ausgeben können. Ist das so richtig?«

»Ja.«

»Fuck. Und jetzt?« Eden dreht sich zu mir um.

»Jetzt holen wir die Kinder, fahren zu diesem Penthouse, sehen es uns an und ziehen dort ein. Wir rufen diesen Sheffield an und lassen uns von ihm beraten und beschützen, und dann …«

»Ja?« Ich drehe mich zu den anwesenden Herren um.

»Bitte mal kurz die Ohren zuhalten.«

»Und dann will ich dich spüren, in mir, heftig und zärtlich zugleich.«

»Einverstanden.« Die anwesenden Herren husten, sind rot und professionell genug, so zu tun, als ob sie mich nicht gehört hätten. Wir fahren mit dem Taxi zurück zu Daba und holen die Kinder ab, um mit ihnen unser neues Zuhause zu betrachten.

# Epilog

Mit einem Lächeln im Gesicht stehen wir heute gemeinsam mit Nayla vor der Schule. Ihr großer Tag. Heute ist der erste Schultag. Sie trägt eine Schultüte und einen in Rosa gehaltenen Schulranzen. Ihre Augen sprechen Bände. Sie strahlen vor Stolz. Die komplette Familie ist da. Dazu gehören Taminos Eltern, meine und natürlich Stormy und Brian. Und meine Wenigkeit. Es hat sich viel getan in den letzten Jahren. Der Beginn war die erste Nacht in unserem neuen Heim. Ich kann mich an dieses erste richtige Zusammensein mit ihm exakt erinnern. Eden hat mit mir geschlafen, zärtlich und voller Liebe und mit einer Dominanz, die ich nicht in ihm vermutet hätte. Sex kann kuschlig sein und ziemlich verrucht oder versaut. Und geiler, heftiger Sex zwischen Kerlen ist nass, schmutzig und riecht nach Moschus, wenn am Morgen oder am besten in der Nacht das Bettlaken ausgetauscht werden muss, und das musste es in dieser Nacht. Zudem ist am Morgen ein weiches Kissen auf dem Stuhl nötig, denn nicht nur einmal knallte Edens Hand auf meinen Arsch, dann ist es perfekt. Es war und ist jede Nacht aufs Neue wundervoll. Wir haben gemeinsam eine Form gefunden, unsere Sehnsüchte auszuleben, die uns beide erfüllt. Völlig. Bisher sind wir nie in der Form zusammen gewesen, die ich früher bei Peter, Case oder Tamino gebraucht habe.

Eden schafft es, mich fertigzumachen, doch auf eine völlig andere Art und Weise. Er tätschelt mir in diesem Moment leicht den Hintern, was mir ein leises Stöhnen auf die Lippen zaubert. Schnell beugt er sich zu mir und küsst mich auf die Lippen, unseren Familienzuwachs auf den Kopf. Richtig. Familienzuwachs. Vor vier Wochen ist Shila bei uns eingezogen, unsere Tochter. Mein leibliches Kind. Wenn mir vor Jahren jemand erzählt hätte, dass ich statt eines Footballs ein Baby tragen würde, hätte ich ziemlich laut gelacht. Doch das Leben spielt eine andere Melodie. Unsere ist im Moment wundervoll. Die Verantwortung für ein weiteres Kind zu übernehmen, ist uns nicht schwergefallen, es ist unsere Art, etwas von dem Geld abzugeben, das wir nun haben. Shila wird nicht das einzige Kind bleiben. Verantwortung haben wir auch für andere Kinder übernommen, nicht in der Form, dass sie bei uns wohnen. Eden hatte die Idee, das große leer stehende Wohnhaus in Detroit mit Leben zu füllen, mit der Freude, die Maxwell und die Jungs dort nicht spüren konnten. Seit zwei Jahren ist dort ein Kinderheim. Hier können Kinder in Frieden aufwachsen und bleiben, bis sie auf ihren eigenen Füßen stehen. Sie werden nicht mit achtzehn davongejagt, sondern erst, wenn sie so weit sind, ihr Leben in die eigenen Hände zu nehmen. Die

Betreuer sind gut ausgebildete Menschen, die wir hoffentlich viele Jahre dort halten können, damit die Bezugspersonen der Kinder dieselben bleiben. Etwas, was in unseren Augen sehr wichtig ist. Unsere Jungs sind gewachsen, gehen bereits seit einigen Jahren auf die Schule, vor der wir nun mit Nayla stehen. Leif hat eine sehr genaue Vorstellung davon, was er mal werden möchte. Im Moment ist das Astronaut. Letzte Woche wollte er Rennfahrer werden, die Woche davor Arzt. Es tut sich was und sie bereiten uns Freude. Leif ist der Kämpfer, der mehr Selbstbewusstsein in sich trägt als Louis. Er ist sehr sensibel, und das liegt nicht an den traumatischen Ereignissen, die ihm widerfahren sind. Er ist so. Wir sind gespannt, was kommt, doch wir behalten ihn gut im Auge. Stormy und Brian sind gleich, nachdem wir in unser neues Penthouse gezogen sind, in mein altes umgezogen und wohnen nach wie vor äußerst glücklich dort. Auch bei ihnen steht ein neuer Lebensabschnitt an, denn die außergewöhnliche Karriere von Stormy neigt sich dem Ende zu. Er hatte im letzten Jahr eine ziemlich miese Verletzung nach einem gegnerischen Foul, die nicht mehr so richtig heilen will, und hat die Reißleine gezogen und sein Karriereende angekündigt. Er ist nicht traurig darüber, denn der Beruf des Profisportlers ist nun mal nicht bis zur

Rente ausgelegt. Die beiden werden jetzt ausgiebig die Welt bereisen. So ist zumindest der Plan, auch, wenn mir die sehnsüchtigen Blicke von Brian auf Shila durchaus auffallen und Stormy sie nicht wird ignorieren können. Brians Familie hat sich nie mehr gemeldet. Ein Kapitel, das zu Ende ist. Ich lächle glücklich, wenn ich an mein jetziges Leben denke.

»Was ist los, Rune, warum lächelst du?«

»Weil ich glücklich bin. Sehr glücklich. Ich habe gerade Revue passieren lassen, was die letzten Jahre geschehen ist.«

»Viel.«

»Da hast du recht. Bist du glücklich, Eden?«

»Unendlich. Und du?«

»Im Moment ist das Leben ein Traum. Aber ich weiß um die Zerbrechlichkeit, vielleicht ist mir gerade deshalb bewusst, wie schön das Leben ist.«

»Du hast recht. Jeder Augenblick ist etwas Besonderes. Geht es? Ich war gestern nicht zimperlich.«

»Warst du nicht, aber es war genau richtig. Eden, ich liebe dich, liebe den Sex mit dir, unser Zusammenleben und die Kinder. Sie werden zu wundervollen Menschen heranwachsen. Wenn ich noch einen Wunsch habe, dann ist es der, dass auch sie später einmal einen Menschen treffen, den sie lieben und der sie liebt und mir ist völlig wurscht, ob dieser jemand männlich oder weiblich ist, schwarz oder weiß. Wenn ihre Herzen, ihre Seelen sich finden und lieben, wird alles gut sein. Schau, Nayla winkt.«

Wir sehen zu ihr und winken zurück, als sie mit ihrer Lehrerin im Gebäude verschwindet.

Ende

# Danke

Super, ihr habt es bis hierhin geschafft! Es scheint euch tatsächlich gefallen zu haben. Ich würde mich wahnsinnig über eine Rückmeldung und eine Rezension freuen. Habt ihr nicht Lust, ein paar Worte zu schreiben?
Vielen Dank! Eure Miamo Zesi

Ach ja, ihr findet mich auf Facebook unter Miamo Zesi.
Und ihr könnt mich gerne auf Instagram stalken unter miamo_zesi. Dort erfahrt ihr Wichtiges und Unwichtiges über mich! Ich freue mich auf euch!

Außerdem danke ich natürlich meiner Familie, allen voran meinem Mann, gefolgt von meinen Kindern und meinen Eltern. Einfach allen. Meinen Betalesern und allen, die mich auffordern, weiterzuschreiben. Und natürlich allen meinen Lesern! Ich freue mich über jeden einzelnen von euch. Über jede nette Mail und jedes persönliche Treffen auf Messen.

»Schluss machen, Miamo!«
Ihr hört, meine Familie ruft.
Eure Miamo Zesi

# Leseprobe: Auch Engel haben Lust...

Klappentext:

Ein Engel, der keiner sein will.
Ein junger Mann, der keine Liebe kennt.
Wird es eine Lösung geben?

Leopold wacht nach seinem neuerlichen Drogentrip nicht mit dem gewohnten Kater auf, sondern findet sich in einem neckischen, weißen Hemdchen und, wie er irritiert feststellen muss, ohne seine Boxershorts vor einem Gericht wieder — dem göttlichen, das über sein weiteres Schicksal in Paradies oder Fegefeuer befindet. Während Petrus ihn am liebsten sofort der Hölle zuweisen würde, erhält er von Gott eine Chance, die Waage zu seinen Gunsten auszurichten. Leopold, der das alles gar nicht lustig findet und hofft, aus diesem mehr als dämlichen Traum möglichst rasch zu erwachen, bekommt letztendlich zu hören, was seine Bewährungschance beinhaltet: Er soll die große Liebe finden — natürlich nicht für sich, sondern für einen gewissen Lord Morton. Der entpuppt sich zwar als wandelnde Katastrophe, weckt aber Gefühle, die den frischgebackenen Engel verwirren.

Petrus, dem Leopold den respektlosen Spitznamen „Frettchen Stock-im-Arsch“ verpasst hat, macht dem Amor auf Probe jedoch klar: Ein Engel hat keine Lust...

Leopold Huber
Was bitte ist das hier für ein gruseliger Trip? Ich werde diesen miesen kleinen Dealer so was von zur Schnecke machen. Das muss abartig schlechter Stoff sein, den ich mir durch die Nase gezogen habe. Warum bitte bin ich auch so idiotisch, die Nacht nicht mit einem geilen Arsch im Bett zu verbringen, sondern mich von Thorsten – oder heißt er Alex? – zu diesem Trip verleiten zu lassen? Meine Güte, so langsam bin ich in einem Alter, das mich dazu veranlassen sollte, mir diese jugendlichen Aussetzer zu schenken. An Ficken kommt sowieso nichts ran. Willige Ärsche gibt es genug, das weiß ich doch. Aber das hier? Da stehe ich in einem weißen Nachthemd in einem riesigen Saal, und wenn ich mich so umschaue, sehen wir, die wir hier versammelt sind, alle gleich aus. Männlein und Weiblein. Dieser Trip hier ist so abgefahren, dass Frauen eine Rolle innehaben. Das kommt ja nun bei mir nie vor. Es sind Männer, von denen ich nachts träume, ausschließlich. Interessanterweise gefällt meiner Männlichkeit die Tatsache, dass sie nicht

eingepackt ist. Ein Gedanke, der mich aufschrecken lässt. Ich trage unter diesem Stoff keine Boxershorts? Bin nackt? Meine Güte, ich muss hier weg. Spüre, dass mein bestes Stück derselben Meinung ist. Auf ihn kann ich mich normalerweise in jeder Situation verlassen, er lässt mich nie im Stich. Hier jedoch, umgeben von diesen Nachthemdclowns blickt er brav auf den Boden, um bloß nicht aufzufallen.

»Hi, ich bin Peter«, werde ich von einer mitfühlenden Stimme hinter mir angesprochen. »Hat es dich auch erwischt?«

»Hä, was bitte meinst du?« Ich blicke in die blauen Augen eines durchaus hübsch anzusehenden Kerls, der dasselbe weiße Nachthemd trägt, das ich anhabe. Seine nächsten Worte allerdings bestärken mich in meiner Annahme, dass ich auf einem fürchterlichen Trip bin.

»Dass du tot bist.«

»Wie bitte?« Innerlich verdrehe ich die Augen und denke: *Spinnt der Kerl?* Ich antworte ihm jedoch postwendend: »Dein Stoff muss um ein Vielfaches schlechter gewesen sein als meiner. Tot? Ich glaube, dir hat ein Vogel in den Kopf geschissen.« Er reagiert angepisst, dreht sich etwas von mir weg und zeigt mir die kalte Schulter. Keine Ahnung, weshalb, jedoch dreht er sich kurz darauf wieder zu mir um.

»Wie bist du denn drauf? Und, nein, über so etwas mache ich keine Witze. Weißt du denn nicht, wo du hier bist? Sieh dich doch mal um!«

»Ehrlich gesagt will ich es, glaube ich, nicht wissen. Dieser Traum ist so verrückt, da warte ich lieber darauf, dass meine Leber ihre Arbeit verrichtet und ich wieder aufwache, wenn auch mit Kopfschmerzen.«

»Du bist bescheuert und solltest dich mal zusammenreißen. Denn gleich wirst du dran sein und vor das letzte Gericht gestellt werden. Der Herr wird entscheiden, ob du ins Paradies oder in die Hölle kommst, und das ist unumkehrbar!« Als ob dort vorne sein Traummann sitzt, glotzt er in die Ferne und sabbert sich vor Ehrfurcht beinahe voll. Natürlich gewinnt die Neugier, und ich riskiere mal einen Blick in dieselbe Richtung. Dorthin schauen, wie mir auffällt, nahezu alle. Die meisten ehrfürchtig, einige allerdings auch ziemlich ängstlich.

Der Kuschelbär mit seinem weißen Bart sieht ja in Ordnung aus. Man könnte sagen wie Nikolaus. Das Frettchen daneben jedoch … der ist nun wirklich nicht nach meinem Geschmack. Fies schaut er aus und scheint einen Stock im Arsch zu haben. Gerade so, als ob er mich gehört hätte, was gewiss nicht möglich ist, denn ich habe ja nur im Stillen gedacht bzw. leise vor mich hin gemurmelt, starrt er direkt auf mich, und sein Blick ist … nicht einordbar für mich. Was ja in meinem Zustand nicht unbedingt überraschend ist. Mein mich vollquasselnder Nachbar, oder, wenn dies ein Gericht sein soll, Mitangeklagter, sagt man das so? – innerlich erfasst mich gerade ein Lachflash. Ich kann mich jedoch zum Glück zusammenreißen – flüstert gut hörbar streng in meine Richtung, ohne mich anzusehen: »Sei still! Was sagst du denn da? Das sind Gott und sein Sekretär Petrus. Sie werden entscheiden, ob du in den Himmel, ins Paradies einziehen darfst. Gott wird über dich richten. Kapierst du denn echt nicht, wo du dich aufhältst?«

»Nein, sollte ich?«

»Du bist tot! Verstehst du? Dein irdisches Leben ist aus und vorbei. Du wirst in wenigen Minuten vor dem letzten Gericht stehen. Dort wird entschieden, ob du durch die Tür links, die rote, oder rechts, die weiße, treten musst.«

»Meinst du die rote Tür, durch die man bis hierher laute Partymusik hört und die weiße, hinter der ohrenschmerzendes Gejaule, begleitet von Klavier- und Geigenmusik, zu vernehmen ist? Um mich da zu entscheiden, muss ich, glaube ich, nicht vor ein Gericht.«

»Hör auf! Du frevelst. Hast du denn keinen Respekt oder Angst?«

»Du willst sagen, die Tür mit Partymusik ist nicht der Burner?« Völlig entsetzt sieht Peter – so heißt er doch, oder? – zu mir und flüstert: »Eher nicht. Wie heißt du denn eigentlich?«

»Leopold. Angenommen, ich würde diesem Theater hier auch nur ansatzweise Glauben schenken, wieso bist du der Meinung, dass die rote Tür nicht die beste Wahl ist?«

»Du hast keine Wahl, verstehst du denn nicht? Über dich wird gerichtet. Hinter der roten Tür ist die Hölle. Das, was du vernimmst, ist der Lärm, den die Verdammten machen!«

»Für mich hört sich das nach einer echt coolen Party an.«

»Du hast wirklich keinen blassen Schimmer. Leopold, du solltest dich mäßigen und die kurze Zeit, die dir bleibt, nutzen, um dir ein paar Worte zu überlegen, die Gott vielleicht gnädig stimmen. Nur kann ich mir nicht vorstellen, dass er …«

»Dass er was?«

»Sich auf einen Deal einlässt. Die Hölle ist der schlimmste Ort, den es gibt. Hast du denn überhaupt keine Angst davor?«

»Also, jetzt mal Tacheles, ich habe genug von dem Quatsch hier. Ich mache jetzt meine Augen zu, und morgen ist der Himmel wieder blau. Eine Aspirin später tut der Kopf nicht mehr weh, und dieses Spektakel hier wird mir mit Schaudern im

Gedächtnis bleiben und mich mahnen, die Finger endlich von den Drogen zu lassen.« Peters Blick und seine mitleidig gesprochenen Worte regen mich geradezu auf.

»Arme verlorene Seele.«

»Jetzt mach mal einen Punkt!« Wir rücken wieder ein paar Schritte vor. Ich beobachte jedoch sehr genau, wie die rote Tür aufgeht. Etwas macht mich stutzig. Der Kerl, der durch sie hindurch muss, sieht fast flehentlich zurück, und ich muss gestehen, selbst der schlimmste Horrorfilm verursacht keinen solchen Blick. Ohne meine Augen von dem zu wenden, was vorne vor sich geht, murmle ich Peter zu: »Sag mal …«

»Was?«

»Wenn du Hölle sagst, was meinst du damit?«

»Dort ist es heiß …«

»Heiß wie Sommerurlaub in der Sahara oder heiß wie eine Nacht mit einem Kerl im Bett oder wie heiß?«

»Du wirst Schmerzen haben, im Feuer schmoren und für immer im Fegefeuer dein Dasein fristen. Es gibt kein Zurück. Du wirst ewig an diesem Ort bleiben müssen.«

»Du willst also unbedingt durch die weiße Tür. Das habe ich kapiert. Möchtest du dir diese ohrenbetäubende Musik tatsächlich antun? Ich finde echt, dass sie sich einen anderen Geigenspieler suchen sollten. Sind die Beatles nicht bereits hier oben? Oder Freddy und Elvis? Odcr stimmen die Gerüchte etwa, dass er noch lebt? Egal, aber die wissen, wie man gute Musik macht. Auswahl wäre doch nun wirklich da, oder sind sie alle in der Hölle? Ist nicht The Voice auch leider schon hier? Dieses zahnziehende Gejaule, mich gruselt es da ja.«

»Dahinter ist das Paradies, Leopold.«

»Du meinst also, dort warten lauter knackige Kerle auf mich?«

»Na ja, es ist das Paradies, oder? Du bist dran, Leopold. Ich bete für dich.«

»Das lass mal lieber sein.« Ich trete nach vorne. Etwas mulmig ist mir, aber nur ein kleines bisschen. Das Frettchen hält sein Tablet vor sich und murmelt tierisch viel vor sich hin, und ich verstehe sogar, was er von sich gibt, und das verursacht, dass ich fuchsteufelswild werde. Er sieht nicht mal zu mir und tut so, als ob ich, keine Ahnung, ein minderwertiger Typ bin.

»Herr, wie Ihr vernehmt, ist dieser Fall einfach.« Er seufzt resigniert und spricht: »Eine weitere verlorene Seele.« Ich greife ein, auch wenn Peter, so heißt der Kerl, der mich vollgelabert hat, glaube ich zumindest, hinter mir aufkeucht und, so meine ich zu hören, ein Vaterunser zu beten beginnt. Oder ist es ein Ave Maria? Ehrlicherweise muss ich zugeben, dass ich es nicht so mit der Kirche habe.

»Hallo, einen Moment. Was bitte ist hier einfach?« Das Frettchen mit verschlucktem Stock sieht mich nicht einmal an und redet, als ob er mich nicht gehört hätte, weiter.

»Er hat zu Lebzeiten keinerlei Respekt walten lassen, das tut er hier oben, wie Ihr vernehmt, Herr, immer noch nicht. Er hat Herzen gebrochen, immer wieder, hat nie zurückgeblickt bei dem, was er getan hat. Er ist auf den Gefühlen seiner Mitmenschen herumgetrampelt. Herr, er ist ein Egoist und hat das Leben, das Ihr ihm geschenkt habt, nicht gewürdigt, sondern alles getan, um es in den Dreck zu ziehen. Er hat nie etwas gegeben, immer nur genommen und …«

»Halt, Stopp, jetzt halt mal die Luft an. Was redest du denn da für einen Bullshit?« Er besitzt die Dreistigkeit, mich erneut zu rügen, ohne mich anzusehen: » Du wurdet nicht gefragt. Ihr steht hier vor Gericht, vor dem letzten und höchsten Gericht, und Ihr solltet wenigstens dem Herrn etwas Respekt entgegenbringen, wenn Ihr es unter den Lebenden schon nicht getan habt.«

»Was soll denn das bitte heißen?« Jetzt sieht er mich mit diesen kleinen, meiner Wahrnehmung nach, fies blickenden Augen an. Er lacht mich aus! Dieser Kerl grinst mich an. Oder täusche ich mich? Mir läuft ein Schauder über den Rücken. Dieser Trip entwickelt sich, ach, das sagte ich ja schon, zu einem Horrortrip der Extraklasse. Fast könnte man meinen, es sei real. Kurz sehe ich zu Kuschelbär, der neugierig, aber weniger hart in meine Richtung blickt. Er wiederum lächelt nicht. Abwartend betrachtet oder genießt er den Schlagabtausch zwischen mir und Frettchen. Ich will hier raus! Aufwachen! Leber, arbeite mal zügiger, das entwickelt sich zu einem regelrechten keine Ahnung was!

»Ach, Ihr wollt leugnen? Dass Euch die Mitmenschen egal waren, Ihr sie nur für eure Lust gebraucht, sie danach wie Scheiße behandelt habt? Ihr konntet Euch meistens nicht mal erinnern, wie ihre Namen waren. Ihr habt das Geschenk der Liebe mit Füßen getreten!« Okay, ich bin eingeschüchtert, aber das ist ja auch verrückt hier. Ziemlich kleinlaut, für meine Verhältnisse zumindest, murmle ich: »So war das nicht, das macht man halt so.«

»Ihr habt sie wie das Letzte behandelt, oft mitten in der Nacht rausgeworfen, habt ihre Liebe ignoriert und als wertlos empfunden, sie verletzt. Leugnet Ihr dies etwa?«

»Nein, aber ich war ja nicht verliebt. Ich wollte Sex, Spaß, Party! Was ist so verwerflich daran?« Frettchen Stock-verschluckt sieht zu Gott.

»Wirklich, Herr, im Paradies hat er nichts verloren.«
Dieser Satz bringt mich nun auf hundertachtzig. Was erlaubt sich der Kerl oder Petrus oder wie er auch immer heißt?
»He, du Clown, jetzt reicht es aber! Ich habe keinen umgebracht und niemanden dazu gezwungen, sich mit mir zu vergnügen. Deshalb soll ich gegrillt werden, und warum bitte bin ich eigentlich hier? Das ist mal ein grober Fehler von euch. Ich bin noch jung. Tot zu sein, passt da nicht, und ich wollte gewiss nicht vor ein Gericht gestellt werden.«
Mitleidig seufzend wendet sich Frettchen zu mir, und man höre, er verfällt ins Du. Okay, ich war auch nicht unbedingt höflich.
»Ein weiteres Detail, das dich nicht dafür qualifiziert, ins Paradies einzuziehen. Du bist mit dem Leben, das der Herr dir geschenkt hat, unsachgemäß umgegangen, hast dich berauscht und dich bespaßen lassen, anstatt Gott zu huldigen, und bist im Rausch gegen einen Baum gefahren, von einer Schuld unsererseits kann also nicht ausgegangen werden.«

»Aber …«

»Still jetzt! Der Herr wird nun eine Entscheidung treffen.«

»Stopp! Sag mal ehrlich, das ist doch Kindergarten hier! Zuerst einmal will ich einen Anwalt! Wir leben in einer Demokratie! Dein Boss, Gott, oder wie dein Herr heißt, ist doch kein Diktator, oder habe ich da etwas falsch verstanden?« Gefühlt alle im Saal atmen tief ein und halten die Luft an. Das Einatmen hört sich an wie ein kollektives Keuchen. Ich kann ein Grinsen nicht unterdrücken. Ehrlich, das ist der abgefahrenste Trip ever. Frettchen Stock-verschluckt hat einen Blick drauf, der zu göttlich ist. Ich schätze, so hat noch nie jemand mit Gott oder dem Herrn oder Frettchen Stock-verschluckt gesprochen, wenn dies überhaupt jemals vorgekommen ist. Kuschelbär erhebt die Stimme, und ich habe fast Angst und Mitleid mit Frettchen Stock-verschluckt, denn ich vermute, oft ist das, was nun folgt, noch nicht geschehen. Zumindest seiner Reaktion nach zu urteilen. Damit, was sein Boss von sich gibt, hat er ganz gewiss nicht gerechnet.

»Du wirst eine Aufgabe, eine Chance zur Bewährung erhalten.« Frettchen zieht Luft durch die Nase, oder keucht er? Ich muss ihn ärgern, es geht nicht anders, auch, wenn ich mir mein eigenes Grab damit schaufle oder, wie Peter meint, sich die Tür zur Hölle weit öffnet.

»Was? Jetzt muss ich auch noch schuften? Ich dachte, ich bin tot?« Interessanterweise antwortet Kuschelbär auf meine Frage.

»Nein, nicht arbeiten, du musst beweisen, dass du es wert bist, ins Paradies einzuziehen. Du bekommst die Chance, die Waage ins Positive zu rücken. Nutze sie, Leopold Huber!«

»Aha, und wie soll das aussehen?« Der Trip entwickelt sich zum schlimmsten Erlebnis ever, ich will hier raus!

»Du wirst einen Menschen …«

»Ich bin ein Mensch …«

»Du wirst einen Menschen dazu bringen, dass er erkennt, wie schön er ist. Wie wundervoll das Geschenk des Lebens ist. Wie großartig die Liebe sein kann. Du wirst ihm dabei helfen, einen Partner zu finden, den er lieben und dem er vertrauen kann. Du wirst etwas zurückgeben, und wenn deine Aufgabe erfüllt ist, werden wir uns wiedersehen.«

»Ich soll Kuppler spielen? Vergiss es, darin bin ich eine Niete. Und selbst, wenn ich zustimme – wie bitte soll ich das bewerkstelligen? Mit diesem weißen Nachthemd werde ich vielleicht in die Psychiatrie eingewiesen. Außerdem – schon vergessen? – ich bin tot, oder?« Kuschelbär lacht leise vor sich hin, was Frettchen Stock-verschluckt wiederum veranlasst, ungläubig in dessen Richtung zu sehen.

»Das lass mal unsere Sorge sein. Petrus, kümmer dich darum.« Frettchen immer noch in Schockstarre erinnert sich daran, dass er einen Job zu erledigen hat. Ich muss grinsen, was er durchaus mitbekommt. Er winkt zwei Helfer heran, die mich in einen separaten Raum geleiten. Aus den Augenwinkeln erkenne ich noch, dass mein Spezel, Peter heißt er, glaube ich, der mir eingeflüstert hat, dass das Durchschreiten des roten Tores nicht unbedingt erstrebenswert sei, durch das Geigenmusiktor wandert. Er blickt zurück, sein Blick trifft meinen, und er lächelt mich an, bevor sich die Tür sich schließt. Hölle. Was ist das hier für eine crazy Show? Der Stoff, den ich da durch die Nase gezogen habe – oder habe ich eine Pille geschluckt? –, egal, das Zeug hat Seltenheitswert. Ob die Drogen von einem Hinterhofchemiker hergestellt worden sind? Diesem miesen kleinen Dealer werde ich so was von eine geigen, dass er sich genau überlegen wird, ob er noch mal irgendjemandem solch schlechten Stoff verscherbelt. In dem Raum, einer Art Kino, werde ich vor eine Bildschirmwand gestellt. Ziemlich cooles Teil, muss ich sagen. Wie sie das hier in den Himmel gebeamt haben, würde mich glatt interessieren. Sie ist riesengroß und reicht über die komplette Rückwand des Raumes. Also, technikmäßig sind sie hier oben, muss ich zugeben, top. Was jedoch auf der Flimmerkiste zu erkennen ist, ist alles andere als sehenswert. Auf dem Bild ist ein Kloß zu sehen. Ein hässlicher, pickeliger, fetter, junger Kloß. Anders kann ich ihn nicht nennen. Seine Haare, ach, was sage ich, der komplette Kerl sieht aus, als ob er in Frittierfett gebadet hätte, in abgestandenem! Und seine Klamotten! Als Schwuler ist mir das Aussehen einfach wichtig. Das, was ich dort sehe, geht gar nicht. Wenn ich ihn näher betrachte, kommt mir der Gedanke, dass ihm vermutlich nur ein Zelt passt, aber egal. Was ich sagen will, ein junger, hässlicher, fetter Kerl sitzt vor der Glotze und zieht sich ein Videospiel rein.

»Was zum Henker ist das?« Ich habe Frettchen Stock-verschluckt nicht hereinkommen hören, aber er steht direkt hinter mir und antwortet auf meine Frage: »Das ist deine Aufgabe, du wirst als Engel in Menschengestalt Sorge dafür tragen, dass Lord Morton Jeremy Samuel George, angehender Duke of Tremblay, glücklich wird. Du wirst alsbald deinen Dienst als sein neuer Sekretär antreten. Auf Wiedersehen, Leopold Huber. Erledige deine Aufgabe mit Sorgfalt. Wir werden uns wieder begegnen, und denk daran: Nur bei Erfolg kommst du in den Himmel. Ach ja, falls du glaubst, du könntest so weitermachen wie bisher …«, er lächelt wieder dieses fiese Frettchenlächeln, »es wird dir nicht gut bekommen.«

Was meint er nur? Dieses Lachen steht Frettchen nicht und gefällt mir noch viel weniger, eigentlich überhaupt nicht.

»Und wie soll ich bitte schön …« Mir wird schwarz vor Augen, und ich wache mit höllischen Kopfschmerzen über die Kloschüssel gebeugt auf. Kotze, was der Magen hergibt. Als es mir etwas besser geht, sehe ich in den Spiegel. Dieser Kerl! Ich werde ihn finden und kalt machen. Mir solch miesen Stoff zu verkaufen! So ein Wahnsinnstrip! Das war ohne Frage das schlimmste Ereignis, das ich je hatte. Ich schlurfe in meine Küche und öffne den Kühlschrank, lasse eine Dose Bier aufschnappen und nehme einen großen Schluck, um nur Sekunden später erneut über dem weißen Porzellan zu hängen. In meinem Kopf meine ich, Frettchen Stock-verschluckt lachen zu hören, kann ja nicht sein. Es war ein Drogentrip. Erneut dieses Gekicher, das mich veranlasst, etwas zu sagen …

»Was?« Völlig abgefahren, jetzt rede ich schon mit einem Hirngespinst, und das antwortet auch noch!

*»Du hast eine Aufgabe zu erledigen. Ein Engel trinkt nicht. Ein Engel ist nur für andere da. Ein Engel hat keine Lust ... auf nichts!«* Ich stelle mich unter die eiskalte Dusche, um diese Stimme aus meinem Kopf zu vertreiben. Hoffentlich hat die Pille, die ich eingeworfen habe, keine Nebenwirkungen, das wäre fatal. Es klingelt. Nur mit einem Handtuch bekleidet, laufe ich zur Tür. Der schnuckelige, sexy Kerl vom Paketdienst, der mir bereits ein paar Mal aufgefallen ist, steht vor mir. Okay, ich bin auch nur ein Kerl und mein Schwanz beginnt, sich zu regen, was mir Schmerzen der Extraklasse beschert. Keuchend gehe ich in die Knie.

»Herr Huber, alles in Ordnung mit Ihnen?« Ich kann nur ein »Ja« durch meine Zähne und die Lippen pressen und drücke zeitgleich mit der Hand meinen Schwanz, damit er bitte schön brav ruhig bleibt. Das, was der Kerl allerdings jetzt von sich gibt, macht mich stutzig.

»Ich habe Sie länger nicht gesehen. Waren Sie krank? Habe gehört, dass Sie ausziehen, was sehr schade ist.« Er sieht mich mit diesem Blick an, der eindeutig eine Einladung ist, sich mit ihm auf einen Quickie einzulassen. Leider sehe ich aber immer noch rot. Der Schmerz rauscht durch mein Gehirn. Trotzdem vernehme ich jedes Wort. Was meint er mit ausziehen? Ich bin doch wieder klar im Kopf. Im Hintergrund höre ich jedoch sehr genau Frettchen lachen. Der Paketbote reicht mir einen dicken Umschlag und verschwindet enttäuscht. Keine Ahnung, aber ich muss entsprechend seltsam aussehen. Erneut ist die Stimme von Frettchen Stock-verschluckt in meinem Kopf. Der Kerl ist nicht zu vertreiben. Kann er Gedanken lesen?

*»Ein Engel hat keine Lust. Ein Engel hat eine Aufgabe zu erledigen. Sieh in den Umschlag und entscheide dich. Entweder du nimmst die Aufgabe an, oder wir öffnen dir die Tür zum ewigen Fegefeuer. Du hast EINE Chance, Leopold Huber, und bitte unterlass es, mich Frettchen Stock-verschluckt zu nennen.«*

Kaffee, ich brauche Koffein, und zwar kannenweise. Das Gift muss aus meinem Körper raus. Das ist doch alles total verrückt. Was zum Henker ist denn seit gestern passiert? Zeit zum Nachdenken gibt es nicht. Es klingelt. Schon wieder!

»Was …?« Zügig streife ich mir eine Jogginghose über und öffne.

»Guten Morgen, Herr Huber. Gut, dass ich Sie antreffe. Entschuldigen Sie, dass ich so früh, und ohne mich anzumelden, hereinschneie, aber meine Freundin und ich, wir möchten heute Vormittag ins Möbelhaus und die neue Matratze kaufen, wir waren uns nicht mehr sicher, welche Größe das Bett hat.«

»Welches Bett?«

»Na … das im Schlafzimmer.«

»Und weshalb müssen Sie wissen, wie groß die Matratze in meinem Bett sein muss?«

»Aber … ich meine, Herr Huber, wir hatten doch ausgemacht, dass wir die Wohnung möbliert übernehmen. Wir haben einen Vertrag abgeschlossen.«

»Einen Vertrag?« Ich bin völlig durcheinander. Blicke zum Umschlag, und wieder bin ich es, dem es kalt den Rücken hinunterrieselt, und in der Ferne meine ich, Frettchen lachen zu hören.

»Herr Huber, kann ich also kurz reinkommen?«

»Ja, bitte, ich … es ist nicht aufgeräumt.«

»Kein Problem, ich weiß ja, dass die Umzugsfirma morgen vorbeikommt, um Ihre Sachen nach Wales zu bringen.« Ich denke nur *Umzugsfirma? Wales? MORGEN!*, sage aber nichts, das ist, glaube ich, im Moment besser für mich. Kurze Zeit später ist er verschwunden, und ich setze mich an den Küchentisch und starre den dicken Umschlag an, als ob er die Pest enthielte oder keine Ahnung was. Den Gral der Weisheit sicher nicht, oder? Ich war nie gläubig. Meine Eltern sind in jungen Jahren bereits aus der Kirche ausgetreten, deshalb bin ich, was dieses Thema anbelangt, ziemlich unbedarft. Ich war in den sechsundzwanzig Jahren, die ich auf der Welt weile, noch nie in der Kirche, oder? Meine Großeltern – doch, da war was, die dicken Engel, die nackten dicken Engel, die von der Decke auf mich herabschauten. Mal mit einem Pfeil, mal mit einem Buch oder einem Musikinstrument. Ich hatte immer Angst vor ihnen. Grübelnd sitze ich da, plötzlich kommt mir ein Gedanke. Wie kann ich vor dem Letzten Gericht stehen, wenn ich doch überhaupt kein Kind Gottes bin? Sind das nicht nur getaufte Lämmer? Und meine Eltern hätten mich im Leben nicht in die Kirche geschleppt, um mich in Weihwasser zu baden oder mich segnen zu lassen. Überlege ich gerade wirklich, ob das, was ich erlebt habe, real war? Es ist nicht zu leugnen, da sind dieser Umschlag und Frettchens Stimme in meinem Ohr. Shit, was bitte soll ich tun? Haben die Drogen eine Amnesie verursacht? Soll es ja geben, meine ich, gehört zu haben. Frettchens Stimme hallt in mir. *»Öffne den verdammten Umschlag!«* Frettchen flucht. Es kann also nicht real sein, denn ist das nicht ein Gebot oder Verbot?

*»Du mich auch! Und du bist ein Kind Gottes, dafür haben deine Großeltern gesorgt, auch, wenn es nicht unbedingt von Erfolg gekrönt war. Es wurde ihnen verziehen, denn sie haben es in dem*

*Bewusstsein getan, das Richtige zu tun. Öffne endlich den Umschlag!«* Ist da jetzt wirklich auch noch das brummige Lachen von Kuschelbär in meinem Kopf? Selbst mir wird deutlich, dass ich verrückt werde. Ich nehme den Umschlag an mich und drehe ihn um.

Absender. Mir wird schlecht.

Petrus Goddherr

Frettchengasse

00000 Himmelstür

Wie erstarrt blicke ich auf die Buchstaben. Das alles kann doch nicht wahr sein! Zügig und mit mehr Engagement und Mut, als ich habe, reiße ich den Umschlag auf. Darin enthalten: mein Mietvertrag mit besagtem Herrn von vorher, die Kündigung meines Arbeitsverhältnisses, ein Auftrag, den ich einer Umzugsfirma erteilt habe, ein Flugticket nach Cardiff in Wales und mein neuer Arbeitsvertrag als Sekretär des Duke of Tremblay und seines Sohns Morton Jeremy Samuel George. In Wales. Ich bin so was von am Arsch. Wieder dieses Kichern. Ich schreie laut: »Raus aus meinem Kopf! Verschwinde, und das sofort! Verstanden? Raus, sonst ist der Deal null und nichtig!« Kuschelbär ist es, der antwortet: *»Du bist nicht in der Position, zu verhandeln, mein Sohn. Denk daran, DU musst beweisen, dass du ein besserer Mensch bist, als wir glauben.«* Völlig fertig genehmige ich mir eine weitere Tasse Kaffee und überlege. Wie kann das alles nur sein? Ich muss irre sein, das nur ansatzweise zu glauben. Aber egal, was ich mir gerade zusammenreime auf die Fragen, was mit mir geschehen ist und warum ich mich an die letzten Tage, falsch, den Unterschriften nach die letzten Wochen, nicht erinnern kann. Eines liegt schwarz auf weiß vor mir. Morgen kommt der Umzugswagen, und ich habe nichts zusammengepackt, weder einen Koffer für den Flug noch sonstige Utensilien hergerichtet. Wie komme ich bloß dazu, meinen Job zu kündigen, um als Kindermädchen zu arbeiten? Auch, wenn da Sekretär steht, es ist ein Nannyjob. Ich bin Verwaltungsfachangestellter. Zwar nicht verbeamtet, noch nicht, aber auf dem Weg dorthin. Und ich Idiot kündige! Ich muss vollkommen übergeschnappt sein. Trotzdem schlurfe ich ins Schlafzimmer, ziehe meinen Koffer unterm Bett hervor und stopfe so viele Klamotten wie nur möglich hinein. Meine Sporttasche wird für den Transport meiner Spielzeugkiste zweckentfremdet, wobei die Benutzung ja auch in Sport ausartet. Als ich meinen Lieblingsplug in die Hand nehme und mir vorstelle, wie geil er sich jetzt in mir anfühlen würde, und meine Hand unbewusst in die Hose greift, um meinen erwachenden Schaft zu streicheln, knalle ich vor Schmerz mit den Knien auf den Boden und brülle los.

»Ahrrggg, was zum Henker?« Ich stöhne, gewiss aber nicht vor Lust. Mein Plug rollt unter das Bett, und in meinem Kopf ist wieder dieses Frettchen, das ich zu hassen beginne.

*»Du sollst dafür sorgen, dass Morton Liebe erfährt, von dir war nie die Rede!«*

## *Wales*

Ziemlich überfordert und hundemüde landen wir gegen fünfzehn Uhr in Cardiff. Es lief, glaube ich, alles schief, was schiefgehen kann. Zuerst wurde der Check-in verschoben, dann kam die Nachricht, dass die Maschine einen technischen Defekt aufweise und der Flieger drei Stunden später starte. Er sollte um sechs abheben, und ich bin seit vier Uhr am Morgen wach. Das ist … ich sage nichts, setze mich brav auf einen der Stühle und nehme mein Handy zur Hand, um zu checken, was abgeht. Nachdenklich blicke ich auf das Display. Tatsächlich ist nur eine Nachricht zu finden. »Sie wurden aus der Gruppe Verwaltung entfernt.« Das ist alles. Langsam scrolle ich durch, und mir wird zum ersten Mal bewusst, dass das so ziemlich die einzige Gruppe war, in der ich zumindest hin und wieder angesprochen wurde, allerdings meist nur beruflich. Es gibt noch ein paar andere Gruppenchats, in die ich aufgenommen wurde. Dort werde ich nie genannt oder gefragt und habe nicht unbedingt aktiv teilgenommen. Es folgen ein paar Nachrichten von meinen speziellen Kumpels, mit denen ich hin und wieder etwas eingeworfen oder durch die Nase gezogen habe, aber auch sie haben mich in den letzten Tagen, vielmehr Wochen nicht angeschrieben und ebenso wenig nachgefragt, wie es mir geht, was los ist, ob wir mal wieder auf Tour gehen. Es scheint, als ob sich niemand für mich interessiert. Ist das so? *»Da kommen einem viele Gedanken, wenn man an der Schwelle zur ewigen Verdammnis steht, nicht wahr, Leopold Huber? Wer immer nur genommen hat und nie gegeben, ist irgendwann alleine, hat niemanden, der ihn vermisst. Kein schönes Gefühl, oder?«* Leise und nicht unbedingt selbstbewusst maule ich vor mich hin: »Schadenfroh zu sein, ist aber für einen Oberengel, oder was immer du bist, auch keine Tugend.«

*»Oha, keine Bissigkeit von deiner Seite. Habe ich etwa einen wunden Punkt getroffen?«*

»Leck mich.« Schnell stecke ich das Handy ein und warte darauf, dass die Reise ins Ungewisse endlich beginnt. Ich denke in meinem jugendlichen Leichtsinn kurz, dass es wurscht ist, ob wir mit einer defekten Maschine oder einem neuen Flugzeug fliegen, da ich ja bereits tot bin oder so was in der

Art. Somit sollte mir nichts mehr passieren. Ich frage mich Sekunden später, ob ich diesen Höllenritt im weißen Nachthemd wirklich als real in Betracht ziehe. Der Flug startet drei Stunden später anscheinend mit einer Ersatzmaschine – wer's glaubt und wem es für sein Seelenheil guttut. Diese Maschine hüpft nach einer Stunde in der Luft und gibt extrem seltsame Geräusche von sich. Wirklich, sie hüpft. Anders kann man es nicht formulieren. Wir werden aufgefordert, angeschnallt zu bleiben, was ich jedem, der nicht mit dem Kopf an die Decke knallen möchte, dringend empfehle. Der Pilot versucht, uns Passagiere zu beruhigen, meint, dass es ungewöhnliche Turbulenzen gebe. Ich will anmerken, es ist keine Wolke am Himmel zu sehen, aber komischer Rauch tritt an den Triebwerken aus. Neben mir sitzt eine ältere Dame, die Frettchen Stock-im-Arsch gefallen würde. Sie umklammert ihre Perlenkette und betet. In einer ruhigen Sekunde sieht sie mit bleichem Gesicht zu mir und fragt: »Möchten Sie auch einen Rosenkranz? Ich habe einen weiteren als Ersatz dabei. Wenn ich schon heute das Zeitliche segnen soll, will ich zumindest vorbereitet vor den Herrn treten.« Ich bekomme bei ihren Worten fast keine Luft mehr, und Frettchen Stock-im-Arsch erdreistet sich, in meinem Kopf zu erklären: *»Das, mein Sohn ...«* Ich unterbreche und sage laut »Schnauze!«, was wiederum die Frau neben mir in den falschen Hals bekommt, denn sie fühlt sich angesprochen und dreht mir demonstrativ und extrem angepisst den Rücken zu. Ich könnte ihn erwürgen.

»Tut mir leid.« Im selben Moment geht der Alarm los. Die Sauerstoffmasken fallen herunter und Panik bricht aus. „Bricht" ist quasi das Stichwort. Um mich herum setzen durch den Stress die Angstgefühle und vermutlich durch das extreme Auf und Ab des Flugzeuges das große Kotzen ein. Es ist … ekelhaft. Mein rechter Sitznachbar trifft anstelle der braunen Tüte meine Jeans und entschuldigt sich. Als aber das nächste Luftloch uns wieder in die Tiefe reißt, lässt er die Kotztüte auch noch fallen. Danke, Mann! Ich habe keine Chance. Die Schuhe sind nun genauso versifft wie die Hose. Das ist so ekelhaft! Die Stewardess rennt von Passagier zu Passagier und versucht, mit Tüchern und Tüten zu retten, was nicht zu retten ist. Es ist völliger Schwachsinn. Im Prinzip wird es von Sekunde zu Sekunde schlimmer anstatt besser. Der Geruch nach Kotze lässt selbst die härtesten Kerle unter uns inständig darum bitten, dass es schnell geht und wir landen, abstürzen oder was auch immer. Ich kann es nicht lassen und murmle: »Da kommt aber viel Arbeit auf dich zu, Frettchen Stock-im-Arsch. Hoffe, du behältst den Überblick.« Er ist nicht aus meinem Kopf zu verscheuchen, und glasklar höre ich ihn sagen: *»Das lass mal meine Sorge sein.«* Kaum ist er ruhig, prallen wir auf der Landebahn auf, und mit quietschenden Reifen schlittern wir zum Ziel. Das Geschrei der Passagiere an Bord ist ohrenbetäubend. Als wir still stehen, gehen die Nottüren auf, und endlich, endlich ist da wieder frische Luft in meiner Lunge. Was für ein Flug! Wo sind wir eigentlich? Wo ist mein Koffer? Ich muss diese Jeans loswerden! Ich stinke. Das ist echt kaum aushaltbar. Der Tag ist für die Tonne, aber so was von, und er ist noch nicht zu Ende. Wir werden in einen Raum gebracht, in dem wir uns notdürftig säubern können – ich mit nassem Fleck auf der Hose und einem Schuh, der bei jedem Schritt dieses seltsame Geräusch von sich gibt, das eine wasserdurchtränkte Sohle erkennen lässt. Denn was anderes war nicht möglich: viel Wasser und langes Einweichen. Von meinem Koffer oder dem Handgepäck keine Spur. Was ich mitbekomme, ist, dass wir uns in London befinden. Irgendwann tritt eine Dame von der Fluggesellschaft zu uns und bietet uns an, mit dem Zug weiterzufahren, auf eigene Kosten, oder abzuwarten, bis ein anderes Flugzeug bereit ist. In diesem Fall würden die Kosten von der Fluggesellschaft übernommen. Da ich ja bereits tot bin und davon ausgehe, dass Frettchen mich nicht abstürzen lässt, wähle ich todesmutig, oder was auch immer ich als bereits Toter bin, den Flug. Werde gegen dreizehn Uhr zum Flieger geleitet, einem – ich betone – neuen Flugzeug, das technisch in Ordnung ist, komischerweise nach Kotze riecht und –

Überraschung! – mein Handgepäck im selben Fach vorfinden lässt wie in der vorherigen, kaputten Maschine. Ich grüble nicht darüber nach, sondern suche mir einen Platz, der trocken ist, was sich nicht unbedingt einfach gestaltet. Die Stewardessen wirken nervös auf mich und lassen mich sitzen, wo ich möchte, denn ich bin, wen wundert es, der einzige Passagier. Der restliche Flug verläuft erstaunlicherweise ruhig. Ruhig, weil nichts passiert und ruhig, weil niemand mit mir spricht. Das war mit Abstand die schlimmste Anreise meines Lebens. Echt, es war ekelhaft, widerlich und ich stinke. Nach der Landung stehe ich die Passkontrolle durch und erhalte zu meinem Glück, wie könnte es anders sein, keinen Koffer. Ich drehe am Rad, wende mich an die Gepäckverluststelle, oder wie das heißt, und melde meinen Koffer und meine Sporttasche als verloren. Ich gebe an, was enthalten ist, und kann ein fieses Lachen nicht unterdrücken, als mein Gegenüber liest, was sich in der Tasche befindet. Ich bin sauer, und mir ist egal, ob ich unhöflich bin oder nicht. Danach ziehe ich mir am nächstbesten

Automaten einige Pfund, damit ich mir etwas zu essen und trinken kaufen kann und letztlich auch, um das Taxi zu meinem neuen Arbeitgeber und Wohnort zu bezahlen.

Die Fahrt dorthin verläuft angenehm, wenn auch mein Fahrer das Fenster weit geöffnet hat. Ich kann es ihm nicht verdenken, ich stinke. Gegen fünf Uhr am Abend fährt das Taxi durch ein großes Tor, und nach gefühlten zig Kilometern kommt ein wundervolles Herrenhaus in Sicht.

»Meine Fresse, was ist das?« Der Taxifahrer sieht mich unverständlich an. Er versteht nicht, was ich sage, denn ich habe nicht nur Deutsch, sondern, ehrlich gesagt, ziemlich Bayrisch dahergesprochen.

»Is this not the right address?«

»Sure.« Nur mit meinem Rucksack in der Hand steige ich aus und bezahle die Fahrt. Wir befinden uns in der Nähe der schottischen Grenze. Womöglich bin ich in Schottland. Ich weiß es, ehrlich gesagt, nicht genau, wobei Frettchen ja was von Wales gequatscht hat. Was ich unvermittelt riechen kann, ist, dass das Meer in der Nähe ist. Die salzige Luft ist cool und erweckt ein Gefühl von Urlaub. Ich meine, das Rauschen der Wellen zu hören. Noch besser, wo Wellen sind, ist meist eine Surfertruppe anzutreffen. Meiner Erfahrung nach sind Jungs dabei, die einem Erlebnis nicht abgeneigt sind, und wenn sie doch keine Lust haben, wenigstens fürs Auge ein Genuss sind und nachts im Bett dem Kopfkino guttun. Vielleicht wird der Job ja doch nicht so fürchterlich, wie ich mir das vorgestellt habe.

Nachdem ich ausgestiegen bin, sehe ich mich um und wende mich dem riesigen Eingangstor zu. Ein Rundumblick zeigt mir, dass es keine andere Eingangstreppe gibt. Um dieses Monstrum zu öffnen, brauchen die sicher extra Personal. Eventuell gibt es hier im Norden noch Leibeigene. Ich habe noch nicht einmal die Klingel gefunden oder ein Türschild, nichts, da geht die Tür wie von Zauberhand auf, und vor mir steht der Zwillingsbruder von Frettchen Stock-im-Arsch – im Pinguinkostüm. Ich stöhne leise oder doch nicht, denn ich werde regungslos und doch vorwurfsvoll betrachtet. Ich meine, zu erkennen, dass er leicht die Nase rümpft. Okay, das kann ich verstehen. Schließlich sage ich direkt, wie ich eben bin: »Gibt es ein Problem? Haben Sie was mit der Nase?« Erstaunlicherweise wird er noch steifer, und jetzt ist ihm nichts mehr anzumerken.

»Wen darf ich melden?«

»Mich. Leopold Huber. Ich habe einen Termin mit dem Duke of Tremblay.«

»Sie sind zu spät. Wir haben Sie bereits gegen elf heute Vormittag erwartet. Der Duke ist nun anderweitig beschäftigt. Wenn Sie bitte einen neuen Termin ausmachen würden.« Dieser Pinguin will mich doch glatt draußen stehen lassen und die Tür, nein, das Tor schließen.

»Stopp! Hier ist mein Arbeitsvertrag, und hier steht, dass ich ab morgen mit der Arbeit zu beginnen habe, weiter, dass Kost und Logis frei sind. Es wäre sehr freundlich von Ihnen, wenn Sie mir mein Zimmer zeigen könnten, damit ich mich duschen und endlich diesen Gestank loswerden kann. Ich glaube nicht, dass ich mich von deinem stocksteifen

Pinguingehabe einschüchtern lasse, denn ich bin schon geladen genug für heute.« Ohne ihn anzusehen, drücke ich mich an ihm vorbei und liege nur Sekunden später auf dem Boden, ein Knie schmerzhaft im Rücken, und versuche, Luft zu holen.

»Was?« Ich schaffe es nicht, zu atmen.

»Carlo, lass ihn leben. Das ist Leopold Huber. Er wurde für Lord Morton eingestellt. Ich muss sagen, er hat eine ziemlich exzentrische Art an sich, und ich bin mir fast sicher, dass wir seine Anwesenheit nicht besonders lange werden ertragen müssen. Im Übrigen, wo ist Ihr Gepäck?«

»Das würde ich ebenfalls sehr gerne wissen.«

»James, bist du dir sicher, dass ich ihn loslassen kann?«

»Echt jetzt, du heißt James? Ich meine, James wie … James, der Butler?« Ich kann es nicht unterdrücken, muss lachen und sage: »Ein Butler, wie er im Lehrbuch steht, im Pinguinkostüm, keine Miene verziehend, stockgerade, und dann James.«

»Folgen Sie mir.« Als ich wieder stehe, grinse ich. Mir wird bewusst, wo ich bin, und ich sehe mich erst einmal richtig um. Ich bin beeindruckt. Der Eingangsbereich ist riesig. Die Treppe …

»Das hier ist nicht die Titanic, oder? Leo di Caprio kommt jetzt nicht die Treppe herunter?«

»Wie meinen Sie das, Mr Huber?«

»Ach nichts.« Mr Huber. Geil. Und dann steht da plötzlich doch jemand. Ich rufe Pinguin James noch zu: »Vorsicht!« Aber es ist zu spät. Ehrlich, ein Monster kommt die Treppe herunter. Er keucht auch so. Als er vor ihm steht, habe ich Angst, dass er ihn zerquetscht. Er fixiert mich, als ob ich ein lästiges Insekt wäre, und mir wird schnell klar, wer da vor mir steht. Zu meiner inneren Stimme sage ich: *»Das ist jetzt nicht euer Ernst. Das ist ja schlimmer als ein Tsunami. Ich meine, wie bitte soll ich für ihn jemanden finden, der ihn liebt? Ein Walross? Wie nennt man die weiblichen Walrosse?«* Frettchen Stock-im-Arsch antwortet mir sogar. Allerdings anders als erwartet. Ernsthaft, da ist nicht dieser Schlagabtausch, der mir, wenn ich ehrlich bin, sogar

Spaß macht. Irgendwie stimmt es mich nachdenklich, dass er so anders klingt. Ich kann mich des Gefühls der Scham nicht unbedingt erwehren.

*»Deine Gedanken beschämen mich und bestärken mich in der Annahme, dass du es nicht wert bist, eine Chance zu erhalten. Ich kann nichts Lustiges daran finden, Lord Morton in dieser Form zu beleidigen.«*

»James, wer ist das?«

»Lord Tremblay, das ist Ihr neuer Sekretär, den Ihr werter Vater für Sie eingestellt hat.«

»Schick ihn wieder weg.« Er geht an mir vorbei, schnuppert an mir und verzieht sein Gesicht. Ich platze gleich vor Wut. Ehrlich, es ist ziemlich eng zwischen uns drei, aber er zwängt sich hindurch, und die Treppe ist breit, sehr breit. Einverstanden, ich bin nicht unbedingt nett. Aber muss ich das sein? Sofort ist Frettchens Stimme in meinem Ohr.

*»Dazu würde ich dir dringend raten.«* Ohne mich eines weiteren Blickes zu würdigen, läuft er nach rechts und verschwindet. Er ignoriert mich! Lernen

die Lords oder Dukes das in der Schule für Adelsdeppen? Das ist etwas, was meinem Ego überhaupt nicht gefällt. Ich drehe mich um und gehe ihm nach. Der Pinguin folgt mir, ich möchte meinen, vorsichtig, in einem gewissen Abstand. Ich aber bin müde, ausgelaugt und nicht gewöhnt, dass man mich in dieser Form ignoriert. Der Kerl ist höchstens zwanzig und erlaubt sich, so mit mir umzuspringen. Wo finde ich ihn? Da soll mal jemand sagen, ich hätte Vorurteile. Denn ES wird bestätigt, und da kann Frettchen Stock-im-Arsch nichts dagegenhalten. Er steht in der Küche und lädt sich ein Stück Torte auf einen Teller. Mir wird fast schlecht davon. Es ist groß und sieht aus, als ob außer der ekligen Schokocreme, die zusätzlich mit Butter vermischt ist, nicht viel anderes enthalten ist. Zumindest ist es für mich nicht erkennbar.

»Das ist widerlich! Kein Wunder!«

»Was …?« Er dreht sich um, und der Teller, der an der Kante des Tisches steht, wird durch die Drehung durch seinen, ich erwähnte es ja des Öfteren, dicken Bauch, weggeschoben und fällt klirrend auf den

Boden. Der Kuchen verteilt sich wunderbar auf den weißen Fliesen. Es sieht aus, als ob Hunde hingekackt hätten.

»Was fällt dir ein?«

»Wusste doch nicht, dass du so schreckhaft bist! Echt, da solltest du aber dran arbeiten, das ist ungesund und könnte dumm ausgehen, wobei der Kuchen sicherlich besser auf dem Boden aufgehoben ist als womöglich in deinem Bauch.«

»Noch mal, was fällt dir ein? Ich bin Lord Tremblay, und wie ich James verstanden habe, bist du nur ein Angestellter. Was erlaubst du dir, mich zu duzen und so mit mir zu sprechen? Das ist unerhört!«

»Was erlaubst du dir, mich zu duzen! Ich bin vielleicht euer Angestellter, aber kein Pinguin und gewiss keiner, dem dieses Adelsdingsbums in irgendeiner Form imponiert. Außerdem bin ich der Ältere von uns beiden.« Hinter mir keucht, wie ich vermute, James. Der Nächste, der gleich hyperventiliert. Wo bin ich da nur hineingeraten? Vom Himmelstrip ins Irrenhaus. Herrlich! Oder in eine Horror Picture Show? Dazu würde die Stimme des Frettchens in meinem Kopf passen, und eigentlich … Ich muss hier raus, benötige eine Pause und muss mich nach diesem Tag sortieren. Einmal durchatmen, damit die grauen Zellen in meinem Hirn wieder funktionieren.

»Kann mich bitte einer von euch zwei Clowns zu meinem Zimmer bringen? Ich benötige eine Dusche. Und echt, Kleiner … lass die Finger vom Kuchen und nimm dir ein paar Möhren.« Erneut ist es James, der einen erstickten Laut von sich gibt, und sein bisher weißes Gesicht hat eine geradezu rote Farbe angenommen. Mich stört das nicht. Im Gegenteil. Ob es daran liegt, dass ich ihn oder diesen kleinen Möchtegern Clown genannt habe, kann ich nicht beurteilen. Jedoch habe ich ihn tatsächlich aus dem Konzept gebracht. Wenig später bin ich endlich in meinem Reich. Eine Bedienstetenkammer, möchte ich betonen. Habe Glück, dass es dort fließendes Wasser gibt. Das Bad ist klein, aber es reicht. Heißes Wasser kommt aus der Brause. Was will man mehr? Das Problem, dass meine Klamotten stinken, habe ich allerdings immer noch. Während der Fahrt hierher konnte ich keine Shoppingmeile entdecken, sonst hätte ich den Taxifahrer darum gebeten, einen Moment zu stoppen. Da meine Koffer wo auch immer sind, habe ich weder eine Zahnbürste noch saubere Kleidung. Zu allem Übel sind meine Schuhe immer noch nass. Wie gesagt, ich stinke nach Kotze, habe ein Frettchen im Kopf und einen Kloß als Boss, der von einem Pinguin bedient und von einem muskelbepackten Wahnsinnigen ohne Hirn beschützt wird. Das ist zu viel, echt, das ist alles viel zu viel. Wenn das immer noch ein Traum ist oder ein Trip … bitte, bitte, wie auch immer, lasst mich wieder in der Realität ankommen!......



## Leseprobe: The endless love Konrad

Klappentext:
Ein unfassbares Unglück geschieht.
Schmerz und Angst machen sich breit.

Gibt es Hoffnung?

Konrad hat das Gefühl, in der Beziehung zu Manfred endlich angekommen zu sein und das erste Mal wahre, tiefe Liebe zu empfinden. Sein Leben erscheint ihm einfach perfekt. Doch dann passiert das Unfassbare. Die Sorge um das Leben seines Liebsten lässt ihn schier verzweifeln. Ohne Roan, seinen besten Freund, könnte er die Ungewissheit und das tägliche Leid vor seinen Augen nicht ertragen. Doch aufzugeben, ist keine Option, wenngleich die Hoffnung von Tag zu Tag mehr schwindet.

Mittwoch 25.10.17 – 17:00 Uhr

»Um unsere Revierbesprechung zum Abschluss zu bringen, damit diejenigen, die Feierabend haben, nicht länger als nötig hierbleiben müssen, möchte ich euch zum Schluss, etwas Persönliches, aber natürlich auch in der Funktion des Vorgesetzten sagen. Danke, ich weiß, wie viele Überstunden auf euren Konten liegen, darauf warten, endlich abgebaut werden zu können, in Form von Freizeit. Ich kann nachvollziehen, wie müde ihr seid. Drei

Fußballspiele allein in zehn Tagen sind der Wahnsinn. Wir waren alle mit vor Ort, im Stadion oder in München auf Streife, haben den Marienplatz gesichert. Ihr habt für die Sicherheit in den U-Bahnen gesorgt, Hooligans, Betrunkene, Diebe oder Aufrührer festgesetzt und vor sich selber beschützt und gleichzeitig habt ihr den Bahnhof kontrolliert. Es gab so viele Brennpunkte, die wir zu bewachen hatten. Zudem müssen wir die Augen offen halten, was diese Anzeichen zu diesem angekündigten Anschlag angehen, der uns vom Verfassungsschutz mitgeteilt wurde. Diese Angelegenheit verursacht in mir, das gestehe ich, Nervosität. So etwas wie in Nizza oder Paris will ich hier in unserem beschaulichen München auf keinen Fall erleben, noch dazu wenn zu den vielen Touristen und Einheimischen zigtausende Fans aus den Niederlanden hier sind, um ihre Nationalmannschaft anzufeuern. Wir können und dürfen das nicht auf die leichte Schulter nehmen, die Gefahr ist zu real und leider ist in den letzten Jahren zu oft etwas geschehen. Es ist unsere Pflicht, trotz der

Überstunden sämtlichen Hinweisen nachzugehen. Der Druck, nichts zu übersehen, ist hoch, weiß ich. Es geht hier um Menschenleben, um unsere Heimat. Um unsere Familien und Menschen, die unsere schöne Stadt besuchen kommen. Wir dürfen uns keine Fehler erlauben. Mir ist klar, dass das, was uns aufgedrückt, aufgebürdet wird, mit dem vorhandenen Personal im Prinzip niemals zu bewältigen ist. Aber irgendwie muss es gehen. Mir ist auch bewusst, dass ihr alle völlig überarbeitet, ausgelaugt und müde seid und ihr trotzdem eure Arbeit mit viel Engagement und der geforderten Vorsicht ausführt, um auch die Idioten zu beschützen, die das nicht mal einsehen und uns zudem beleidigen, beschimpfen oder wenn's dick kommt bespucken und schlagen. Ich weiß, dass eure Familien, eure Kinder euch zu Hause vermissen, ihr in den letzten Wochen wirklich viel zu wenig bei ihnen wart. Einige von euch sind der Meinung, dass ich, als Polizeichef, wenig bis keine Ahnung mehr habe, was draußen vor sich geht, dazu möchte ich anmerken, dass es nicht stimmt. Zumindest definitiv nicht für mich. Lasst uns diesen Mittwoch dieses Länderspiel rumkriegen, danach ist für zwei Wochen Pause und hoffentlich etwas Ruhe, um einige von euch wenigstens ein paar Tage in den Urlaub zu verabschieden oder zumindest freie Stunden zu gewähren. Ich wiederhole mich gerne nochmals, danke für euren Einsatz. Jetzt aber ab mit euch, los gehts an die Arbeit oder in den Feierabend.«

Die Teamchefs und die einzelnen Einsatzleitungen sowie einige der Polizeibeamte, die nicht draußen vor Ort Dienst schieben, sind da. Fast hundert Mann haben sich in der zu einem Besprechungsraum umfunktionierten Sporthalle im zweiten Untergeschoss, also im tiefsten Keller, versammelt. Es ist siebzehn Uhr, kurz vor Schichtwechsel. Diese Besprechung jeden zweiten Mittwoch wurde von mir eingeführt, als ich die Leitung des Reviers übernommen habe. Bin damit ein Detail angegangen, das mich immer schon gestört hat. Wir Jungs auf der Straße möchten einbezogen werden, mitbekommen, was los ist, und das nicht von irgendjemandem, sondern von der Person, die sich auszukennen und das Sagen hat. Dem Revierleiter, also von mir. Den Rückmeldungen zufolge kommt dies gut an, deshalb sind auch heute Beamte der Verkehrspolizei, Vorgesetzte der verschiedenen Abteilungen des Reviers und Kollegen aus dem Innendienst hier versammelt. Dass ich vom Teamleiter in wenigen Wochen zum Revierchef befördert wurde, ist mehr als ungewöhnlich, jedoch zu meiner Überraschung ist genau das passiert. Der alte Chef, Gott hab ihn selig, ist vor drei Monaten bei einem Unfall in den Bergen ums Leben gekommen und man hat mich daraufhin gefragt, ob ich mir übergangsweise, bis ein neuer Revierleiter beordert wird, den Posten zutrauen würde. Zuerst hatte ich Bauchweh. Die Vorstellung, so weit oben zu agieren und das so schnell mit wenig Erfahrung, hat mich ein paar Tage überlegen lassen. Mir selbst die Frage zu stellen, ob ich dazu bereit bin und die Qualifikation habe. Ich es mir tatsächlich zutraue. Einigen ist dies ziemlich aufgestoßen, vor allem da erst kurze Zeit zuvor herauskam, dass ich mit einem Mann zusammen bin. Ich nun nicht nur ein schwuler Teamleiter bin, sondern Chef des Präsidiums. Die Oberen müssen extrem in Not gewesen sein, denn man hat mir, selbstverständlich nicht offiziell, in Aussicht gestellt, sollte ich meine Arbeit gut machen, dass ich trotz meiner zu geringen Qualifikation, ich habe nicht studiert, den Posten behalten könne. Ich bin gespannt, bisher hab ich nichts mehr gehört, allerdings auch nichts von einem möglichen neuen Boss. Als die Kollegen die Sporthalle verlassen haben, ist nur noch Kim da, die mir beim Aufräumen hilft. Sie hat nach der Geburt ihres Sohnes in den Innendienst gewechselt und unterstützt mich seit einigen Wochen. Sie war meine erste Wahl, als ich jemanden gesucht habe und sie sich beworben hat.

»Das war gut, Manfred.«

»Danke, Kim. Du solltest jetzt aber ebenfalls verschwinden. Dein Sohn wartet sicher …« Ich komme nicht dazu, den Satz zu beenden. Ein ohrenbetäubender Knall ertönt und danach weiß ich erst einmal nichts mehr.

Als ich wieder zu mir komme, ist nur ein lautes Pfeifen in meinen Ohren. Luftholen fällt mir schwer. Überall ist Staub, in meinen Augen, meinem Mund – und kann ich nichts hören. Nur dieses laute Pfeifen ist da in meinem Kopf. Als ich den Schmutz aus den Augen geblinzelt habe, ist mein Blick auf Beton gerichtet. Das Atmen strengt mich an, es ist stickig, ich muss husten. Mein Geist kann im ersten Moment nicht erfassen, was los ist. Sekunden später bricht brachialer Schmerz durch meine Synapsen und ich vermute mal, dass ich schreie. Kann es aber nicht genau sagen, denn außer diesem lauten unangenehmen Pfeifen in meinem Ohr höre ich nichts. Mein Bein tut weh, was sage ich, es sind höllische Schmerzen. Als ich mich zu bewegen versuche, bemerke ich zudem, dass meine Arme eingequetscht sind. Nein ICH bin eingeklemmt! Zwischen Trümmern von was … hektisch sehe ich mich um, was nur extrem eingeschränkt möglich ist.

Viel kann ich nicht erkennen. *Ist das etwa die Turnhalle? Was ist denn nur geschehen?* Auch wenn ich mich zwinge, ruhig zu bleiben, gelingt mir das nicht. Mein Brustkorb hebt und senkt sich und stößt dabei immer wieder mit der Bauchdecke auf Beton. Die Panik überrennt mich, ich muss nochmals in Ohnmacht gefallen sein, als ich aufwache, ist das Grausen erneut da. *Wo war ich zuletzt?* Langsam versuche ich, mich zu beruhigen, was in Anbetracht dessen, was vor sich geht, nicht so einfach ist. Nach zwei, drei Atemzügen mache ich mir verschiedene Dinge klar und murmle diese vor mich hin, glaube ich zumindest. Ich höre mich selber immer noch nicht.

»Ich bin eingeklemmt. Ich liege unter Trümmern. Ich bin verletzt.

Ich war im zweiten Untergeschoss, da war die Besprechung, über mir ist die Tiefgarage mit den Personalräumen und darüber das Revier mit fünf Stockwerken! Kurz – es muss etwas Schreckliches passiert sein.«

Da durchfährt mich eine Erinnerung, neben mir stand Kim! Großer Gott, wo ist sie? Ich versuche, meinen Kopf zu drehen, was nicht möglich ist, und Rufen wird nichts bringen, da ich kein bisschen hören kann. Von Neuem übernimmt die Panik mein Denken. Der Schmerz an meiner rechten Körperseite lässt mich, vermute ich später, nochmals in eine Ohnmacht fallen, auch wenn ich das bestimmt nicht möchte. Als sich meine Augen wieder öffnen, ist der Horror der gleiche. Ich liege verschüttet, eingeklemmt unter Trümmern und habe höllische Schmerzen. Mein Bein ist eine einzige Qual. Lediglich das Pfeifen im Ohr hat sich etwas gelegt. Ist erträglicher geworden. Es ist stockdunkel um mich herum. War das nicht vorhin auch der Fall? Wie lange war ich weg? Wie viel Zeit ist nur vergangen? Kim! Sie kann nicht weit weg von mir sein. Deshalb rufe ich laut: »Ist da wer? Kim, bist du da?« Endlose Sekunden vernehme ich nichts, immer wieder schreie ich nach Hilfe und nach Kim. Urplötzlich ist ein Wimmern zu erahnen. Zumindest meine ich, dass es leise ist, kann es eigentlich nicht sein, denn ich höre ja fast nicht. Aber jetzt höre ich es. Keine Ahnung, ob ich zu laut schreie, ist mir egal. Hauptsache, sie hört mich.

»Kim, bist du das? Gehts dir gut?....«

Das Buch gibt es pünktlich zum Jahresbeginn.

Printed in Poland
by Amazon Fulfillment
Poland Sp. z o.o., Wrocław

56859784R00261